Hannes Stein

Der Komet

Roman

Kiepenheuer
& Witsch

MIX
Papier aus verantwortungsvollen Quellen
FSC® C083411
FSC www.fsc.org

Verlag Kiepenheuer & Witsch, FSC-N001512

1. Auflage 2014

Verlag Galiani Berlin

Umschlaggestaltung: Barbara Thoben, Köln,
nach einer Idee von Manja Hellpap und Lisa Neuhalfen, Berlin
Umschlagmotiv: © Digital Vision / Getty Images; Anthony Marsland / Getty Images; Stefan Cioata / Getty Images; Siegfried Layda / Getty Images
Lektorat: Wolfgang Hörner
Gesetzt aus der ITC New Baskerville
Satz: GGP Media GmbH, Pößneck
Druck und Bindung: CPI books GmbH, Leck
ISBN 978-3-462-04628-1

Das Buch

»I bin doch ned deppat, i fohr wieder z'haus«, sagt der österreichische Thronfolger Franz Ferdinand am 28. Juni 1914 in Sarajewo, wo gerade jemand versucht hat, eine Bombe auf ihn zu werfen. Das hat natürlich Folgen: Der Erste Weltkrieg fällt aus! Amerika bleibt ein riesiges Land voller Cowboys, Goldgräber und Hinterwäldler, in Europa herrscht Frieden und Wien ist und bleibt der Nabel der Welt. Hier, in der Hauptstadt des Vielvölkerreichs, dieser Stadt voller Juden, Psychoanalytiker und Wiener Schmäh, lässt Hannes Stein seinen jungen Protagonisten Alexej eine Liaison mit einer Gesellschaftsdame eingehen, deren Mann sehr weit weg ist, aber beunruhigende Nachrichten schickt.

»Absurd und glaubhaft, skurril und irrwitzig, durchdacht und überraschend, herrlich und bizarr, höchstkomisch und tieftragisch, vollkommen unkonventionell: ein fabelhaftes Buch, das von einer fantastischen Welt handelt, in deren Schrägheit man sich sofort verliert.« *(Vea Kaiser)*

»Ein großartiger Roman!« *(Denis Scheck)*

Der Autor

Hannes Stein, geb. 1965 in München, aufgewachsen in Salzburg. Er ist Publizist. In Berlin schrieb er für die *Frankfurter Allgemeine Zeitung*, den *Spiegel* und *Die Literarische Welt*. Im Sommer 2007 ist er nach New York ausgewandert, wo er als Journalist und Autor lebt. Zuletzt erschien von ihm »Tschüss Deutschland. Aufzeichnungen eines Ausgewanderten«.

KiWi

1363

To Chanah

Glücklich ist, wer vergisst,
Was doch nicht zu ändern ist.

– aus der »Fledermaus« –

Inhalt

Der Roman spielt in Wien und auf dem Mond. Alle Ähnlichkeiten der Romanfiguren mit lebenden oder toten kaiserlichen Hoheiten, Exzellenzen, Hofastronomen, Kunstgeschichtsstudenten oder schönen sefardischen Frauen wären reiner Zufall. Wörter und Wendungen, die mit einem Stern gekennzeichnet sind, werden am Ende in einem Glossar erläutert.*

I.

Die Liebeskatastrophe

Das Scherengitter rasselte in seiner Führungsschiene vorwärts und schnappte mit einem sanft-metallischen Klicken ins Schloss – trotzdem rührte sich der Aufzug nicht von der Stelle. Er brauchte einen verdutzten Augenblick, bevor er kapierte: Es handelte sich um einen jener altmodischen Aufzüge, wo es im Inneren der Kabine ein zweites Scherengitter gab, das man einrasten lassen musste. Leider blieb der Aufzug danach aber immer noch eisern stehen. Ihn kitzelten die Blicke der anderen Fahrgäste im Nackenhaar, er drehte sich um, und nun erst sah er ihn im Halbdunkel: einen kleinen alten Mann in einer nachtblauen Livree, dem die Schirmmütze schief im Haar hing. Neben dem Männlein wuchs etwas aus dem Boden des Aufzugs, das so aussah wie ein Maschinentelegraf. Ein Maschinentelegraf? Auf Schiffen hatten solche Geräte früher der Verständigung zwischen Brücke und Maschinenraum gedient: Wenn der nautische Offizier den Hebel umwuchtete, hatte es tief drunten im Schiffsbauch gebimmelt, dann wusste die Mannschaft gleich, ob die gewaltigen Schrauben sich hierhin oder dorthin drehen sollten. Volle Kraft zurück – so hatte manches Unglück (erinnern wir uns an die Jungfernfahrt des größten Passagierdampfers aller Zeiten, der »Titanic«) im letzten Moment noch abgewendet werden können. Dieser Maschinentelegraf hier drinnen hatte allerdings rein gar nichts mit Weltmeeren oder Wogengang zu tun; er zeigte keine Fahrgeschwindigkeiten an, sondern Stockwerke. Die hüfthohe Messingsäule kulminierte in einem Ziffernblatt, dem schwarz auf weiß diese Wörter eingestanzt waren:

Souterrain, Parterre, Mezzanin; es folgten die römischen Ziffern von eins bis fünf. »G'schamster Diener«, sagte der kleine alte Mann in der Dienstuniform. (Er sagte es wirklich genau so – »g'schamster Diener«. Dabei näselte er auch noch.) »Bitte, wohin darf ich die Herrschaften führen?«

Offenbar handelte es sich bei diesem Aufzug um ein Relikt aus einer längst verwehten Epoche; dabei hatte man die Wende zum neuen Jahrtausend doch auch im I. Bezirk längst überschritten! Es war ein bisschen unglaublich, schließlich lebte man im Zeitalter des Mondflugs, auch der Mikrowellenherd war längst erfunden. Aber wenn die anderen Fahrgäste über solch altmodischen Luxus staunten, ließen sie sich das jedenfalls nicht anmerken. Ein junger Chassid im Kaftan, der als Letzter zugestiegen war, sagte nonchalant: »Dritter.« Und »Fünfter Stock« wünschte sich der Herr mit den melancholischen Kulleraugen, der dauernd mit dem Seidentaschentuch über seine Spiegelglatze fuhr. Dorthin, also in den Fünften, wollten er und sein Freund auch. Es schoss ihm durch den Kopf, dass er den Herrn mit der Glatze schon irgendwo einmal gesehen hatte, nur wollte ihm partout die Schublade seines Gedächtnisses nicht einfallen, in der er die verstaubte Fotografie mit seinem Gesicht aufbewahrte. Wenn dieser Aufzug nun gar kein Aufzug war, überlegte er eine Sekunde später, sondern eine Zeitmaschine – in welcher Richtung bewegten sie sich jetzt? Fuhren sie beschleunigt der Zukunft entgegen, weil die Reise nach oben ging? Sollte man also behaupten, sie bewegten sich zeitaufwärts? »Zeitabwärts« würde dann in Richtung Vergangenheit bedeuten. Aber vielleicht hatten solche der räumlichen Vorstellungswelt entlehnten Begriffe überhaupt keinen geraden Sinn, wenn man sie auf andere Dimensionen übertrug. Der Aufzug ächzte in den Seilen. Im dritten Obergeschoss blieb er mit einem Ruck stehen, der chassidische Jude stieg mit wippenden Schläfenlocken aus. Im fünften Stock äußerte das livrierte Männlein: »Endstation, Herrschaften, habe die Ehre.« Dass die Filmindustrie diesem Faktotum noch zu keiner Karriere verholfen hatte, war eine schreiende Ungerechtigkeit, dachte er.

Aber nun kam der Augenblick, vor dem er sich eigentlich schon seit dem Morgen gefürchtet hatte; jedenfalls fürchtete er ihn, seit er zusammen mit seinem Freund den Stephansplatz überquert, seit er den großen gotischen Dom im Vorübergehen kaum eines Blickes gewürdigt hatte, und die Furcht fuhr ihm noch gewaltiger in beide Knie, als sie in die Rotenturmstraße mit ihren hohen Wohnpalästen einbogen – mit einem Schock wurde ihm bewusst, welch vornehme Adresse die Einladung meinte, der sie an diesem drückend heißen Sonntagvormittag im August gefolgt waren. Das Schlimmste daran: Die Einladung galt im Grunde nur seinem Freund und gar nicht ihm. Sein Freund, der Thomas hieß, ein so schöner wie unauffälliger Name, kannte nämlich wichtige Leute. Überhaupt bewegte sich Thomas in Wien wie eine muntere Flussbarbe in der Donau. Thomas überragte ihn um Haupteslänge; Thomas war ein wenig breit in den Hüften und gemütlich. Goldenes Wallehaar fiel ihm in Locken über die Schultern. Im Übrigen war Thomas ein herzensguter Mensch; ganz ohne Ironie und ohne falsches Pathos gesprochen: von Herzen gut. Und wie war Thomas an diese Einladung gelangt? Er hatte einen Onkel, der bei einem berühmten Psychoanalytiker in Behandlung war; und jener Psychoanalytiker frequentierte jetzt schon seit Jahren die Matineen im Salon der Barbara Gottlieb. Der Psychoanalytiker hatte irgendwann kurzerhand den Onkel mitgenommen, der Onkel wiederum hatte seinen für kulturelle Dinge sehr aufgeschlossenen Neffen mitgeschleppt, und Frau Gottlieb hatte zumindest nicht gegen diesen sanften Überfall protestiert.

Als Thomas ihm vor ein paar Tagen erzählt hatte, er habe zusammen mit seinem Onkel den intellektuellen Salon besucht, der in der Stadt das höchste Ansehen genoss, und als er ihn dann in seiner niederösterreichischen Mundart fragte: »Kummst mit?«, da hatte er spontan geantwortet: »Wie kann man denn da Nein sagen?« Aber wie, um des lieben Himmels willen, hatte er nun wiederum das sagen können? Diese Frage rumorte in seinem Hinterstübchen, seit er heute Morgen seine käsweißen Beine aus dem Bett geschwungen hatte. Die Gottlieb gehörte zur feinen Gesellschaft, er hatte ihr Foto in Klatschmagazinen gesehen; er aber war ein kleiner, ganz unbedeutender Student, der etwas ungeheuer Brotloses studierte: Kunstgeschichte – ein Fremdling war er, ein krummer Ausländer, der in einer dumpfen Bude in Meidling hauste. Und was sollte er überhaupt anziehen? Er besaß nur ein gutes Jackett, aber das hatte leider Saucenflecken am Ärmel; keine seiner Krawatten taugte etwas.

Er hatte nichts in diesem Salon verloren, wo er keine Menschenseele kannte; wahrscheinlich würde er nach Art der Schüchternen über Stunden hinweg beharrlich-trotzig schweigen. Außerdem sollte es an diesem Sonntagvormittag um Lyrik gehen. Er verstand nichts von Lyrik. Und jetzt ließ der Augenblick sich nicht mehr länger wegschieben, auf den sich seine angesammelte Furcht konzentrierte wie auf den perspektivischen Fluchtpunkt in einem Gemälde: der Herr mit dem Taschentuch, sein herzensguter Freund Thomas und er selbst standen vor der Wohnungstür, und der Zeigefinger seines Freundes bewegte sich unerbittlich auf den perlmutternen Klingelknopf zu, und dann schellte es hinten in der Wohnung, und seine Beine, diese erbärmlichen Feiglinge, wollten unter ihm davon- und zurück zum Aufzug laufen – aber der war ja längst wieder in die Tiefe der unteren Stockwerke versunken –, und nun war es zu spät, denn die hohe Wohnungstür tat sich auf, und die Gastgeberin stand im Türrahmen und lächelte.

Zunächst einmal begrüßte Barbara Gottlieb den melancholischen Herrn: »Exzellenz«, sagte sie, während er sich zum Kuss über ihre Hand beugte. Mit einem Mal wurde ihm klar, in welche Schublade seines Gedächtnisses er dieses freundlich-dunkle Mondgesicht sortieren durfte: aber selbstverständlich doch, es handelte sich um den Gesandten des Osmanischen Reiches – hieß er nicht Kevork Bagradian? Seine eindringlichen Armenieraugen waren oft im Fernsehen zu bewundern, er saß in verschiedenen Gesprächsrunden unter lauter besorgt dreinblickenden Fachleuten, wenn es darum ging, die mitunter etwas erratische Politik der Hohen Pforte zu erläutern. (Und wer hätte sich wohl besser zu diesem Berufe geeignet als ein Angehöriger jenes uraltehrwürdigen christlichen Volkes, das seit bald dreitausend Jahren in Anatolien siedelte?) Als Nächstes war der goldene Jüngling an der Reihe, von Barbara Gottlieb in den erlesenen Kreis der Kulturmenschen aufgenommen zu werden: »Grüß dich, Thomas«, sagte sie; um ihn auf die Wangen zu küssen, musste sie sich ein wenig auf die Zehenspitzen stellen. »Wo ist denn dein Onkel geblieben?« Der habe eines geschäftlichen Projektes wegen verreisen müssen, meldete Thomas, so etwas komme bei Ingenieuren ja leider häufig vor; quasi zum Ausgleich habe er aber einen Studienfreund mitgebracht. Und nun wandte die Gastgeberin sich mit ihrem ganzen Wesen ihm zu.

Barbara Gottlieb war eine stadtbekannte Schönheit: Mittelmeeraugen, Olivenhaut, dunkle Locken, volle Lippen. Sie hätte vielleicht Italienerin – aber aus dem Süden, nicht aus dem Norden des Landes – oder eher noch Portugiesin sein können; in Wahrheit stammte sie aus einem sefardischen Geschlecht*, das schon seit Jahrhunderten in Wien lebte (ihr Geburtsname war d'Acosta gewesen). Barbara Gottlieb gehörte zu jener Art von Frauen, deren Schönheit nicht matt wird, sondern mit den Jahren eigentlich immer weiter aufblüht; als junge Studentin war sie nur hübsch gewesen, jetzt – im reiferen Alter von 36, nach sieben Ehejahren und nachdem sie zwei kleinen Töchtern das Leben geschenkt hatte – war sie unwiderstehlich. Allerdings führt der Begriff der Schönheit schnell in die Irre und auf gedankliche Abwege. Denn im Gehirn des Schüchternen verbindet dieses Attribut sich beinahe immer mit der Aura der Unnahbarkeit. Schön nennt der Schüchterne also Frauen, die als marmorkühle Statuen in einem Museum für erotische Kunst herumstehen, und auf jedem Sockel warnt eine Tafel in unsichtbarer Frakturschrift: Anfassen verboten. Welcher Reiz könnte davon je ausgehen? Aber Barbara Gottlieb war eben alles andere als reizlos. Belassen wir es für den Moment bei der züchtigen Andeutung, dass sie ein rotweißes Dirndl mit gewagtem Ausschnitt trug – und dieses Dirndl stand ihr ausgezeichnet. Gegen eine kalte Schönheit hätte unser Held sich mit einem Panzer aus Zynismus wappnen können; auf eine arrogante Gesellschaftsdame wäre er mit dem Speer der heimlichen Verachtung losgegangen. Aber den frechen Grübchen in ihren Wangen war er nun wehrlos ausgeliefert. Gegen die Freundlichkeit, die aus der Tiefe ihrer Mittelmeeraugen heraufleuchtete, war kein bitteres Kraut gewachsen. Nichts schirmte seine empfindliche Jungmännerseele vor dem Strahlen ihres Lächelns ab. Und dann roch sie auch noch so gut!

»Grüß Gott, Studienfreund«, sagte Barbara Gottlieb. »Haben Sie denn einen Namen?«

»Repin«, stieß er hervor. »Von Repin.« Und dann, nachdem er heftig geschluckt hatte: »Alexej von Repin.«

»Herzlich willkommen«, sagte die berühmte Gastgeberin. »Wie wunderbar, dass Sie da sind.« Dabei barg sie seine schweißnassen Finger zwischen ihren Mädchenfrauenhänden (Händen, die trotz ihrer Größe so grazil und schmal wirkten, als gehörten sie zu einer viel jüngeren Person, aber robust und erwachsen zugreifen konnten), es war ein betörender Augenblick. Und dann überschritt Alexej die Schwelle und fand sich unter lauter wildfremden Menschen wieder. Mehr Herren als Damen fielen ihm auf, mehr gesetzte Leute als junge, viele Anzüge in gedeckten Farben. Alexej kannte in dieser Menge nur seinen Freund Thomas; später erblickte er in einer Ecke einen Philosophen mit Stoppelbart, den man manchmal spätnachts in einer jener Fernsehsendungen bewundern konnte, wie sie für die Donaumonarchie mittlerweile ziemlich typisch waren: Da saßen Männer und Frauen auf durchgewetzten Sofas und redeten bis zum ersten Hahnenschrei allerlei Absonderliches, wobei sie Unmengen von Rotwein und Salzstangen konsumierten. Der Philosoph war dafür bekannt, dass er mit französischem Näseln immer wieder Thesen in die Kamera schleuderte, die ebenso ungekämmt waren wie seine graue Mähne. Übrigens war Alexej ihm schon in den verwinkelten Korridoren der Universität über den Weg gelaufen. Jetzt allerdings blickte der Philosoph (sein Name war André Malek) so finster, als wolle er um keinen Preis der Welt angesprochen werden.

Die Gäste der Barbara Gottlieb, etwa vierzig an der Zahl, standen unterdessen in dem geräumigen Salon und nippten am Frühstückschampagner. Ein stupsnasiges böhmisches Mädchen, das eindeutig von der Prager Kleinseite stammte, bahnte sich einen Weg zwischen den Gästen hindurch und erkundigte sich nett, ob denn auch Alexej von Repin an einem »Klaßerl Ssekt« interessiert sei.

Die Wohnung des Ehepaars Gottlieb war ohne Zweifel spektakulär. Es handelte sich um eine große Dachgeschosswohnung, aus der die Handwerker eine Zwischendecke herausgebrochen hatten; so waren überhohe Wände und eine gewaltige Fensterfront entstanden. Die zwei Seitenwände des Salons trugen Regale bis unter die schräge Decke; Alexej von Repin schätzte, dass diese Privatbibliothek wohl an die zehntausend Bände umfassen musste. Aber nicht dies war es, was ihn bis zur tiefen inneren Erschütterung beeindruckte; auch nicht der Blick auf den einzelnen Turm des Stephansdomes, obwohl er ihn noch nie aus diesem Blickwinkel gesehen hatte; auch nicht das Riesenfernrohr mit dem Stativ, das vor der Fensterfront auf einem kleinen Holzpodest stand wie ein dunkles exotisches Tier mit langem Hals (Barbara Gottliebs Gatte war k. u. k. Hofastronom); nicht die Biedermeiermöbel, nicht die hübschen stoffbespannten Stühle (in Wien nannte man sie »Sessel«), wie sie im Halbrund für die Lesung aufgereiht warteten; ganz gewiss nicht das golden gerahmte Porträt Seiner Majestät neben der Bücherwand – Bilder des Kaisers hingen in manch privatem Haushalt, vor allem in Wohnungen von Israeliten, herum. Nein, den tiefsten Eindruck in diesem Raum verschaffte Alexej von Repin, was er sah, wenn er Fensterfront und Dom den Rücken zukehrte. Es passierte einem ja nicht jeden Tag, dass man ein Bild des wahrscheinlich größten Malers zu Gesicht bekam, den das soeben abgelaufene 20. Jahrhundert hervorgebracht hatte. Ein Levinsohn! Es war mit klarem Verstand gar nicht zu fassen. Ein echter Levinsohn in einer privaten Wohnung!

Das Gemälde – es war ein großes Format, vielleicht zwei mal drei Meter – musste in der Periode kurz nach seinem Übertritt zur katholischen Kirche entstanden sein, also in den späten Dreißiger- oder frühen Vierzigerjahren. Auf den ersten dummen Blick glaubte man, es sei in Gold- und Silbertönen auf schwarzem Untergrund gehalten; auf den zweiten Blick (und etwas klüger geworden) sah man: Bei dem schwarzen Untergrund handelte es sich in Wahrheit um verschiedene Blautöne, die immer dunkler, immer finsterer wurden, ohne je die Absolutheit des Schwarzen zu erreichen. Und das Gold und das Silber erwiesen sich der genaueren Betrachtung als schmutzig helles Gelb und blendend reines Weiß. (Jizchak Levinsohn, das wusste jeder Anfänger auf dem Gebiet der Kunstgeschichte, hatte Licht so blendend zu malen verstanden wie vor ihm vielleicht nur William Turner; im Vergleich mit ihm nahmen sich die Herren Impressionisten – *pardon, messieurs* – wie Stümper aus.) Das Bild zeigte einen Höllensturz. Dieses Thema hatte er in jener Periode seines Schaffens in Dutzenden von Varianten auf die Leinwand geworfen, wie ein Getriebener war er mit dem Pinsel immer wieder der alten Legende von dem strahlenden Cherub nachgejagt, der sich gegen die himmlischen Autoritäten erhob und dafür mit dem Fall ins Bodenlose bestraft wurde. Auf diesem Ölgemälde hier fielen die Engel als pures Leuchten vom oberen Bildrand nach unten, im Sturz verdämmerten und verloschen sie allmählich in das tiefere Blau hinein; im unteren Drittel des Bildes aber, schreckverzerrt der Bodenlosigkeit zugewandt, hatte Levinsohn mit ein paar meisterhaft-kräftigen, zugleich dünnen weißen Strichen das Gesicht Luzifers festgehalten. Und nun das Verblüffende, auch Schockierende: das Antlitz des fallenden

Engels leuchtete überirdisch herrlich. Edel, durchgeistigt und klar waren seine Züge, nur der Schrecken, wie gesagt, verzerrte sie ein wenig: Der Böse, wie Levinsohn ihn sah, war schön wie der Messias.

»Gefällt es Ihnen, unser Bild?«, fragte sie. Alexej hatte gar nicht bemerkt, wie sie sich neben ihn gestellt hatte, und seltsamerweise zuckte er nicht einmal zusammen, als Barbara Gottlieb ihn nun am Ärmel berührte.

»Es ist gewaltig«, antwortete er. Sie standen nebeneinander und schwiegen. Dann war auch dieser Augenblick vorüber und schlich auf Zehenspitzen davon.

Ein paar Minuten lang musste Alexej sich nun gefallen lassen, dass sein herzensguter Freund Thomas ihn charmant triezte (»sekkierte«), ehe Barbara Gottlieb ihn von dieser Qual erlöste, indem sie mit dem Löffelchen gegen ein Sektglas klingelte und die Gäste aufforderte, Platz zu nehmen; anschließend stellte sie die Lyrikerin vor, die nun gleich aus ihren Gedichten vortragen werde. Es handelte sich um ein großes flachbrüstiges Mädchen mit schiefen Zähnen und kurzem braunem Haar, eine Slowenin aus der Untersteiermark. Sie hörte auf den Namen Ana Dalmatin und mochte ein paar Jahre älter als Alexej und Thomas sein, das war schwer zu schätzen; jedenfalls hatte die Dichterin schon in verschiedenen Anthologien veröffentlicht, aber noch keinen Verlag gefunden, der ihre Verse zwischen zwei Pappdeckeln gebündelt oder als Elektrobuch auf den Markt geworfen hätte. Das sollte sich nach diesem Vormittag zum Glück ändern. Ana Dalmatin – sie trug trotz der Sommerhitze hohe Stiefel und war sehr eigenwillig farbenfroh gekleidet – stellte sich ohne Pose vor die Gäste, nahm ihre Blätter zur Hand und fing an zu lesen.

Las sie denn gut? Sie las sogar ausgezeichnet. Ihr leichter slawischer Akzent störte gar nicht, eher trug er – weil sie ihm bewusst entgegensteuerte – dazu bei, ihre Diktion noch deutlicher zu machen; die Dichterin verzichtete beim Lesen auf billiges pathetisches Donnergrollen, blieb andererseits aber auch nicht so unbewegt, als trüge sie aus dem Wiener Telefonbuch vor. Und war das gut, was sie da vorlas? Alexej von Repin glaubte, er könne sich kein Urteil erlauben. Zum Glück befand sich unter den Zuhörern aber ein kleiner dicklicher Kulturredakteur mit Brille und ergrauendem Bärtchen, auf dessen profunde Einsichten wir an dieser Stelle zurückgreifen dürfen. »Ein neues Talent ist anzuzeigen«, hieß es am übernächsten Tag im Feuilleton der *Neuen Freien Presse.* »Aber was heißt hier schon Talent? Das Wort ist ja beinahe eine Beleidigung bei einer Lyrikerin, die trotz ihres jugendlichen Alters offenbar fertig auf die Welt gekommen ist, die von Anfang an über sämtliche technischen Fertigkeiten verfügt, vor allem aber über das Wichtigste, das ein Dichter haben muss: eine eigene Stimme. Ana Dalmatin ist eine Slowenin aus der Untersteiermark, ihre Muttersprache beherrscht sie ebenso gut wie das Ungarische und Deutsche. Dass sie ihre Verse auf Deutsch vorlegt, ist eine bewusste Entscheidung, eine Liebeserklärung an die Sprache von Grillparzer, Rilke und Werfel. Eine Liebeserklärung aber auch an Egon Mautner, um einen Meister der neueren Moderne zu nennen, dessen Werk sich diese Dichterin in besonderer Weise verpflichtet fühlt; Anspielungen etwa auf Mautners ›Neue Wienerlieder‹, die der Schönberg-Schüler Max Deutsch kongenial vertont hat, können in ihren Versen gar nicht überhört werden. Ana Dalmatin ist eine Naturlyrikerin, als poetisches Material dient ihr vor allem ihre Kindheit auf dem Bauernhof. Offenbar verbindet sie mit dieser Kindheit ebenso gute wie schreckliche Erinnerungen. Ana Dalmatin verschmäht die traditionellen und komplizierten Gedichtformen nicht. Auch

Sonette und Villanellen meistert sie mit so leichter Hand, als würden sie ihr nicht die geringste Mühe bereiten. Ihre Verse sind so zart wie genau, die Metaphern stimmen in sich, ihre Bilder sind klar: Ana Dalmatin ist eine Dichterin und hasst das Ungefähre. Und wenn sie auch um den Schmerz der Kreatur weiß – eines ihrer eindrucksvollsten Sonette handelt von jungen Katzen, die von unbarmherziger Hand in einen Sack gebunden und in einem Teich ersäuft werden –, so beharrt sie doch darauf, inmitten des Schreckens das Schöne zu suchen.«

Nun muss etwas Peinliches gebeichtet werden. Nach ungefähr zwanzig Minuten der Dichterlesung pochte mit einem Mal Alexej von Repins Blase auf ihr Recht. Champagner hatte immer diese Wirkung auf ihn, das hätte er bedenken sollen, ehe er sich von dem böhmischen Mädchen ein »Klaßerl Ssekt« und dann noch eines aufschwatzen ließ. Als die Dichterin aus der Untersteiermark in klassisch gefugten Versen die Heumahd beschwor, wurde ihm schon unbehaglich; wenig später las Ana Dalmatin ein Sonett über ihre Kindheit, das mit der Zeile »Eulen trugen die Nacht davon« begann – da ruckelte er längst ungeduldig auf seinem Stuhl herum, sein Inneres war zum Zerplatzen mit Flüssigkeit gefüllt, jede Sekunde dehnte sich und wurde zur Qual. So kam es, dass Alexej von Repin sich im Anschluss an die Lesung nicht am Applaus beteiligte, der höflich um ihn herum pritschelte. Stattdessen drückte er sich, nach allen Seiten um Entschuldigung bittend, zwischen den Sitzreihen ins Freie, stürzte mit hochrotem Kopf den nächsten Korridor hinunter und probierte eine Klinke nach der anderen, bis er endlich die richtige erwischte.

Nachdem er sein Wasser abgeschlagen hatte, verweilte er noch ein paar Minuten in jenem Badezimmer (muss extra erwähnt werden, dass es mit weißem Marmor und edlen römischen Fliesen ausgelegt war, dass die Wasserhähne golden schimmerten?); schwach und aufregend lag das Parfum der Hausherrin in der Luft. Prüfend betrachtete Alexej von Repin sich im Spiegel. Das hätte er allerdings lieber nicht tun sollen. Die Sache war nämlich so: Alexej war hässlich (»schiach« sagen die Österreicher). Sein Haar lockte sich dünn und rötlich über der Stirn, im Gesicht störte ihn empfindlich das Fehlen eines Kinns, sein Mund war viel zu schmal; er hatte eine Hühnerbrust und war ein wenig verwachsen. Und erblickte er dort auf der Wange unter den Koteletten, wo er sich heute morgen rasiert hatte, etwa ein gelbliches Nest von Mitessern (»Wimmerln«)? Alexej wandte den Blick schnell von seinem Spiegelbild ab, er schämte sich. – Aber war er denn wirklich hässlich? Das ist gar nicht so einfach zu entscheiden. Denn wir sehen uns alle nicht so, wie wir wirklich sind; kein Mensch hat je im Spiegel das eigene Gesicht erblickt. Klar ist nur, dass derjenige, der glaubt, er sei hässlich, sich meistens auch so benimmt, als sei er es; und eben dadurch wird er dann »wirklich« hässlich – was in diesem Fall heißt: in seiner Wirkung auf andere. Ob er hinter der Fassade, wenn man von seiner Wirkung absieht, ebenfalls »schiech« ist; ob sich in ihm latent ein attraktiver Mensch verbirgt, der nur leider nicht zur Erscheinung kommt – das ist eine spitzfindige philosophische Frage.

Als Alexej von Repin, der sich mittlerweile auch noch das Gesicht gewaschen hatte, aus dem Badezimmer in den Salon zurückkehrte, war der Skandal schon im allerschönsten Schwung. An die Lesung hatte sich, wie das zum Leidwesen der Dichter so üblich ist, eine Diskussionsrunde angeschlossen. Am Anfang waren wohl die üblichen Artigkeiten gesagt worden, aber dann hatte André

Malek, der Philosoph mit der grauen Mähne, sich zu Wort gemeldet. »Madame«, sagte er, »Ihre Gedichte sind, mit Verlaub, *merde*.« Verteidiger der Dichterin waren ihm daraufhin empört über sein loses Maul gefahren (»impertinenter Lackel«, »Ungustl« usw.), aber Malek war von seinem Sitz aufgesprungen und hatte sie mit Stentorstimme alle niedergebrüllt. Die Verse der Ana Dalmatin seien überholt, nicht auf der Höhe der Zeit, kurz und schlecht: reaktionär! Eine Lyrik, die den Anschluss an die Moderne verpasst habe, verdiene im Grunde gar nicht, dass man sie Lyrik nenne. Diese Gedichte seien affirmativ (was immer das nun wieder bedeuten mochte)! Verse über »Frühling, Sommer, Herbst und Winter« – hier verzog der Philosoph die Miene, man sah ihm an, dass er am liebsten ausgespuckt hätte. Diese Dichterin sei mit den herrschenden Verhältnissen offenbar höchst einverstanden. Das sei ihr gutes Recht in ihrem stillen Kämmerlein, aber als Leser wünsche man, von diesem »affirmativen« (hier war die Vokabel schon wieder) Gewäsch verschont zu werden! Sie solle sich schämen, dass sie als Tochter eines unterdrückten Volkes in diesem verrotteten Kaiserreich nichts anderes zur Welt zu sagen wisse als: ja und amen.

Schwer atmend ließ sich der Philosoph auf seinen Stuhl plumpsen. Und nun entstand – nachdem Ana Dalmatin die Schimpfkanonade mit trotzig verschränkten Armen, aber gesenkten Hauptes hatte über sich ergehen lassen – eine jener Pausen, in denen still der Engel der Peinlichkeit durchs Zimmer geht. Und in diese Pause hinein ergriff Alexej von Repin das Wort. Oder das Wort ergriff ihn, so genau konnte das hinterher keiner mehr sagen. Von seiner Ecke an der Wand her, an der er mit überkreuzten Beinen lehnte, sagte der junge Mann eine winzige Spur zu laut und ohne irgendjemanden dabei anzuschauen: »Also, mir haben die Gedichte von dem Fräulein ganz gut gefallen.« Vielleicht lag es an dem altmodischen »Fräulein«: jedenfalls war es danach mit einem Mal so, als sei ein böser Bann gebrochen. Die Gäste der Barbara Gottlieb lachten; die Dichterin wehrte sich anfangs gegen den Lachreiz, fing dann aber auch an zu glucksen; sogar der finstere Philosoph André Malek brach in Gelächter aus. Am lautesten aber war das Lachen der schönen Gastgeberin in ihrem rot-weißen Dirndl, das ihr, wie schon angemerkt, ausgezeichnet stand. Dieses Lachen klang ganz hell, es lag nichts Finsteres, nichts Höhnisches darin. Als sie sich alle wieder beruhigt hatten, erklärte Barbara Gottlieb, das sei doch ein gutes Schlusswort, und sie wünsche den Gästen noch einen angenehmen Heimweg.

Bei der Verabschiedung geschah es dann, dass sie Alexej von Repin sehr fest an sich drückte. »Sie waren großartig, mein Freund«, sagte sie ihm ins Ohr, wobei sie das erste R fein auf der Zungenspitze rollte; er spürte, wie wunderbar weich ihre Brüste unter dem Stoff lagen; mit seinen Händen hielt er beinahe gegen seinen Willen ihre Taille umfasst, der Geruch ihrer Haut stieg ihm von ihrer Halsmulde her in die Nase; und als sie ihn, wie vorhin schon Thomas, auf die Wangen küsste, da wendete sie einen Augenblick zu früh ihren Kopf, und seine Lippen streiften kurz und sanft – niemand außer ihnen beiden hatte es bemerkt – ihren Mund. »Kommen Sie bald wieder, Alexej.« Die körperliche Empfindung dieses Beinahekusses begleitete ihn noch, als er benebelt in dem altertümlichen Aufzug nach unten fuhr (zeitaufwärts, zeitabwärts?). Sie begleitete ihn auch auf dem langen und einsamen Weg in seine Studentenbude, sie begleitete ihn noch bis in den unruhigen, von tollen Träumen zerrissenen Schlaf hinein. »Die Ehre, die Ehre«, sagte das Männlein in der Livree, als sie im Parterre angekommen waren, in Alexejs Ohren klang es wie Spott. Denn ihm war fürchterlich klar, dass er von nun an ehrlos war: Er hatte sich Hals über Kopf verliebt. Er, der Hässliche, der Schüchterne, in die schönste Frau von Wien; in eine Dame, die einen Levinsohn im Salon hängen hatte. Eine Ehefrau zudem, deren Gatte ganz gewiss bei Hof ein- und ausging. Eine Ehefrau mit zwei kleinen Töchtern. Es war eine Katastrophe. Es hätte nie geschehen dürfen; es war geschehen. Alexej wusste, was ihm blühte: schlaflose Nächte, zähneknirschender Selbsthass. Eine Katastrophe, eine Katastrophe. Die Liebe war eine Katastrophe.

Hätte er in diesem Augenblick gewusst, dass in ein paar Monaten die Welt untergehen sollte, es wäre Alexej im Vergleich wie das mindere Unglück vorgekommen.

II.

Dudus Mondfahrt

David Gottlieb, den seine Freunde gern zärtlich »Dudu« riefen, platzte vor Vorfreude schier aus den Nähten und fühlte sich deswegen schuldig. Warum er sich schuldig fühlte? Weil seine Vorfreude wenigstens durch einen Tropfen der Trauer hätte getrübt sein müssen: noch war ja gar nicht abzusehen, ob er seine Gattin und ihre beiden Töchter binnen Wochen oder erst in Monaten wiedersehen würde. Dudu Gottlieb war aber überhaupt nicht traurig. Ihm fiel vielmehr ein Stein vom Herzen, als ihn das Telegramm mit der kryptischen Nachricht – seine Anwesenheit auf dem Mond sei »dringend stopp sehr dringend erforderlich« – aus dem Kreise seiner Lieben zu Hause fortriss. Nicht zu leugnen: Seine Ehe war im vergangenen Jahr mit sanft-bösem Knirschen auf eine Sandbank gelaufen. Man konnte nicht sagen, dass er häufig mit Barbara stritt; vielleicht stritten sie sogar zu wenig miteinander. Aber der Nebel der Gewöhnung hatte sich grau auf seinen Alltag und klamm um sein Herz gelegt. Womöglich war ja auch, so suchte er sich zu beruhigen, das Alter schuld: Er hatte die 50 gerade eben überschritten. Jedenfalls hatte er Barbara nun schon lange nicht mehr (im biblischen Sinn dieses Wortes) erkannt. Es lag nicht daran, dass Dudu ihre Schönheit nicht mehr wahrgenommen hätte; im Grunde fand er seine Gattin sogar attraktiver denn je. Aber ihre Schönheit reizte ihn eben leider überhaupt nicht mehr.

Nach den Vorschriften des Talmud war Dudu Gottlieb die Pflicht auferlegt, seine Frau entweder erotisch zufriedenzustellen oder ihr materiellen Ersatz zu leisten; so hatte er Barbara mit Halsketten und Ohrringen, mit

Gold und Brillanten wortlos um Verzeihung gebeten ... lieber hätte er seinen Ehekontrakt (einst hatte er ihn an einem sonnig-kalten Frühlingstag besiegelt, indem er ein Glas unter der Ferse zermalmte) auf die traditionelle Art erfüllt. Aber stand es denn in seiner Macht?

Nun musste Dudu Gottlieb also auf den Mond, und die Vorfreude wirkte auf ihn wie ein Gas, das sanfte Rauschzustände hervorruft. Barbara hatte ihm am Vorabend geholfen, seine Koffer zu packen; genauer gesagt war es so gewesen: sie hatte die Koffer systematisch mit allerhand Nützlichem gefüllt, er hatte immer mal wieder versucht, ein Buch unter die Kleidungsstücke zu schmuggeln, und Barbara hatte ihm die Bücher – »du kannst nicht deine halbe Bibliothek mitnehmen, Dudu« – einzeln wieder ausgeredet. Er hatte sich den Wecker auf halb sechs gestellt und war neben ihr tief in traumlosen Schlaf gefallen (Reisefieber kannte Dudu Gottlieb zum Glück nicht); morgens war er aus dem Bett gerollt, hatte seine Frau, die sich schlaftrunken räkelte, kurz auf den Mund geküsst, Gebetsriemen angelegt und eine halbe Stunde lang *Schách'riss*, das Morgengebet, verrichtet. Nach einer kräftigen Dusche (halb heiß, halb eiskalt) hatte er sich angekleidet wie jeden Tag – schwarz gestreifter Anzug, rote Seidenkrawatte, Samtkappe; an den Seiten seiner Hose hingen die Schaufäden des kleinen Gebetmantels herunter, den er als Unterhemd trug. Dudu Gottlieb musterte sich kritisch im Spiegel (demselben Spiegel, in den ein paar Tage zuvor Alexej von Repin geblickt hatte). Er sah sein blasses Gesicht, sah verschwiemelte Züge, seinen kurz geschorenen Bart, der an den Ecken schon grau wurde, hellbraune Augen.

Viele fragten sich, wie es einem Mann wie ihm wohl gelungen sein mochte, Barbaras Herz zu erobern. Als Antwort auf diese Frage hatte er seinem Spiegelbild kurz die Zungenspitze gezeigt, das ihm die kleine Ungezogenheit umgehend heimzahlte; anschließend hatte er allein in der Küche gefrühstückt (tiefschwarzen ungesüßten Kaffee, in den er ein trockenes Kipferl tauchte). Der Sekundenzeiger der alten Uhr auf der Bauernkredenz, in der sie die milchigen Teller verwahrten, hatte die Zeit mit »Tack« und »Tack« und wieder »Tack« in dünne Scheiben zersäbelt. Eine kleine Viertelstunde später klingelte es schon an der Tür, sein Taxi wartete unten. Seine Frau war gähnend und im Morgenmantel an der Tür erschienen; sie hatte ihn zum Abschied sanft in den Arm genommen, er hatte ihr ins Ohr geraunt, sie solle brav sein und die Kinder von ihm grüßen.

Dudu Gottliebs Taxifahrer war ein Rumäne aus Siebenbürgen, der einen gewaltigen Schnurrbart unter der Nase trug; noch gewaltiger war das R, das er gemütlich vor sich her rollte. Ob ihm Wien denn gefalle, wollte Dudu wissen, ob es hier besser sei als in seiner Heimatstadt. »Temeschoar – nicht schlecht. Bukarest – noch besser. Aber Wien ist grrrrreeeßte Stadt von Welt«, urteilte der Taxifahrer aus Siebenbürgen. Und nachdem er seinen Schmerbauch hinter dem Lenkrad verstaut hatte, fügte er im Brustton der Naivität hinzu: »Wien ist *centru* von Kosmos!« Als sie langsam am Prater vorbeifuhren, erkundigte der Rumäne sich, wohin die Reise denn gehe; ach so, auf den Mond, da schau her. »Geschäft oder Vergniegen?«, wollte er wissen – und Dudu, den die jubelnde Vorfreude längst unter den Haarwurzeln kitzelte, antwortete schnell und leise, es handle sich um eine Geschäftsreise, was im Grunde ja auch stimmte. »Ich spare für Mondflug«, informierte ihn sein Chauffeur. »Aber nie genug Geld auf Bank, *la naiba!*« Anschließend war er – während sie auf die Autobahn einbogen, die nach Transleithanien* hinüberführte – in das allgemeine Taxifahrerlamento ausgebrochen: hohe Steuern, korrupte Politiker, blöde Erzherzöge usw., und er hielt sein Lamento ungebremst durch, bis sie bei Schwechat die Abfahrt zum Flughafen nahmen. Eigentlich war Dudu der Mann am Ende ein wenig auf die Nerven gegangen; am liebsten hätte er das Trinkgeld gespart, aber es gab, weiß Gott, schon genug Antisemitismus, und er wollte nicht – wie seine Großmutter seligen Andenkens gesagt hätte – extra Risches* machen. Also streckte Dudu dem Rumänen mit mildem Seufzen ein goldenes Hundertkronenstück hin: »Vierzig, bitte«, sagte er, und der Taxifahrer gab ihm drei rote Zwanzigerscheine heraus.

Vor dem Flughafengebäude stand er dann allein mit seinen zwei Rollkoffern in der Hand, ein Herr mittleren Alters im teuren Anzug mit Samtkappe. Um Dudu herum brandete ein wildes Sprachengewirr: Er hörte das Ukrainische der Ruthenen, jiddische Brocken flogen an sein Ohr, eine tschechische Familie bahnte sich lautstark ihren Weg, sogar Englisch war hier und da zu vernehmen. Dudu Gottlieb aber steuerte mit seinem schweren Gepäck quer durch die geräumige Abflughalle schnurstracks dem Schild entgegen, das den Weg zum Mondflieger wies. Die erste Formalität des Tages bestand darin, dass er sich mitsamt seinen Koffern wiegen ließ. Dudu liebte diese Prozedur nicht, leider war sie unumgänglich: Touristen zum Mond lösen alle denselben Grundpreis von circa 6000 Kronen – eine erschwingliche Summe auch für Angehörige der Mittelschicht. Auf diesen Grundpreis ist dann aber jeweils ein Aufschlag zu entrichten, der sich nach dem Körpergewicht und der Schwere des mitgebrachten Gepäcks bemisst; denn jedes Kilo, das von der Erde zum Mond geschossen wird, macht zusätzlichen Raketentreibstoff erforderlich, und dafür haben die Passagiere aufzukommen.

Die finanzielle Seite der Angelegenheit bekümmerte Dudu wenig, schließlich wurden die Kosten vom Hofe getragen. Allerdings empfand er es als unangenehm, beinahe schon entwürdigend, dass er vor aller Augen mitsamt seinen Koffern auf einer riesigen Waage Aufstellung nehmen musste. Wenn man ihm den Ausdruck aushändigte, auf dem die Gewichtsdifferenz exakt in Krone und Heller umgerechnet stand, wurmte ihn das jedes Mal tief in den Eingeweiden. Er liebte Mehlspeisen nun einmal, neigte daher zur Dicklichkeit, und diese Rechnung kam ihm wie eine öffentliche Rüge vor. Zu begleichen war die Differenz an Bord (die Kunststoffkarte der k. k. Creditanstalt* ruhte sicher in der Dunkelheit seines Portemonnaies).

Noch eine zweite Hürde war auf dem Weg zum Mond zu bewältigen – die Grenzkontrolle. Ja, es war ein wenig verrückt. Dudu Gottlieb konnte nach Triest reisen, nach Budapest, nach Prag, nach Czernowitz, nach Sarajevo oder in sein heimatliches Lemberg, ohne dass er unterwegs je hätte seinen Reisepass vorweisen müssen; aber der Mond war nun einmal deutsch, da war nichts zu machen. Unsichtbar erstreckte sich eine politische Grenze durchs stille kalte All, eine seltsame Vorstellung. Auf ganz unerwartete Weise, dachte Dudu, während er sich in die nächste Menschenschlange einreihte, war eine Prophezeiung von Heinrich Heine aus dem 19. Jahrhundert wahr geworden. Heine, der die Deutschen mit ingrimmigem Spott geliebt hatte, dichtete in seinem Poem »Deutschland. Ein Wintermärchen«:

Franzosen und Russen gehört das Land,
Das Meer gehört den Briten.
Wir aber besitzen im Luftreich des Traums
Die Herrschaft unbestritten.

Diese Verse hatten sich also erfüllt – viel weniger metaphorisch, viel buchstäblicher, als Heine es hatte wissen können. Ganz ohne alle Ironie! Seit dem Jahr 1940 hatten die Deutschen mit überlegener Ingenieurskunst – das musste der österreichisch-ungarische Neid ihnen lassen – die Herrschaft im Luftreiche der Utopie erstritten. Der Rüstungswettlauf mit den Briten war da schon endgültig verloren gewesen: Auch der letzte Trottel hatte begriffen, wie sinnlos es war, immer neue Kriegsschiffe vom Stapel laufen zu lassen, die dann doch wieder nutzlos im Kieler Hafen herumdümpelten – in der Raketentechnik lag die Zukunft! Die Deutschen hatten also einen alten Menschheitstraum wahr gemacht, waren als Pioniere zum Mond geflogen und hatten ihn danach mit preußischer Gründlichkeit in Beschlag genommen und kolonisiert (in einem Anflug von jüdischem Nationalstolz erinnerte Dudu Gottlieb sich kurz daran, welch hervorragende Rolle Juden bei dieser waghalsigen Unternehmung gespielt hatten). Er mochte sie nicht besonders, die Preußen; aber das hatten sie gut gemacht. Doch nun war die Reihe schon an ihm, seine Papiere aus der Brusttasche zu fingern – dabei musste er aufpassen, dass ihm die Flugkarte nicht zu Boden fiel, gleichzeitig hatte er seine Koffer vorwärtszurollen. Schon stand er vor der Glaskabine, die einen Angehörigen der Grenzgendarmerie behauste. Da Dudu Gottlieb öfters zum Mond flog, kannte er mittlerweile viele Grenzgendarmen mit Namen. Dieser blutjunge Diener Seiner Majestät hieß Stanisław Paszkiewicz; er trug einen bleistiftstrichdünnen Schnurrbart unter der Nase und stammte wie Dudu aus Ost-Galizien.

»Guten Morgen, Exzellenz«, sagte der Grenzgendarm in seiner blauen Uniform.

»Dzień Dobry, Panie Paszkiewicz«, sagte Dudu Gottlieb und legte seine Dokumente vor, »jak się pan miewa dzisiaj?«

»Caćkiem dobrze ale musi pan dobrze zadbał o swoje

zdrowie, Herr Geheimrat. Zgodnie z naszym wczorajszym raportem będzie padać śnieg o pòłnocy.«

»Mam spakowane futro«, versetzte Dudu, ohne die Miene zu verziehen.

»Mam nadzieję że Pańskie walizki są wypełnione po brzegi sliwowica«, sagte Stanisław Paszkiewcz. »Będzie Pan musiał przekupić więcej Prusaków.«

»Oczywiście, oczywiście. Zechciałby Pan sprawdzić?«

»Póki co z przyjemnościa zyczyłbym sobie sprawdzić, Herr Geheimrat. Żegnam Proszę tylko nieszaleć i nienarobić żadnych szkód przed Księżycem.« Mit diesen Worten* gab er Dudu den Pass zurück – und da es zum Spiel gehörte, dass keiner von ihnen lächelte, vermieden es die beiden, einander in die Augen zu sehen.

Nach den Grenzformalitäten und nachdem Dudu Gottlieb sein Gepäck aufgegeben hatte, blieb ihm gerade noch genug Zeit, sich in einer Trafik die jüngste Ausgabe der *Neuen Freien Presse* zu kaufen; außerdem erwarb er eines jener Bücher, wie man sie als Dutzendware auf allen Flughäfen der Welt herumliegen sieht. Dieses Exemplar hier hatte einen grellen Einband, stammte von einem gewissen Richard Turteltaub, trug den Titel *Hannibal Barkas – Herrscher über Italien* und kostete nur 16 Kronen und 95 Heller. Dudu kaufte das Buch, ohne dass er es auch nur angeblättert hätte; er kaufte es vor allem deshalb, weil Hannibal in seiner persönlichen Heldengalerie einen Ehrenplatz einnahm, aber auch, weil auf dem Umschlag des Buches ein trompetender Elefant abgebildet war – er mochte Elefanten. Dudu hatte das Buch kaum in die Tasche gesteckt, da kam schon der Bus, der ihn und die anderen Mondtouristen abholte und zur Startbahn des Mondfliegers fuhr, einem hellen Band aus Beton, das sich an der Donau entlangzog; sein Ende verlor sich irgendwo da hinten in der flirrenden Ferne. Diese Startbahn war eine eigene Attraktion – übertroffen wurde sie eigentlich nur noch von dem Weltraumgefährt, das dort in der Sommerhitze stand und wartete.

Der Mondflieger war wunderschön. Er war von oben bis unten, von vorn bis hinten in einem matten Dunkelblau lackiert und mit goldenen Sternen übersprenkelt; auf seiner Heckflosse sah Dudu groß und stolz das kaiserlich-königliche Wappen prangen. Der Mondflieger war aber nicht nur schön, er war auch riesig – so hoch wie ein dreistöckiges Haus. Wer neben ihm stand, der mochte sich vielleicht wundern, warum dieses Vehikel nur Platz für fünfzig Passagiere bot – aber den meisten Raum nahm hier naturgemäß der Treibstoff ein. Außerdem transportierte der Mondflieger nicht nur Passagiere, sondern nahm auch Lasten mit, denn beinahe alles Lebensnotwendige musste in die Mondstadt eingeführt werden (außer Wasser, das auf dem Mond in Form von Eis unter dem Staub lagerte, und Atemluft, die von den Kolonisten mithilfe von riesigen Algentanks längst selbst hergestellt wurde). Der Mondflieger sah im Grunde wie ein fantastisch überdimensioniertes Flugzeug aus – allerdings kulminierte er am hinteren Ende in den vier gigantischen Düsen seiner Raketentriebwerke; und während die Passagiere ein normales Flugzeug von der Seite her bestiegen, war hier am hinteren Ende eine Treppe herangefahren worden, sodass die Passagiere den Mondflieger nun betraten, indem sie (dies rief bei Dudu einen kurzen Moment des Unbehagens hervor: was, wenn die Raketenmotoren jetzt plötzlich feurig fauchend ansprangen?) zwischen den hausgroßen Düsen hindurch an Bord stiegen.

Drinnen gab es keine Abstufungen des Luxus, sondern nur eine einzige (und sehr komfortable) Klasse. Die fünfzig Sitze waren alle gleich breit und weich, boten genug

Beinfreiheit und konnten im Handumdrehen in Liegen umgewandelt werden; alles andere wäre freilich auch unvertretbar gewesen, denn wenn das Sonnenlicht, das vom Mond gespiegelt wurde, auch nur eine Sekunde brauchte, ehe es die Erde erreichte, dauerte ein Mondflug doch immer noch seine 38 Stunden.

Während die vier Mondflugassistentinnen (leider war keine einzige hübsche darunter) ihr vorschriftsmäßiges Sprüchlein von der Sicherheit im Weltraum aufsagten und abkassierten, klappte Dudu Gottlieb müde seine Augendeckel zu. Seine Gedanken wanderten durch das Labyrinth seiner Kindheitserinnerungen, bis ihm irgendwann Jules Verne einfiel. Er dachte an die zwei rostrot eingebundenen Bände, die er als Kind bei seinem Großvater entdeckt hatte – jetzt zierten sie seine eigene Bibliothek: »Von der Erde zum Mond« und »Reise um den Mond«. Mit heißem jugendlichem Lesehunger hatte Dudu die Geschichte des tapferen Franzosen Michel Ardan verschlungen, der sich im Inneren eines hohlen Projektils einschließen und von einer Kanone auf den Mond schießen ließ. Den größten Eindruck auf Dudu hatten seinerzeit die Illustrationen gemacht: Stiche von Herren mit altertümlichen Bärten, Visionen von Eisenbahn-Projektilen, die im Verbund zum Mond katapultiert wurden, Zukunftsträume aus genietetem Stahl. Die physikalische Unmöglichkeit dessen, was der wunderbare Jules Verne da schilderte, hatte seine jugendliche Leselust nicht im Geringsten gebremst: denn selbstverständlich hätte Michel Ardan einen solchen Schuss niemals überlebt, er wäre vom Rückstoß am Boden seines Gefährts zerquetscht worden. Die Unwahrscheinlichkeit, die am lautesten zum Himmel schrie, war aber, dass Jules Verne seinen Mondflug in Florida starten ließ. Ausgerechnet. Lächerlich! Was gab es denn in Florida außer Sümpfen und Alligatoren?

Dudu Gottlieb hielt die Augen auch noch geschlossen, als der Mondflieger tief von innen heraus zu beben begann und mit einem schrecklichen Zittern seine Flugzeugmotoren ansprangen; er öffnete seine Augen nicht, als der Flieger die Startbahn entlangraste und raste und immer weiter raste, sein Rasen in der Horizontalen währte minutenlang, es wollte schier kein Ende nehmen. Und genau da – im selben Moment, als allen an Bord die Vorstellung, dieser Walfisch aus Blech könnte jemals die Erde verlassen, schon völlig absurd vorkam –, genau da kippte der Mondflieger mit einem Mal schräg nach oben: Er hob ab. Dudu Gottlieb aber betete mit geschlossenen Augen. Die Wahrheit war nämlich: Obwohl er sich auf diese Reise gefreut hatte, litt er ein wenig unter Mojre, unter Flugangst. Darum sagte Dudu jetzt die Formel, mit der sich das jüdische Volk seit alters und jeher zur Einheit und Einzigartigkeit Gottes bekannt hat: »Schma Jisruel«, betete er, »Adoischem elaukäinu Adoischem echod.« Dabei dachte er: Dieser Körper, Ewiger, er gehört dir. Du kannst mit ihm tun, was du willst. Zermalmen, zerfetzen, es ist ganz gleichgültig. Kurz der Schmerz, ewig die Freude. Was soll dieses Schütteln, dieses Rütteln? Himmel, hilf. »Adoischem echod.« Behüte meine Frau, du unberechenbarer Gott meiner Väter, und passe auf meine Töchter auf, sie sind doch erst zwei und fünf.

Als sie nach einer kleinen Ewigkeit immer noch nicht abgestürzt waren, schlug Dudu die Augen auf. Bald hatte der Mondflieger, wie der Flugkapitän aus seiner Kanzel meldete, seine vorläufige Reiseflughöhe von zehn Kilometern erreicht – seine Triebwerke zündete er naturgemäß nicht über bewohntem Gebiet, sondern erst dann, wenn sie weit draußen über dem Nordatlantik waren. Dudu Gottlieb fasste sich unterdessen so weit, dass er ein kräftiges zweites Frühstück verputzte: noch mehr tiefschwarzen Kaffee, noch ein Kipferl, eine Eierspeise mit Schnittlauch, Tomaten. Auf dem Bildschirm, der vor ihm justiert war, lief unterdessen ein langweiliger Dokumentarfilm, den Dudu kaum eines Blickes würdigte. Schließlich kannte jedes Kind diese Geschichte auswendig (Hermann Oberth aus Siebenbürgen und sein »Verein für Raumschifffahrt«; Walter Kramer aus Augsburg, der »Vater der Raketentechnik«; am 3. Oktober 1942 der erste bemannte Raumflug von Peenemünde aus, am 27. März 1945 endlich die erste Landung auf dem Erdtrabanten*: die Flagge des Deutschen Kaiserreiches wurde in den Mondstaub gepflanzt). Dudu griff nach der Stoffserviette und wischte sich den Mund ab. Anschließend sprach er den 126. Psalm und das Tischdankgebet, faltete die *Neue Freie Presse* auseinander – neuerdings druckten die Herrschaften sogar Farbfotos auf der Titelseite, widerlich – und konstatierte: Auf der Welt war nichts los, wirklich gar nichts. Die Japaner waren immer noch mit dem Massakrieren aufständischer Chinesen beschäftigt. (*»Olle Jabana san eingtlich eh Chinesa«*: Diese Perle fernöstlicher Weisheit hatte ihm kürzlich sein Hausmeister dediziert.) Die Kaiser-Gemahlin war angeblich in Sandalen gesichtet worden. Weitere Nachrichten im Innenteil.

Der Mondflieger brauste über die Kronländer der Monarchie und die Kantone der Eidgenossenschaft hinweg und nahm immer deutlicher Kurs auf den Atlantik. Unterdessen döste Dudu Gottlieb: Amerika, dachte er im Halbschlaf, ach ja, Amerika. Es hatte eine Zeit in seinem Leben gegeben, da hatte er sich nach Amerika gesehnt. Und gerade eben hatte er in der Zeitung die Meldung gelesen, dass Cuba als 52. Bundesstaat in die Union aufgenommen werden wollte … als junger Mann hatte Dudu vom Donner der Niagarafälle geträumt, von bizarren Kakteen im Staub von Nevada, von den Hängebrücken der Riesenstadt New York … dort gewesen war er allerdings nie. Amerika war ein wüstes weites freies Land, wo jeder Bürger nicht nur das Stimmrecht besaß, sondern eine Waffe besitzen durfte. Es war ohne Zweifel eine Reise wert – später einmal, nach seiner Pensionierung vielleicht. Amerika, »wo sie ohne Spucknapf spucken, wo sie ohne König kegeln«, wie Heinrich Heine gedichtet hatte … es musste etwas ganz Besonderes sein. Man bedenke: eine Republik, die sich über einen ganzen Kontinent erstreckt, so etwas wie eine Schweiz in Übergröße … nur eine Kultur hatten sie dort drüben selbstverständlich nicht. Aber daraus konnte man den Amerikanern keinen Vorwurf machen, schließlich hatten sie keinen Victor Léon, keinen Eric Charell, keinen Oskar Hammerstein, der ihnen leichtfüßige Operetten geschrieben hätte … es gab in Amerika auch nicht die Tradition des Komödianten, der sich, nur mit einem Mikrofon bewaffnet, einem Saal voller Menschen entgegenstellt: keinen Karl Farkas*, keinen Fritz Grünbaum*, keinen Daniel Kaminsky, keine Sarah Silberman.

Frankreich war da doch etwas ganz anderes, ein Kulturstaat. Erst vor zwei Monaten war Dudu Gottlieb bei einem astronomischen Kongress in Paris gewesen; unter anderem hatten sie dort über die uralte Frage diskutiert, ob sich draußen im All intelligente Lebewesen herumtreiben. (Dudus Antwort: entschieden nein. Es gab nur eine schmale Zone, in der Leben überhaupt möglich war, unser blauer Planet befand sich zufällig – oder dank der Gnade Gottes – just in dieser Zone, und auch das nur für ein paar Jahrmillionen: gerade der richtige Abstand zur Sonne, genau die richtige Menge flüssigen Wassers, ein ungewöhnlich großer Trabant, der für Ebbe und Flut sorgte, ein starkes Magnetfeld, das die schädliche Weltraumstrahlung abfing usw. Es widersprach allen Regeln der mathematischen Wahrscheinlichkeit, dass dergleichen im Universum noch einmal vorkam.) Dudu hatte zu jenem Astronomenkongress Barbara und die Kinder mitgenommen; abgestiegen waren sie im »Ritz« (die französische Republik war großzügig und bezahlte ihren Aufenthalt). Er und seine Familie hatten die hypertrophe Pracht des Hotels genossen, sie waren von der Place Vendôme zu den Tuilerien hinübergeschlendert und von dort hinunter zur Seine; Barbara war froh gewesen, dass sie an den Einheimischen ihr Französisch ausprobieren konnte. Wenn er daran zurückdachte, stieg vor Dudus innerem Auge vor allem das Bild der Place de Vosges auf: eckig zurechtgestutzte Bäume, elegant geschwungene Laternen, Renaissancearkaden, ein Springbrunnen in der Mitte – es war vielleicht der schönste Platz auf dem Alten Erdteil. Dudu hatte dort gebetet, in der alten kleinen Synagoge mit der Hausnummer 14, während Barbara die Kinder zurück ins Hotel brachte. Und überall, wohin sie auch gegangen waren, hatten sie in Paris drei Flaggen brüderlich nebeneinander wehen gesehen. Die größte war die Trikolore der Dritten Französischen Republik gewesen*; obwohl jenes Staatswesen 1871 aus einer militärischen Niederlage gegen die Deutschen hervorgegangen war, flatterten *Bleu* und *Blanc* und *Rouge* fröhlich im Wind. Etwas kleiner flatterte das weiße Kreuz der Eidgenossenschaft auf rotem Tuch; und es flatterte auch das Weiß über Blau von San Marino – mit einem goldenen Wappen in der Mitte.

Wieso gerade diese drei Nationalsymbole? Dudu Gottlieb hatte es seiner Frau hinterher im Hotelzimmer geduldig erklärt, während sie ihm die Fliege band: weil das die drei europäischen Republiken waren. Drei Republiken mit verschiedenen Traditionen, dozierte Dudu (Barbara zurrte ihm derweil sanft den Knoten unter dem Kinn fest): hier also Frankreich, dort die Schweiz und da drüben der Zwergstaat in Norditalien. Übrigens war San Marino nicht nur die kleinste, sondern auch die älteste unter ihnen, ja es handelte sich überhaupt um die älteste Republik der Welt – Verfassung aus dem Jahre 1600. Eigentlich hatte man es mit dem letzten überlebenden italienischen Stadtstaat zu tun, geleitet von zwei *Capitani Reggienti*, die jedes Halbjahr neu gewählt wurden. Glücklicherweise hatte erst kürzlich am Wochenende ein Artikel über San Marino im Reiseteil der *Neuen Freien Presse* gestanden, sodass Dudu nun mit seiner angelesenen Weisheit glänzen konnte. (Dass Barbara jenen Artikel ebenfalls gelesen hatte, erwähnte sie mit keinem Sterbenswort; sie beließ ihn in dem Glauben, er habe ihr gegenüber einen Vorsprung, da sie nicht nur schön, sondern auch lebensklug war.) Die drei europäischen Republiken, fuhr Dudu fort, betrachteten einander als natürliche Bundesgenossen, denn bei allen anderen Staaten in Europa handelte es sich bekanntlich um Monarchien bzw. Fürstentümer; Frankreich aber sah sich als *primus inter pares*, als Schutzmacht der beiden anderen. Beinahe vergessen war darüber der Schrecken, der einmal in diesem Land geherrscht und seinen Namen vor Gott und den Menschen zum Abscheu gemacht hatte.

Wenn es übrigens etwas gab, das Dudu an Frankreich befremdete, so war es die Selbstverständlichkeit, mit der man die republikanische Regierungsform hierzulande als etwas Normales betrachtete. An ihrem letzten Abend in Paris war Dudu Gottlieb mit den anderen Kongressteilnehmern zu einem Staatsempfang im Élyséepalast beim scheidenden Präsidenten eingeladen gewesen. (Barbara blieb unterdessen mit Susanne und Eva im »Ritz« zurück und genoss das luxuriöse Schwimmbad.) Viel Aufhebens wurde bei jenem Empfang darum gemacht, dass bald der erste Kandidat aus den Kolonialgebieten – ein schwarzer Mann von der Insel Martinique – den Eid auf das wichtigste Amt der französischen Republik ablegen würde. *Allons enfants de la Patrie* usw. Gewiss, dieser Weltoffenheit durfte man einen frohen Salut entbieten. Aber sie war doch nicht im Mindesten mit der republikanischen Staatsform verknüpft! (Dies hatte Dudu Gottlieb im Stillen gedacht, während er im Frack an seinem Orangensaft nippte.) Was, bitte, wäre das viktorianische Zeitalter ohne Benjamin Disraeli gewesen? War unter Elisabeth II. nicht in den frühen Sechzigerjahren ein Sikh aus dem Pandschab, ein Gentleman namens Tripat Batra Singh, zum Premierminister gewählt worden? (Nicht umsonst führte die Königin von Großbritannien und Irland auch den gewaltigen Titel: *Empress of India*, also »Kaiserin von Indien«.) Bei der republikanischen Staatsform, davon war Dudu tiefinnerst überzeugt, handelte es sich um alles andere als einen Normalzustand. Sie war ungefähr so natürlich wie die eiserne Konstruktion des M. Eiffel auf dem Marsfeld. Irgendwann (das hätte Dudu aber nie laut ausgesprochen) würde auch Frankreich den Weg zurück zur konstitutionellen Monarchie finden. Ewig konnte diese *Troisième République* ja nicht dauern.

Nach ihrem Besuch in Paris war Familie Gottlieb noch schnell über die deutsche Grenze ins Elsass hinübergefahren. Dudus Bruder Jankel – das jüngste seiner Geschwister – hatte erst vor Kurzem in Straßburg ein jüdisches Mädchen geheiratet (während seine drei Schwestern über die gesamte Donaumonarchie verstreut wohnten: Dina in Raab, Mimi in Klausenburg, Judith in Brünn). Jankel, der Jüngste – er war erst 43 – sah ganz anders aus als Dudu; auf den ersten Blick wäre man kaum darauf gekommen, dass es sich bei ihnen um Geschwister handelte. Jankel hatte karottenrote Haare, dunkle Augen und einen Sattel von Sommersprossen auf dem Nasenrücken; im Unterschied zu Dudu rasierte er sich glatt und trug am liebsten grobe Seemannshosen und offene Baumwollhemden. Gerade eben hatte er einen Lehrauftrag für Zeitgeschichte an der Straßburger Universität ergattert. Seine Frau, die Tinla hieß, eine schmalgesichtig-zierliche Blondine mit flottem Mundwerk, arbeitete als Chirurgin an der Kaiser-Wilhelm-Klinik. Die deutsche Reichsregierung, so hatte Jankel ihnen beim Abendessen in einem kleinen koscheren Lokal erklärt, verfolgte gegenüber dem Elsass eine sehr umsichtige Politik. Schon Friedrich IV. hatte begriffen, dass die Elsässer im Grunde weder Deutsche noch Franzosen werden, sondern Elsässer bleiben wollten; und so hatten er ihnen weitgehende Autonomie zugestanden. Das fiel allerdings insofern nicht schwer, als die Pässe im Kaiserreich noch nie die Staatsangehörigkeit »deutsch« ausgewiesen hatten; stattdessen stand dort »preußisch« oder »bayerisch« oder »sächsisch«. Vor einem halben Jahrhundert war als weitere Kategorie halt »elsässisch« dazugekommen. Am Schabbes ging Dudu mit seiner Familie spazieren; sie hatten die Fachwerkhäuser im Gerberviertel bewundert, die sich still und schön in der Ill spiegelten, auch den vielleicht eine Spur zu protzig geratenen Kaiserpalast …

So etwas konnte Amerika nicht bieten. Amerika war leider nicht nur eine Republik, sondern außerdem kulturlos. Auch einen Mondflug hatten die Amerikaner nie zustande gebracht. Dudu blickte kurz aus dem Kabinenfenster: Blau, sehr viel Blau. Sie rasten immer noch über dem Atlantischen Ozean dahin.

Dudu Gottlieb gähnte laut, während er überlegte: Am

schwersten wog vielleicht, dass sie dort drüben nichts hatten, was es mit den Rosenhügelstudios in Hietzing aufnehmen konnte. Keine Sascha-Filmindustrie!* Das bedeutete auch: keinen Samuel Wilder, keinen Walter A. Königstein, keine Romy Schneider, keinen Christoph Waltz, keinen Arnold Schwarzenegger, noch nicht einmal einen Szczepan Szpilberg ... da konnte man halt nichts machen. Wo es nichts gab, da war auch nichts zu holen. Trotzdem: Amerika – Dudu wäre gern einmal hingeflogen, nur so ... just als er das dachte, knackte es in den Lautsprechern, und der Flugkapitän gab bekannt, man werde in den nächsten Sekunden die Raketentriebwerke zünden.

Seltsamerweise verspürte Dudu Gottlieb in diesem Moment keine Panik. Seine Flugangst war (wenn man das so sagen kann) ihrerseits verflogen; vielleicht deshalb, weil sie sich vor allem darauf gerichtet hatte, dass er den Boden unter den Füßen verlor – und diese Kalamität hatte er ja schon glücklich hinter sich gebracht. Jetzt, so meinte er, war das Schlimmste vorüber, und er beschloss, diesen Augenblick auszukosten. Es wird ernst, dachte er beinahe fröhlich. Technisch gesehen passierte Folgendes: Der Flugkapitän stellte den Mondflieger senkrecht, sodass er mit der Nasenspitze dem Weltenraum entgegen zeigte. Dann gab er Schub. Der Krach war ungeheuerlich, unbeschreiblich; er wäre unerträglich gewesen, wenn der Mondflieger nicht binnen Kurzem die Schallgrenze durchbrochen hätte, sodass der Lärm, der das gesamte Himmelsrund ausfüllte, hinter ihnen zurückblieb. Dann hatten sie auch schon die Erdatmosphäre durchstoßen und tauchten in das große samtschwarze Nichts ein, das sich so unverstellbar zwischen den Himmelskörpern erstreckt. Hinter den Luken saßen die Sterne kalt und ohne Funkeln. Die Passagiere wurden von einer furchtbaren Urgewalt in ihre Sitze gepresst. Zum Glück zündete der

Flugkapitän die Raketentriebwerke aber nicht gemeinsam, sondern hübsch ordentlich nacheinander, sodass der Mondflieger erst allmählich jene zweite kosmische Geschwindigkeit von elf Sekundenkilometern erlangte, die ihn auf einer Parabelbahn direkt zum Erdtrabanten führen sollte.

Vom Rest der Reise gibt es wenig zu berichten. Dudu Gottlieb döste weiter; er schmökerte ein wenig in dem reißerischen Buch, das er am Flughafen gekauft hatte, und fand es unterhaltsam. Er verrichtete im Sitzen sein Nachmittags- und Abendgebet, weil den Passagieren in der Schwerelosigkeit streng verboten war, ohne Not ihre Anschnallgürtel zu lösen und aufzustehen. (Beinahe hätte er beim Beten, weil er den Oberkörper allzu ruckartig hin- und herbewegte, seine Samtkappe verloren, die er mit einer extragroßen Haarspange an einer grauen Strähne verklammert hatte; im letzten Augenblick bekam er das schwarze Käppchen zu fassen und machte es wieder fest, ehe es herrenlos-langsam durch die Kabine schweben konnte.) Er erleichterte sich auf einer Toilette, die im Grunde genommen – darüber dachte Dudu besser nicht allzu detailreich nach – wie ein Staubsauger funktionierte; hinterher hangelte er sich an einem Seil, das an der Decke aufgespannt war, wieder zu seinem Sitz zurück. Er schluckte etwas koschere Astronautennahrung aus einer Tube. Schließlich nahm er dankbar den Schlummertrunk entgegen, den eine Mondfliegerassistentin ihm lächelnd reichte: Es war noch kein Mittel gegen den Brechreiz gefunden worden, der jeden Menschen in der Schwerelosigkeit früher oder später unweigerlich befiel (schuld daran waren die Tasthärchen im Mittelohr, die dem Gehirn komplette Orientierungslosigkeit, ergo Schwindelgefühle meldeten), und so war es das Beste, die Reise zum

Mond einfach zu verschlafen. Dudu schnarchte deshalb mit halb offenem Mund, während das Raumflugzeug durch den Weltraum sauste – beinahe dreimal so schnell wie eine Gewehrkugel und vollkommen lautlos.

Er verpasste die kleine Jause*, mit der die anderen Passagiere aus ihrem künstlichen Schlummer aufgeweckt wurden: Dudu erwachte erst wieder, als der Mondflieger sanft – mittels Düsen, die es ihm erlaubten, in der Waagrechten zu manövrieren – auf dem Mondflughafen aufsetzte.

Der Mondflieger parkte so, dass er sein Hinterteil einer abgeflachten Milchglaskuppel zuwandte, die sich riesenhaft aus dem Mondsand erhob. Eingefasst war jene Kuppel von einem gewaltigen Oktaeder aus Metall; an jeder Seite des Oktaeders war eine Kunststoffkonstruktion angebracht, die zu einer Art festem Schlauch ausgefahren werden konnte. Erst wenn der Schlauch ohne Lücke mit dem Ausstieg des Mondfliegers verbunden und unter Druck gesetzt war, konnte die Tür völlig gefahrlos geöffnet werden; und nun wanderten die Passagiere des Mondfliegers unter die große Milchglaskuppel hinüber, um dort ihre Ankunftsformalitäten zu erledigen. Beinahe wäre Dudu Gottlieb, als er sich von seinem Sitz erhob und die Glieder streckte, hart mit dem Kopf gegen die Decke der Flugkabine gestoßen; dabei hatte man ihn wie die anderen Passagiere mit Nachdruck vor hastigen Bewegungen gewarnt.

Einen Vorteil hatte der Gewichtsverlust immerhin: Auch seine Koffer – ein dienstbarer Geist händigte sie ihm nach dem Aussteigen aus – waren plötzlich ganz leicht geworden. Die Ankunftshalle unter der Milchglaskuppel wurde vom Sonnenlicht auf der Mondoberfläche so hell erleuchtet, als sei dies ein irdischer Tag. Dudu reihte sich in die Schlange derjenigen ein, die keine Untertanen des

Deutschen Reiches waren. »Gemessen schreiten – nicht hüpfen!«, mahnten viele Schilder in Fraktur. Es wäre wohl wirklich fatal gewesen, dem Übermut nachzugeben und sich mit den Füßen vom Boden abzustoßen: Ein lustiger Springinsfeld, der sich das getraut hätte, wäre vielleicht eine Minute lang unter dem Hallendach geschwebt. Leider war der Grenzbeamte, mit dem Dudu Gottlieb dann zu tun bekam, ein missgelaunter Schwabe mit goldenem Kneifer. Der Beamte rasselte seine sechs obligatorischen Fragen herunter – erstens, was führt Sie auf den Mond?; zweitens, haben Sie vor, länger zu bleiben?; drittens, können Sie eine Rückflugkarte vorweisen?; viertens, haben Sie Verwandte hier?; fünftens, führen Sie zollpflichtige Waren mit sich?; sechstens, ist Ihnen bewusst, dass Rauchen auf dem gesamten Mond streng untersagt ist? –, dann knallte er Dudu mit gerunzelter Stirn seinen Stempel in den Pass.

Gleich hinter der Grenzstation stand ein Kiosk, wo man fremde Währungen in Goldmark umtauschen konnte. Und neben dem Kiosk erblickte Dudu Gottlieb eine vertraute Gestalt: Dort lehnte burschikos und lässig Siegfried Katz, ein Kollege aus Hamburg. Dudu kannte ihn von verschiedenen wissenschaftlichen Kongressen, er schätzte ihn sehr und mochte ihn überhaupt nicht. Katz hatte einen dunklen Teint und schwarzes gewelltes Haar; er trennte das S vom T und P, wie es die Norddeutschen tun (»Der Hund s-prang über S-tock und S-tein«), was sich in Dudus galizianischen Ohren nicht nur affektiert, sondern auch arrogant anhörte. Doch Siegfried Katz bildete nicht das gesamte Begrüßungskomitee. Er führte eine Begleiterin im Schlepptau, eine zierliche junge Dame mit kurzem blondem Schopf, elfenhaftem Gesicht und sehr blauen Augen. »Willkommen auf dem Mond«, sagte die junge Frau und streckte Dudu Gottlieb ihre Hand entgegen.

»Ich heiße Selene« (wie sie den Namen aussprach, reimte er sich auf »Helene«, Betonung auf der zweiten Silbe). »Ich bin die Assistentin von Professor Katz.« Jener hielt sich gar nicht erst mit Höflichkeit und Händeschütteln auf. »Wir haben hier oben ein unersprießliches (›un-ers-prießliches‹) Problem, Herr Geheimrat«, sagte Siegfried Katz. »Vielleicht steht (›s-teht‹) die Welt nicht mehr lange. Wenn Sie uns bitte folgen wollen.«

III.

Kummer und Geschichtslektionen

Zwei Wochen später ging Alexej von Repin durch das Häuserlabyrinth der Josefstadt. Er schlenderte ohne Plan oder Ziel, er flanierte nur so vor sich hin. Er wanderte die Lazarettgasse entlang, die wohl deshalb so hieß, weil das Krankenhaus gleich hinter ihr lag, bog nach links in die Pelikangasse ab (vorbei an einer großen Metzgerei, die, wie die hebräischen Schriftzeichen in ihrem Schaufenster verrieten, mehr war als nur koscher, nämlich »glattkoscher«), überquerte die Alserstraße, ließ willenlos zu, dass seine Füße ihn die Kochgasse entlangtrugen (hier kam Alexej ein Pulk von Talmudschülern entgegen, nicht umsonst hieß die Leopoldstadt »Mazzesinsel«); er bog am Post- und Telegrafenamt (eigentlich seltsam, dass es so hieß, telegrafierte denn heute noch jemand?) wiederum links in die Florianigasse ein und spazierte am Schönbornpark vorbei (einer angestaubten grünen Oase in diesem steinernen Meer); und dann, während hinter ihm rostrot das Tageslicht im Westen versank, folgte er der Straße einfach immer weiter auf den Ring und die Innere Stadt zu. Er hatte bis zum späten Nachmittag in einem Seminar über die Kunst der Spätantike gesessen, aber kaum etwas vom Lehrstoff in sich aufgenommen; in seiner Seele kochten allerhand halb gare Gedanken. Jetzt war Alexej von Repin traurig auf eine Weise, wie wahrscheinlich nur sehr junge Männer traurig zu sein vermögen. Wäre ihm jemand hinterhergegangen, wie er da zwischen grauen Patrizierhäusern auf dem Gehsteig dahintrottete (die Elektromobile surrten auf der linken Straßenseite an ihm vorbei*), so hätte dieser Jemand bemerkt, dass Alexejs Schultern wie von einer Last nach unten gedrückt wurden, dass seine Schritte mutlos und klein waren, dass er den Kopf hängen ließ.

Bei genauer Betrachtung erinnerte die stille Verzweiflung des Alexej von Repin an einen chinesischen Pagodenbau: Sie war aus vielfältigen Motiven zusammengesetzt, ein geschwungenes Dach türmte sich über das nächste in den trüben Himmel hinein. Die äußerste Hülle von Alexejs Traurigkeit war allerdings jugendfrische Empörung: Er hatte heute früh, während er seine Melange trank und in der Zeitung blätterte, gesehen, wie die *Neue Freie Presse* die jüngsten Massaker in Mukden und Fuschun kommentierte. Erst kürzlich hatte sich die Mandschurei gegen die japanische Fremdherrschaft erhoben (nach einem Jahrhundert der bitteren Unterdrückung!); die Japaner reagierten darauf, indem sie ihre Soldaten mit Flammenwerfern gegen die Aufständischen vorgehen ließen. »Es steht uns nicht an, diese gewiss bedauerlichen Vorkommnisse zu kritisieren«, hatte die *Neue Freie Presse* dazu verlautbart. »Im Fernen Osten gelten fundamental andere kulturelle Maßstäbe als im christlichen Abendland: Wir können vom japanischen Kaiserreich also nicht erwarten, dass es sich ebenso gesittet aufführt, wie man das bei uns im Abendland unter den Bedingungen einer konstitutionellen Monarchie erwarten darf. Auch handelt es sich bei den Aufständischen nicht um gesittete Herrschaften, sondern um Pöbelhaufen, die von wilden Kriegerfürsten angeführt werden. Hochherzige Tiraden ändern nichts an den traurigen Fakten. Die Weltgeschichte ist – wie der Philosoph Hegel einst festhielt – nun einmal nicht der Boden des Glücks.« Alexej hatte leise, aber von Herzen geflucht und heißen Kaffee verschüttet. Er wusste nicht, welcher Aspekt jenes Kommentars seine Empörung mehr befeuerte: War es der feinsinnige Rassismus (»die Gelben sind halt einmal so«) oder die Abwesenheit von Mitleid mit den Opfern, unter denen sich immerhin Frauen und Kinder befanden; war es der geschwätzig-oberlehrerhafte Ton? Jedenfalls hatte sein Ärger sich den ganzen Tag über nicht gelegt – er umflatterte ihn auch jetzt noch wie ein unsichtbarer schwarzer Umhang. Unterhalb der Empörung aber gärte eine Traurigkeit, die nichts mit jenem Zeitungskommentar, nichts mit den Tragödien der Geschichte zu tun hatte, die er mit seinen kurzen Armen nie und nimmer zum Guten wenden konnte: Alexej von Repin schlurfte durch Wien, als sei im Grunde alles seine Schuld, als sei er ganz persönlich der Konstruktionsfehler, der sich in den Weltenbau eingeschlichen hatte. Denn – tief Luft geholt, tapfer der Wahrheit ins Auge geblickt – warum studierte er überhaupt Kunstgeschichte? Weil er nicht malen konnte. Das war es schon, das war im Grunde alles, was es über ihn zu sagen gab: Alexej konnte nicht malen, nur bewundern. Er lebte ein Leben aus zweiter Hand.

Vielleicht wäre ihm das nur halb so arg vorgekommen, wenn es sich bei seinem Urgroßvater nicht um ein Genie gehandelt hätte; aber Ilja von Repin – den der Zar anno 1917 in den Adelsstand erhoben hatte – war nun einmal eines, das konnte niemand bestreiten. (Dass Alexej die Porträts und Genrebilder seines Urahnen schuldbewusst liebte, versteht sich beinahe von selbst.) Er war der Nachkomme eines großen Malers, und seine gesamte Existenz taugte so viel wie eine taube Nuss. Weitere Pagodentürme im vielfach verschachtelten Palast seiner Traurigkeit: Es war ein scheußlicher Tag geworden – Alexej spürte in den Knochen, wie der graue Herbst mit seinen Nebeln zwischen den Bürgerhäusern herangepirscht kam. Wien kam ihm immer noch fremd vor, verwirrend. Und circa 80 Kronen mussten ihm, wie Alexej kurz im Kopf überschlug, von nun an bis zum Monatsende reichen; ohne Geld wird aber jede Stadt sofort kleiner, das traf sogar auf die prächtige Haupt- und Residenzstadt zu. Am dunkelsten freilich ging es in einer gewissen Kammer zu, die genau in der Mitte seines betrübten Da- und Soseins lag. Dort fiel überhaupt kein Licht hin; dort lagerte ein Geheimnis, über das er noch nie gesprochen hatte, mit keinem Menschen (schon gar nicht mit seinem Freund Thomas, der sich eines sagenhaften Glücks bei Frauen erfreute, obwohl er in den Hüften etwas breit geraten war). Hier also Alexej von Repins schmerzlich-banales Geheimnis: Er hatte die 21 längst überschritten und war noch nie von einer Frauenhand berührt worden. Er hatte auch noch nie einen Kuss gegeben oder empfangen. Er war es ganz offenbar nicht wert, dass man ihn liebte. Doch die Erinnerung an Barbara Gottlieb war tief in ihm geblieben, sie verstörte ihn in seiner Hoffnungslosigkeit. Ihre Telefonnummer allerdings hatte er vergeblich in dem großen dicken gelben Wiener Telefonbuch gesucht; wahrscheinlich würde er nie wieder in diesem Leben mit ihr sprechen.

So trottete Alexej von Repin dahin. Als er das große neugotische Rathaus im Rücken wusste und sich gerade anschickte, jenen Teil der Ringstraße zu überqueren, der nach Kaiser Franz II. benannt ist, spürte er plötzlich eine Hand schwer auf seiner Schulter ruhen. »Warum so betrübt, junger Freund?«, sagte eine Stimme laut. »Das Leben ist viel zu kurz für Traurigkeit.« Es war der Fernsehphilosoph, jener bewusste Franzose. Seinen grauen Schopf hatte immer noch kein Kamm berührt, sein Stoppelbart glitzerte silbern im Licht der Straßenlaternen, die mittlerweile aufgeflammt waren. Er habe vor, einen Happen essen zu gehen, kündigte André Malek an: ob Alexej ihm wohl die Ehre erweisen wolle, ihn zu begleiten, er sei selbstverständlich eingeladen. Alexej sagte sofort zu. Das lag zum einen daran, dass er schon seit dem frühen Nachmittag tapfer seinen Hunger unterdrückte (sein Kontostand ließ ihm keine andere Wahl); zum anderen fühlte er sich dermaßen einsam, dass ihm plötzlich jede Gesellschaft recht war, auch wenn es bedeutete, dass er diesen selbstgefälligen und aggressiven Mann ertragen musste. (Er hatte an diesem Tag noch mit keiner Menschenseele ein Wort gewechselt.) Gemeinsam steuerten sie also das nächste beste Lokal an.

Nachdem sie sich niedergelassen und bestellt hatten – Alexej entschied sich für ein Backhendl und Wasser, Malek für eine Gulaschsuppe und ein Viertel Wein –, fragte sein Gastgeber ihn: »Wie heißen Sie eigentlich?« Und als Alexej es ihm gesagt hatte, reagierte Malek mit dem Ausruf: »Sie stammen also aus Russland! Das ist wunderbar, wirklich wunderbar.« Alexej wusste nicht, was an diesem Umstand wunderbar sein sollte. Meistens wurde es für ihn schnell peinlich, wenn im Gespräch herauskam, dass er Russe war; die Standardweisheit über Russland lautete in Wien: »Dort drüben hat es keine Reformen mehr gegeben, seit Nabokov zum Ministerpräsidenten gewählt wurde«*, und das war 1922 gewesen. Naturgemäß handelte es sich hier um eine vergröbernde Übertreibung, sie barg aber einen Kern der Wahrheit: Das Zarenreich war immer noch unterentwickelt, ziemlich unaufgeklärt, jedenfalls wenn man es mit der Donaumonarchie verglich. Seine Geschichte im 20. Jahrhundert glich auf verblüffende Weise dem Schicksal eines berühmten russischen Romanhelden: Ilja Iljitsch Oblomow. So wie die liebenswert-tragische Schlafmütze, die Iwan Gontscharow in seinem großen Roman schildert, war es dem Zarenreich nie gelungen, sich von seinem Diwan zu erheben. Die gesamte russische Existenz drehte sich sozusagen um das Nickerchen am Mittag, während das ererbte Gut verfiel. Korruption und Vetternwirtschaft blühten; die orthodoxe Kirche predigte, diese Lethargie sei von oben beschert. Gewiss, auch das Zarenreich hatte längst den Übergang von einem Bauernland zum modernen Industriestaat vollzogen (so wie das Königreich Schweden, das von ähnlichen oder doch vergleichbaren ökonomischen Voraussetzungen ausgegangen war). Aber die Wendung »russische Wirtschaft« stand im allgemeinen Sprachgebrauch immer noch als Synonym für Schlamperei; böse Zungen meinten, Kreativität bewiesen russische Ingenieure nur bei der Erfindung von Ausreden, wenn wieder einmal etwas nicht funktionierte. (Das war ein wenig ungerecht: Russland stellte erstklassige Elektromobile her.) Der neue Zar galt als Dummkopf. Dass die Kaiser-Gemahlin in Schönbrunn eine nahe Verwandte von ihm war – es handelte sich um seine Tante –, wurde meist schamhaft übergangen. Schlicht und einfach: Es war nicht chic, Russe zu sein (ein weiteres Pagodentürmchen im großen Palast von Alexejs Traurigkeit). Plötzlich wurde ihm just etwas, dessen er sich schämte, als Vorzug ausgelegt. Er war dermaßen überrumpelt, auch dankbar, dass er sofort »Ja« sagte, als André Malek – der während des Essens übrigens vier Gläser Rotwein geleert hatte – ihm anbot, noch einen kleinen Verdauungsspaziergang zu unternehmen.

Während des Spaziergangs fasste Alexej immerhin so viel Vertrauen zu André Malek, dass er ihm einen kleinen Einblick in sein Inneres gewährte. Selbstverständlich nicht in jene verschwiegene Kammer seiner Seele, die er stets hinter Schloss und Riegel hielt; er ließ Malek aber frei an seiner Empörung teilhaben, er schimpfte auf die *Neue Freie Presse* (»Die haben die Weisheit mit Silberlöffeln gefressen!«) und die Japaner (»Unmenschen! Ungeheuer!«), er beklagte die Zeitläufte und fand auch ein paar deutliche Schimpfwörter für die selbstgefälligen k. u. k. Untertanen, die hier ihre Gemütlichkeit pflegten, während anderswo der nackte Schrecken herrschte. Als er seine Philippika beendet hatte, blieb André Malek mitten auf der Straße stehen und lachte, wobei er seine Zähne (gelb, groß, schief) fletschte. »Willkommen in der wüsten Wirklichkeit!«, sagte der Philosoph. Zufällig fanden er und Alexej sich in diesem Moment vor der Kärntner Bar wieder; nichts lag näher, als hineinzugehen. Noch vor ein paar Monaten wären ihnen im selben Augenblick, da sie die Schwelle überschritten, giftig weiße Schwaden von Zigarettenrauch entgegengeschlagen, aber Jakob Blumberg, der neue Bürgermeister von Wien, hatte kürzlich ein striktes Rauchverbot erlassen.

Die Kärntner Bar war winzig; sie bot gerade einmal Platz für zwei mit schwarzem Kunstleder bezogene Bänke und ein paar Barhocker, es herrschte Schummerlicht. Sie waren die einzigen Gäste, aber hinter der Bar standen fünf junge Kellner bereit, um sie zu bedienen. Malek bestellte Whisky aus dem schottischen Hochland, kaum dass er Platz genommen hatte; und weil das Nötigen kein Ende hatte, musste Alexej nun einen Wodka aus Karelien vor sich auf den weißen Sechsecktisch stellen lassen. Alexej war noch nie hier drinnen gewesen, er hob den Blick und sah sich um. Edle Materialien: Onyx, Mahagoni, Spiegel, Spiegel und noch mehr Spiegel. Der Architekt der Bar, ein pädophiler Mädchenfreund aus Mähren*, hatte einst die etwas exaltierte Ansicht vertreten, Ornament sei ein Verbrechen, also gab es hier keinen Kitsch, keinen Schnickschnack, nur exakt abgezirkelte Linien. (Gottlob hatte diese Doktrin in der Architektur des 20. Jahrhunderts keine bleibenden Spuren hinterlassen.) »Na sdorowje!«, sagte Malek und hob sein Glas. »Prost«, erwiderte Alexej. Sie tranken. Und dann hielt André Malek ihm französisch näselnd ein philosophisches Privatissimum; er formulierte beinahe druckreif.

»Sie haben, junger Mann«, sagte Malek, »mit ihrer Kritik am Habsburgerreich vollkommen recht – Sie haben sogar mehr recht, als Sie selber wissen. Oder ahnen. Denn die provinzielle Überheblichkeit dieses Reiches ist nur ein Symptom, es handelt sich um eine sehr ernste Malaise. Ich rede hier nicht davon, dass die Donaumonarchie ein – wenn auch, zugestanden, sehr komfortabler – Völkerkerker ist, dass sie die in ihr gefangenen Völkerschaften um ihre Identität betrügt. Ich rede auch nicht von der schreienden sozialen Ungerechtigkeit, von den raffenden Bankiers, den armen ausgeplünderten *proletaires. Non.* Ich rede davon, dass Österreich-Ungarn *zutiefst unwahr ist.* Sind Sie mit dem Wirklichkeitsbegriff des großen Hegel vertraut, *mon ami?* Nein? Dann lassen Sie mich Ihnen erklären, dass für Hegel irgendeinem Zeug, das nur so vor sich hin existiert, noch lange nicht die adelnde Qualität des Wirklichen zukommt.« Malek hatte sich jetzt in Feuer geredet, seine Augen glühten. »Etwas kann also existieren und doch gar nicht wirklich sein. Und was ist wirklich? Nach Hegel einzig und allein die Welt, die ganz Geist, und der Geist, der ganz Welt geworden ist! Vollkommene Identität von Subjekt und Objekt! Nichts anderes meinte Hegel mit seinem missverstandenen Satz: ›Das Wirkliche ist vernünftig, und das Vernünftige ist wirklich.‹ Er wollte damit sagen: Was vernünftig ist, *soll sein.* Und gemessen an Hegels Maßstab muss unser k. u. k. Philisterreich ein schrecklicher Irrtum genannt werden – mit seinem ewigen Fortwursteln, seinem Kompromisslertum, seiner verdammten *Gemütlichkeit.* Mit Vernunft hat all dies doch nichts zu tun. Die Verhältnisse hier sind dermaßen unter aller Kritik, dass ich manchmal bezweifle, ob man Österreich-Ungarn auch nur – auf der allerniedersten philosophischen Stufe – ein simples Daseinsrecht zuschreiben soll. Fühlen Sie denn nicht, dass die Wände, die uns umgeben, jederzeit umkippen könnten wie eine Bühnenattrappe? Vielleicht ist auch der bestirnte Himmel über uns nur eine erhabene Lüge? Sitzen wir überhaupt in dieser Bar hier, mein junger Freund? Womöglich ist alles nur eine Illusion, ein gewaltiger *Schwindel.*« Der Fernsehphilosoph breitete die Arme aus und deutete im Sitzen eine ironische Verbeugung an: »Guten Abend, *messieurs dames*, wir präsentieren die Spätausgabe der Nachrichten aus Niemalsland.«

Hier bestellte und kippte André Malek einen zweiten Whisky, einen doppelten diesmal, und so beschwingt zitierte er einen berühmten Vierzeiler von Heine:

Oh, dass ich große Laster säh,
Verbrechen, blutig, kolossal –
Nur diese satte Tugend nicht
Und zahlungsfähige Moral.

»Sie wissen, *mon ami*, ich bin ein Anhänger der Französischen Revolution«, fuhr André Malek fort. Selbstverständlich wusste Alexej von Repin das, wie hätte es ihm entfallen können? Malek schrie seine Sympathien ja in jeder zweiten Fernsehsendung in die Öffentlichkeit hinaus. Diese nahm solche Ausbrüche mit einem gleichgültigen Zucken ihrer Achseln zur Kenntnis; gewisse klerikale Gazetten hatten allerdings gefordert, André Malek seiner Professur an der Wiener Universität zu entheben. Aber wie die *Neue Freie Presse* richtig schrieb, lebte man ja nicht mehr in der Zeit von Maria Theresia, als die Geheimpolizei fleißig damit beschäftigt gewesen war, Verschwörernester auszuheben und jakobinischen Umtrieben hinterherzuschnüffeln. Sogar der arme Franz Grillparzer war damals ein Opfer der kaiserlichen Zensurbehörden geworden. Sein erstes großes Drama – *König Ottokars*

Glück und Ende, ein Stück, in das man beim schlimmsten Willen keine revolutionären Absichten hineinlesen konnte – durfte 1823 weder gedruckt noch aufgeführt werden. Zum Glück war das Manuskript danach der Kaiserin in die Hände gefallen, die es mit Gewinn und Genuss gelesen hatte; dem Drama wurde gnädig Lizenz gewährt, sodass es im August 1824 vor vollen Häusern gespielt werden konnte.

Später hatte Grillparzer seinen Zensor getroffen, einen gebildeten, freundlichen und intelligenten Mann; er war auf den Dichter zugegangen und hatte ihm warm die Hände gedrückt. Was denn eigentlich, so erkundigte sich Grillparzer im vertraulichen Gespräch, an seinem Drama dermaßen Anstoß erregt habe, dass man es gleich verbieten musste? Die Antwort des freundlichen Zensors ist berühmt, sie lautete: »Nichts, gar nichts, aber ich habe mir halt gedacht: Man kann nie wissen.«

Diese zwielichtige Epoche war längst passé. Heute konnte ein André Malek im k.u.k. Rundfunk und Staatsfernsehen nach Herzenslust Robespierre und Konsorten hochleben lassen. »Wissen Sie, warum ich ein Anhänger der Französischen Revolution bin?«, fragte er nun, während er sein Gesicht ganz nah an jenes von Alexej heranbrachte (leider muss gesagt werden, dass er aus dem Mund stank wie der Tod). »Weil sie *real* war. Robespierre war real. Saint-Just war real. Oh, ich weiß, ich weiß, Sie wollen mir jetzt gleich mit der Guillotine kommen, mit der *terreur.* Lassen Sie mich zur Antwort nur ein Wort zitieren, ein Wort von Saint-Just: *Das, was die allgemeine Wohlfahrt hervorbringt, ist immer schrecklich.*« An dieser Stelle war es Alexej nun schwergefallen, dem Philosophen weiter seine ungeteilte Aufmerksamkeit zu schenken. Ihm war ganz plötzlich Pater Prohaska eingefallen.

František Prohaska war ein kleiner, stämmiger Mann gewesen, der ohne seine Mönchskutte wie alles Mögliche aussah – ein Möbelpacker, ein Gewichtheber, vielleicht auch ein erfolgreicher Einbrecher –, nur nicht wie ein katholischer Geistlicher. Er hatte am Stiftsgymnasium Melk Mathematik und Geschichte unterrichtet, eine ungewöhnliche Fächerkombination. Die Schüler mochten ihn, weil er keine Günstlinge hatte, auf Disziplin achtete, ohne allzu schwere Strafen zu verteilen, und gut erklären konnte; außerdem machte ihn sein böhmischer Dialekt liebenswert. (Wenn er »Jesus, Maria und Josef« sagte, was gelegentlich vorkam, dann klang das so: »Jeschasmárandjosseff.«) In den Schulpausen rauchte Pater Prohaska lasterhafte kleine Zigarillos, mit denen er die barocken Korridore des Stifts vollräucherte; und von ihm hatte Alexej also zum ersten Mal von der Vendée gehört.

Pater Prohaska hatte sehr nüchtern von dem Aufstand in der Vendée erzählt, ohne Pathos. Von der Revolution im Jahre 1789, die auch unter den katholischen Bauern im Westen Frankreichs zunächst einmal sehr populär gewesen war; von der gnadenlosen Jagd auf Priester, die den Eid auf die republikanische Verfassung verweigerten. Von den zerlumpten und schlecht ausgerüsteten Guerilleros, die sich den Revolutionsheeren entgegengestellt hatten, am Anfang unter der Führung niedrig geborener Leute, erst später kamen Adelige dazu. »Dieu le Roi« lautete der Wahlspruch der Guerilleros, den sie auf ihre Kleider aufnähen ließen, Gott der König; ihr Symbol war ein blutrotes Herz, aus dem ein Kreuz wuchs. Von den überraschenden militärischen Siegen in Fontenay le Comte, Chantonnay und Torfou berichtete Pater Prohaska, aber er verschwieg nicht, dass die katholischen Kämpfer zerstritten waren und dass die Engländer sie im Stich ließen; und so brachen nach der ersten Hälfte des Jahres 1794 ungehindert die *colonnes infernales* in die Vendée ein, die »höllischen Kolonnen« der französischen Republik. František Prohaska erzählte, ohne dass ihm die Stimme gebrochen wäre, von niedergebrannten Ernten und Dörfern, von Exekutionen auf freiem Feld, von vergewaltigten Frauen, von Säuglingen, die auf Bajonette gespießt wurden, von Reitstiefeln aus der gegerbten Haut der Opfer, von Männern, Frauen, Kindern, die man in alte Fischerboote packte und in der Flussmitte aussetzte – dann wurde das Boot mit ein paar Axthieben versenkt, und alle jene, die nicht ertranken, sondern ans Ufer schwammen, erschlug das scharfe Schwert der Revolution, zunächst nur heimlich bei Nacht, aber bald auch tagsüber, jeder konnte es sehen: Diese Prozedur hieß »das nationale Bad«. Es wurden auch Frauen und Männer aneinandergefesselt und im Wasser ertränkt: Dies nannten die Mörder »die republikanische Hochzeit«. Und alles im Namen der heiligen Menschenrechte. »Liberté, Egalité, Pfefferminztee«, sagte Pater Prohaska; ein bisschen Sarkasmus musste wohl sein, aber niemand lachte. Er las seinen Schülern auch den Brief vor, den General Westermann an den Wohlfahrtsausschuss in Paris richtete, nachdem er am 20. Juni 1793 das Dorf Partenay angegriffen hatte: *Il n'y a plus de Vendée. Elle est morte sous notre sabre libre, avec ses femmes et ses enfants. Je viens de l'enterrer dans les marais et dans les bois de Savenay. Je n'ai pas un prisonnier à me reprocher. J'ai tout exterminé.* Zu deutsch: »Es gibt keine Vendée mehr. Sie ist mit unserem Säbel der Freiheit niedergemacht worden, mitsamt Frauen und Kindern. Ich habe sie in den Sümpfen und Wäldern von Savenay begraben. Man kann mir nicht vorwerfen, ich hätte Gefangene gemacht. Ich habe alles ausgelöscht.« Drei Jahre lang – bis 1796 – wüteten die Heere der Revolution auf Befehl der jakobinischen Junta im fernen Paris gegen die Einwohner der Vendée; am Ende war in manchen Teilen dieses verwüsteten Landstrichs mehr als ein Viertel der Bevölkerung umgekommen. Die meisten von ihnen, wie gesagt, bitterarme katholische Bauern, die weder lesen noch schreiben konnten. Freiheit, Gleichheit, Brüderlichkeit.

Kein größeres Verbrechen hatte sich seither in Europa ereignet.

André Malek sprach weiter, er redete vom Imperialismus, bezeichnete ihn als »höchstes Stadium der menschlichen *pourriture*«, aber Alexej gelang es nicht mehr, ihm zu folgen. Seine Gedanken hatten sich in den barocken Korridoren des Stiftsgymnasiums Melk verirrt, und dort – in der Vergangenheit – trieben sie sich nun eine Weile herum. Leider hatte Alexej es im Gymnasium nicht nur mit František Prohaska zu tun bekommen, der sein Freund gewesen war (sofern Lehrer und Schüler jemals wirklich Freunde sein können), sondern auch mit Pater Josef Müller. Ein Deutscher aus Paderborn, den es aus kuriosen Gründen in die Wachau verschlagen hatte; er litt unter Heimweh und verachtete die unordentliche Donaumonarchie. Pater Müller war ein hagerer, hoch aufgeschossener Mann: Hornbrille, Stirnglatze, glatt rasiert, helle Augen, schwaches Kinn, seine Lippen schlossen sich zu einem festen Strich. Pater Müller war vom ersten Tag an Alexejs Feind, ohne dass es für diese Feindschaft eines besonderen Grundes bedurft hätte. (Vielleicht rührte die Animosität daher, dass dieser Schüler Russe und dazu auch noch adelig war? Vermuten ließ sich vieles.) Das Fach, das Pater Müller unterrichtete, war Geografie; offiziell hieß es »Geografie und Wirtschaftskunde«. Mit seiner offenen, geradezu blitzenden Feindseligkeit erreichte dieser Lehrer, dass Alexej schon nach kurzer Zeit keinen Schimmer mehr hatte, wo auf der Landkarte wohl Peru zu finden war und an welchem der sieben Weltmeere er

St. Petersburg vermuten sollte; geschweige denn, dass er anzugeben gewusst hätte, welches denn die Hauptexportgüter des Königreichs Bulgarien waren. (Orienttabak, Rosenöl, Maschinen für die Landwirtschaft, Erdgas, Rohmetall, Billigtextilwaren, Strom.) Das schlimmste Malheur war Alexej aber in einer Stunde passiert, in der er eine schriftliche Prüfung bestehen sollte.

Alexej hatte trotz intensiven Büffelns keine der Antworten gewusst. Nicht eine einzige. Also hatte er angefangen, stumpf und verloren vor sich hin zu starren. Blicklos hatte er auf die große Weltkarte geblickt, vor der Pater Müller mit knarrenden Schritten auf- und abging. Nichts Neues unter der Sonne: fünf oder sechs Kontinente – je nachdem, ob man die (inzwischen auch von den Deutschen kolonisierte) Antarktis einrechnete –, verschiedene Nationalstaaten, ein paar Imperien. Die Mutterländer erschienen in den Grundfarben, die Kolonien waren jeweils mit Karomustern schraffiert. Die Britischen Inseln lagen als bizarre rote Farbtupfer im Atlantischen Ozean (sahen sie nicht wie ein lachender Mann aus, der gen Westen blickte und einen abenteuerlich geformten übergroßen Hut aufhatte?). Das britische Weltreich zog sich quer und rot-weiß über den ganzen Planeten – wie ein starkes Rückgrat. Frankreich dagegen war grün; und grün kariert sah Alexej (ohne in seiner Verzweiflung klar zu sehen) Französisch-Westafrika und Madagaskar und Indochina und verschiedene in der Karibik verstreute Inseln. Das Deutsche Kaiserreich war blau. Seinetwegen gehörten auch die Vorder- und die Rückansicht des Mondes wie selbstverständlich zu dieser Weltkarte. Zwei bleiche Kreise und alles von blauen Karos übersät (auf der Erde konnte man sehr viel weniger von ihnen ausmachen). Österreich-Ungarn – ockergelb. Am meisten hatte es Alexej allerdings der afrikanische Kontinent angetan. Wie viele Karos man dort – träge vor lauter Trübsinn – zählen konnte: rote, grüne und blaue. Und auch noch andere. Die roten Schraffuren reichten von oben (dem Sultanat Ägypten) bis nach unten zum Kap der Guten Hoffnung (die Südafrikanische Union). Nur ein Flecken in der rechten oberen Ecke des Kontinents blieb weiß wie die Unschuld: das christliche Kaiserreich Abessinien – es war nie kolonisiert worden.

Vor Alexejs Augen begannen nun die Farben und die Karos zu flimmern. Es wunderte ihn kaum, als sie sich vom Erdenball lösten, als sie zu schweben und wild zu tanzen anfingen, als sie sich schließlich in der Weite des Alls verteilten. Bald war die Venus grün kariert, sie öffnete den Mund und sagte: »Le train est arrivé à la Gare de l'Ouest.« Der Mars gab sich rot als Brite zu erkennen, trotzig meldete er: »Humpty Dumpty sat on a wall.« Das Deutsche Kaiserreich, blaue Karos, eroberte den Saturn mit seinen Monden und Ringen. Alexejs linke Hand ruhte auf dem Zettel mit den Aufgaben, die er eigentlich hätte lösen sollen; vor ihm lag aufgeschlagen das Schulheft, dessen Zeilen grauenhaft leer blieben; in der kraftlosen Rechten hing schief sein Füllfederhalter. Mit einem Mal kamen die knarrenden Schritte von Pater Müller näher: »Träumst du?«, fragte der Lehrer scharf und sehr laut direkt neben ihm. Alexej fuhr hoch, seine Mitschüler lachten, das Kinn war ihm auf die Brust gesunken.

Träumte er? »Der Imperialismus ist das höchste Stadium der menschlichen Verderbnis.« Zu viel karelischer Wodka. Ihm gegenüber saß immer noch der Fernsehphilosoph. Hatte Alexej nicht gerade eben eine wichtige Frage auf der Zunge gelegen?

»Was ist mit der Vendée?«, wollte Alexej von Repin wissen.

»Kennen Sie Lenin?«, fragte André Malek zurück.

»Nein. Wer ist das?« (Alexej war etwas verwirrt, weil Malek plötzlich das Thema wechselte.)

»Lenin«, erwiderte der Philosoph ohne ein Wort der Erklärung, »war ein Landsmann von Ihnen. Eigentlich hieß er Wladimir Iljitsch Uljanow. Lenin hätte das Zeug zu einem großen Mann gehabt; wie es kam, hat er es leider nur zu einem zänkischen Journalisten in Zürich gebracht und ist dort – wie man so nett sagt – arm und verbittert gestorben. Eine Tragödie. Lenin wäre der Einzige gewesen, der den Marxismus vor dem Schicksal hätte retten können, das ihn nicht nur hier in der Monarchie ereilt hat, der *Verbürgerlichung*. Aber lassen wir das sein, ich will Ihrer Frage nach der Vendée gar nicht ausweichen, *mon ami*. Ich schlage nur vor, dass wir zahlen und die Lokalität wechseln – ich habe noch ein paar Flaschen Grünen Veltliner im Eiskasten.«

Es war bemerkenswert, verblüffend: André Malek torkelte nicht, er lallte nicht, er zeigte überhaupt kein Anzeichen, dass ihm ein Rotweinsee im Bauch herumschwappte, den er mit unverdünntem Whisky angereichert hatte. Wenn der Alkohol überhaupt eine Wirkung auf ihn hatte, so bestand sie darin, dass er noch schärfer formulierte, dass die Gedankenblitze bald mit Lichtgeschwindigkeit durch seine Hirnwindungen jagten, während er mit weit ausgreifenden Gesten so sprach, als stünde er vor einem unsichtbaren Auditorium. Malek und Alexej stiefelten den Kärntner Ring entlang zum Schwarzenbergplatz, wobei der Philosoph ihm haarklein auseinandersetzte, warum der große Hegel sich in seiner »Ästhetik« leider ganz fundamental geirrt habe; vor allem das, was dort über Musik geschrieben stehe, sei der blühende Blödsinn. Am Schwarzenbergplatz angelangt, stiegen sie in die Elektrische (naturgemäß fuhren sie schwarz), und während sie mit der Linie 2 durch die

Ottakringer Straße glitten wie durch einen nachtdunklen Traum – Malek fläzte sich breitbeinig auf einen der Kunststoffsitze, während Alexej es vorzog zu stehen –, führte der Philosoph aus, dass er gewiss kein Radauantisemit sei, aber aus Gründen der Ideengeschichte nur jene Juden goutieren könne, die »ein bisschen messianischen Furor« bewiesen, und das seien nun einmal die wenigsten.

In der Blindengasse stiegen sie aus, und Alexej von Repin konnte die Frage in seinem Inneren kaum mehr niederkämpfen, ob er vielleicht einen Fehler begangen hatte, als er mitgegangen war; andererseits war er neugierig geworden, er hätte doch allzu gern gewusst, mit welchem Höllenargument André Malek jetzt das Grauen in der Vendée rechtfertigen würde. Sie hielten vor einem Hauseingang. Malek fischte einen altertümlichen Schlüssel aus der Hosentasche, ein Riesentrumm mit zwei Bärten, und sperrte auf; ein paar Treppenstufen hinunter, noch eine Tür, und sie waren angekommen. *A. Malek* stand auf dem Türschild – ohne akademischen Titel, was für Wiener Verhältnisse sehr ungewöhnlich war. Noch in der Elektrischen hatte der Philosoph ihm ausführlich die Herkunftsgeschichte seines Namens erklärt: Malek war in Algerien unter dem Joch der französischen Kolonialherrschaft geboren worden – sein Familienname stammte also aus dem Arabischen, wo er so viel wie »König« oder »Stammesfürst« bedeutete. Die Bezeichnung war dem hebräischen *mélech* verwandt. Man fand sie aber auch in dem Wort »Mamelucken« wieder – so nannten sich die muslimischen Kriegssklaven, die als Sultane das mittelalterliche Ägypten regierten. *El-malik* ist im heiligen Buch der Muslime einer der Namen Allahs: Im Kontext bedeutet er ungefähr »König der Könige«. Aber auch Moloch, der heidnische Götze, dem im Altertum kleine Kinder geopfert wurden, ist seinem linguistischen Ursprung nach zunächst einmal eben nur dies: ein *malek*, ein Führer, ein Potentat.

»Willkommen in der Höhle des Ungeheuers«, sagte der Philosoph. Es lag etwas in der Luft: ein seltsames Aroma aus schmutzigem Geschirr, altem Staub, Papierleim, Rosen, Tabakrauch, einer Spur von Ammoniak und dem Duft ungemachter Betten. Auf Regalen, Tischen, auch auf dem Fußboden lagen in Dutzenden schiefen Stapeln Bücher und Magazine herum – viele der Bücher lagen mit dem Rücken nach oben, sodass die Schwerkraft als Lesezeichen wirkte. Eine Stehlampe strahlte einen trüben gelben Kreis. André Malek schaufelte mit den Händen Drucksachen von zwei durchgesessenen Fauteuils und verschwand im Dunklen; man hörte Klirren, das saftige »Plopp« eines Korkens, leises Gluckern, dann kehrte der Philosoph mit einem Tablett, einer Flasche und zwei Gläsern zurück.

»Sie haben mich nach meiner Haltung zu den Ereignissen in der Vendée befragt«, begann der Philosoph nun, nachdem er *à votre santé* gewünscht und ein Glas Wein hinuntergestürzt hatte. »Dazu müssen wir erst einmal über Gewalt im Allgemeinen sprechen. Sagen Sie mir bitte: Was ist Gewalt? Wo fängt sie an, wo hört sie auf? Sehen Sie genau hin, *mon ami:* Alle gesellschaftlichen Beziehungen sind von Gewalt bestimmt. Wenn Sie an der roten Ampel nicht anhalten, kommt die Polizei, und Sie müssen Strafe zahlen. Wenn Sie die Strafe nicht zahlen, werden Sie ins Kittchen gesteckt. *Gewalt!* Wenn Sie Einkommen haben, verlangt der Staat, dass Sie ihm von Ihrem Reichtum abgeben; im Grunde werden Sie also genötigt, Sklavenarbeit für den Staat zu verrichten; wenn Sie sich weigern, winkt Ihnen das Zuchthaus. *Gewalt!* Wenn Sie Seine apostolische Majestät, unseren guten Kaiser, in der Öffentlichkeit mit unflätigen Ausdrücken bedenken, werden Sie vor den

Kadi gezerrt. Auch das ist Gewalt! *D'accord?* Nun möchte ich Ihnen aber zu bedenken geben, mein junger Freund, dass es zwei fundamental verschiedene und entgegengesetzte Arten von Gewalt gibt: die menschliche und die göttliche. Was verstehen wir darunter? Die menschliche Gewalt – damit ist das gemeint, was in Institutionen, Gesetzen, Polizeiverordnungen, Hierarchien, Strukturen geronnen ist. *Die göttliche Gewalt hingegen ist alles, was sich gegen diese Strukturen erhebt.* Göttlich: der Mob aus den Vorstädten, der sich in den I. Bezirk ergießt und dort anfängt, die Läden der Reichen zu plündern. Göttlich: die Völker, die sich erheben und das Joch der Fremdherrschaft abwerfen. Göttlich: die Guillotine, die den König köpft ... Sie verstehen? Die alten Lateiner haben es gewusst: *vox populi, vox dei.* Aber Folgendes müssen Sie dabei wissen und bedenken: *Die göttliche Gewalt ist unmenschlich.* Immer. Die göttliche Gewalt ist barbarisch, sie schlägt über die Strenge, sie ist ihrer Tendenz nach uferlos ...«

Nun geschah etwas Gespenstisch-Merkwürdiges: Maleks Gesicht begann zu schweben, es schien sich von den Schultern des Mannes zu lösen, dem es gehörte, und trieb quer durch den dunklen Raum auf Alexej zu; dabei blähte es sich immer weiter auf, bis es auf der ganzen Welt nichts mehr zu geben schien als diese Augen (blau), diese graue Mähne, diesen Silberstoppelbart. Das Riesengesicht öffnete seinen Riesenmund, Zunge und Zähne formten Laute, Silben, Wörter: »Sie haben mich nach der Vendée gefragt«, sagte Malek. »Was war die Vendée? Ein Versuch, die menschliche Gewalt zu retten, ihre Strukturen und Hierarchien bis in alle Ewigkeit zu zementieren. Die Vendée – das war die Konterrevolution. Sie wurde von der göttlichen Gewalt in einem Strom von Blut hinweggespült. Ihr begabter Landsmann Lenin, den Sie leider nicht kennen, hat das genau begriffen. Schade, dass er nie die Zügel der Macht zu greifen bekam! War das Massaker in der Vendée grausam? Ja. War es barbarisch, über die Maßen grauenhaft, so schrecklich, dass die Sprache uns jedes Wort versagt? Gewiss. *Es war außerdem göttlich.* Sie entschuldigen mich einen Moment, *mon ami.*«

André Malek erhob sich und ließ Alexej von Repin allein zurück. Und mit einem Mal verstand Alexej, dem vom Zuhören ein wenig schwindelig war, mit wem er es hier zu tun hatte: wirklich mit einem Monster. Nicht seiner Thesen wegen (jedenfalls nicht nur seiner Thesen wegen), sondern vor allem wegen der Verve, mit der er diese wild-unmenschlichen Ansichten herausschleuderte. (Man hörte den Mann ja geradezu in Kursivbuchstaben sprechen!) Malek war ein Ungeheuer; ein Vampir war er, der sich an seiner, an Alexejs, Einsamkeit nährte. Und als ihm diese Einsicht unter der Schädeldecke aufleuchtete, da fand Alexej im Licht dieser plötzlichen Erkenntnis den Mut, das einzig Richtige und Kluge zu tun: Er griff also nach der zerknautschten speckigen Lederjacke, die Malek im Moment seines Eintretens nonchalant auf den Boden geworfen hatte, und nun wühlte er auf gut Glück in Maleks Taschen herum, bis ihm wirklich ein leinengebundenes Büchlein in die Hände fiel – Maleks Adressenliste.

Mit fliegenden Händen fetzte er das Büchlein auf, bis er auf den gesuchten Buchstaben stieß, und gewiss doch, hier war ihr Name, mit dunkler Tinte hingekritzelt: Gottlieb, Barbara, und gleich daneben ihre Nummer. Wie alle Nummern im I. Bezirk begann sie mit 212, Alexej prägte sich die Ziffern mit Nachdruck ein, er schloss die Augen, dann machte er sie auf und schloss sie wieder ganz fest zu, bis die Zahlenkombination ihm rot vor der Netzhaut tanzte: 6399675. Und während er diese mnemotechnische Übung vollführte, geschah etwas Wunderbares – in ihm stürzte still, Pagodenturm um Pagodenturm, der Palast seiner Traurigkeit ein: er war nun nicht mehr der Hässliche, Schüchterne, der von zarter Frauenhand Unberührte, sondern ein Ritter mit einer Mission, der gewagt und gewonnen hatte, als er in jene Drachenhöhle im Souterrain eindrang. Als André Malek zurückkehrte (er war wohl dort gewesen, wo sogar ein *mélech* zu Fuß hingeht), hatte Alexej das Leinenbüchlein schon wieder in die zerknautschte Jacke zurückgesteckt. Und nichts – auch nicht die Hände, die der Fernsehphilosoph ihm jetzt begütigend auf beide Schultern legte – konnte ihn dazu verführen, auch nur eine Minute länger an diesem verfluchten Ort zu verweilen.

Er wählte die Nummer am nächsten Morgen, nachdem er wenig und außerdem schlecht geschlafen hatte. Selbstverständlich musste er zu diesem Zweck eine Telefonzelle mit dem kaiserlichen Emblem auf der Stirnseite aufsuchen, der Luxus eines eigenen Telefonanschlusses war Alexej nicht vergönnt; zwei Zwanzig-Heller-Münzen schob er in den Schlitz und hörte zu, wie sie in den Schacht fielen. Ihm schlotterten die Knie, unter seinen Achseln quoll der Schweiß hervor, aber nichts da: Er wählte. Und als er die Stimme hörte, nach der er sich so sehr gesehnt hatte, knallte er nicht hasenfüßig den Hörer wieder auf die Gabel, obwohl dies seine erste Regung gewesen war und er vor Aufregung *schielte.* »Gnädige Frau«, stammelte er. »Liebe Barbara. Ich m-m-möchte Sie gern wiedersehen.« Und so geschah, was wohl nie hatte vermieden werden können.

IV.

Ein schwieriger Patient

Dr. Anton Wohlleben befand sich in nachdenklicher Stimmung. Die Nachdenklichkeit stand ihm gut zu Gesicht: Er hatte einen jener ovalen und alterslos-kahlen Gelehrtenschädel, die ohne Hornbrille nackt wirken würden; dazu trug er graue Rollkragenpullover und dunkle Sakkos. Übrigens konnte gar nicht so genau angegeben werden, was jene nachdenkliche Stimmung bei Dr. Wohlleben hervorgerufen hatte; er war sozusagen nur ganz allgemein nachdenklich, ohne dass man im Detail hätte sagen können, worüber er denn nun eigentlich nachdachte. Er hatte den Sonntag mit verschiedenen kulturellen Aktivitäten herumgebracht. Den Vormittag über war er im literarischen Salon von Barbara Gottlieb gewesen: Ein junger Ruthene hatte dort eine verstörende Novelle vorgetragen, in der ein Gespensterfluch die Bauerndörfer in Ost-Galizien aussterben ließ. Im Salon der Gottlieb hatte Thomas seinen Weg gekreuzt, ein netter Bursche; sein Onkel gehörte seit ein paar Monaten zu seinen Patienten, und er wurde nicht klug aus ihm …

Am Nachmittag war er für ein paar Stunden im Café Central eingekehrt und hatte dort die einschlägigen Journale konsumiert. Er hatte ein Wiener Schnitzel von enormen Ausmaßen verzehrt und dabei die *Neue Freie Presse* durchgeblättert, er hatte ein Achterl und dann noch ein weiteres Achterl vom Blauen Zweigelt getrunken und im *Prager Tagblatt* geschmökert; er hatte den *Pester Lloyd* studiert und einen großen Braunen getrunken, er hatte Marillenpalatschinken mit Schlagobers vertilgt und die *Czernowitzer Morgenzeitung* gelesen; quasi als Nachgedanken schickte er einen Slibowitz hinterher. (Dr. Wohlleben verfügte über einen gesegneten Stoffwechsel: er konnte kiloweise Schmankerln in sich hineinstopfen und nahm doch nie zu.) Die provinziellen reichsdeutschen Blätter interessierten ihn naturgemäß nicht die Bohne; am meisten fesselte seine Aufmerksamkeit eine Reportage über die reichen Bestände der Nationalbibliothek von Bosnien und Herzegowina.*

Um viertel auf sieben hatte er gezahlt und sich von seinem Platz erhoben, um in die Hofoper zu gehen; vorher erwarb er in einem der gegenüberliegenden Zuckerlgeschäfte eine »feine Theatermischung«, die er sich dann während der Aufführung auf der Zunge zergehen ließ. Sein Zahnarzt, der alte Dr. Josef Kafka, würde ihm gewiss Vorhaltungen gemacht haben, hätte er von dieser saccharosen Schlemmerei gewusst. (Gegeben wurde etwas Klassisches: »Lukas und Lea«, eine Oper von György Lukács. Dieses bahnbrechende Werk handelt von einer wilden Rebellentruppe, die gegen einen tyrannischen schwarzen Ritter kämpft und von einer schönen Prinzessin und ihrem Bruder angeführt wird. Am Ende stellt sich heraus, dass der Tyrann so böse gar nicht ist, außerdem erweist er sich als Vater der Geschwister. Nachdem der Prinz ihn im Zweikampf übermocht hat, winkt er den beiden als weiß gewandeter und erlöster Geist aus dem Jenseits zu. Sehr berühmt: die Arie »Deinen Segen, Vater, deinen Segen!« ganz am Schluss.) Nun war die Vorstellung aus, und Dr. Anton Wohlleben wartete auf die Elektrische.

Seit dem Krebstod seiner Frau lebte er allein in einer Villa in Hietzing. Seine Praxis lag aber immer noch im IX. Bezirk – nur einen Steinwurf von der Adresse entfernt, wo einst alles seinen Anfang genommen hatte. Heute hatte in der Berggasse 19 die »Internationale Psychoanalytische

Vereinigung« ihr Hauptquartier eingerichtet, ihr gehörten alle fünf Stockwerke des Hauses; die Wohnung des Meisters war längst ein prachtvolles Museum.* Hier konnte man das Sofa bewundern, auf dem einst der arme »Wolfmann« und der »Rattenmann« gelegen; auf jenem Fauteuil dort drüben hatte der Seelenarzt der geplagten Ida Bauer wie auch dem kleinen Hans gelauscht, der sich so sehr vor Pferden fürchtete. Die überraschend kleinen und dunklen Räume waren vollgepackt mit Büchern und ägyptischen Götterstatuen aus Alabaster, mit Skarabäen, mit viel heidnischem Schnickschnack; ein dunkler Osiriskopf stand auf dem Schreibtisch – der alte Mann war ja ein begeisterter Sammler und Dilettant auf dem Gebiet der Altertumsforschung gewesen.

Ehrfürchtig wurde der Besucher am Ende ins Sterbezimmer geleitet, wo Sigismund Schlomo Freud – unter Schmerzen und ohne Gott – im September 1939 seinen letzten Atemzug getan hatte. Dr. Anton Wohllebens Praxis war freilich nicht so vollgeramscht und dunkel wie die Räume von Sigmund Freud, sie bot dem Auge des Besuchers vielmehr das Bild weiß gekalkter Nüchternheit. Damit spiegelte sie in gewisser Weise die Veränderungen wider, die sich seit dem Tode des Meisters zugetragen hatten. Nach 1939 hatte die Psychoanalyse sowohl Anhänger wie Gegner magisch angezogen; der Streit zwischen den Parteien wogte durch das 20. Jahrhundert hin und her wie die Gezeiten (Ebbe für die Psychoanalyse: die Siebzigerjahre, die Achtzigerjahre; seit den Neunzigern herrschte glücklicherweise wieder Flut), und Wien war darüber – wie jeder weiß – zur Welthauptstadt der psychologischen Forschung geworden. Und so viel dürfte klar sein: Wer seine Praxis nur drei Häuser von der Berggasse 19 entfernt unterhielt, der gehörte offenbar zu den Koryphäen der Zunft.

Anton Wohlleben war, nebenbei bemerkt, kein Jude. Das muss vielleicht gesagt werden, weil die meisten Therapeuten – und nicht nur die Psychoanalytiker unter ihnen – zumindest nominell der Israelitischen Kultusgemeinde Wien (oder einer anderen Judengemeinde) angehörten. Dr. Wohlleben indessen stammte aus einer altkatholischen Familie. »Du bist unser Paradegoj«, hatte ein Kollege aus Hannover bei einem Kongress im Scherz zu ihm gesagt und ihm auf die Schulter geschlagen; er hatte verlegen dazu gelacht, aber irgendwie stimmte es ja auch. Dr. Wohlleben war nicht nur ein anerkannter, er war auch ein guter Analytiker, was nicht unbedingt dasselbe ist. Er hatte Scharen von schüchternen Gymnasiasten kuriert, deren Fingernägel bis tief ins Nagelbett hinein blutig abgebissen waren; er hatte jungen Frauen geholfen, die in jeder weiblichen Vorgesetzten unfehlbar ihre Frau Mama erblickten.

Sein spektakulärster Erfolg: Ihm war es gelungen, eine Erzherzogin von ihrer Kleptomanie zu befreien. Naturgemäß war dieser Fall mit äußerster Verschwiegenheit zu behandeln gewesen, man hatte ihn zur Konsultation jeweils im Schutze der Dämmerung in die Hofburg einbestellt. Er hatte der Hohen Frau nach vielen Sitzungen und Stunden geduldigen Zuhörens plausibel machen können, dass sie nicht darum Bernsteinkämme, silberne Kerzenhalter und Porzellanelefanten mitgehen ließ, weil sie dieser Gegenstände etwa so dringend bedurft hätte. (Die Kaufhausdirektoren in den Kronländern der Monarchie hatten schon – wenn man so sagen darf – alle Hände voll damit zu tun gehabt, jene Stibitzereien nicht zu bemerken und hinterher diskret ihre Rechnungen einzureichen; Kaufhausdetektive waren extra darauf trainiert worden, in eine andere Richtung zu blicken, wenn die Kaiserliche und Königliche Hoheit ihre niederen Gefilde betrat.) Nein, die

Erzherzogin stahl deswegen, weil ihr kindliches Gemüt tief drinnen den Skandal *wollte*, weil sie die rot brüllenden Balkenüberschriften der Klatschpresse hinter ihrem eigenen Rücken *herbeisehnte:* Mit all seinen dunklen Kräften rüttelte das Es in ihr an den Gitterfenstern der guten, der allzu strengen Kinderstube, die ihre Eltern einst errichtet (wobei sie, versteht sich, nur die edelsten Absichten verfolgt hatten). Es war eine tränenreiche Erleichterung gewesen, als die Sache in kleinen Brocken endlich an die Oberfläche gespült wurde.

Dr. Wohlleben hatte seine Patientin, während er einen vollendeten Hofknicks absolvierte, seinerzeit mit einem leicht abgewandelten Wort von Goethe trösten können: »Das Allgemeinmenschliche, kaiserliche Hoheit, bleibt halt niemandem erspart.«

Die Erzherzogin, deren Namen wir hier vornehm verschweigen, war Wohllebens größter fachlicher Triumph gewesen. Ihm aber fiel jetzt, während durch die Nacht die hell erleuchtete Bahn heranfuhr – und damit fand seine Nachdenklichkeit am Ende nun doch einen fest umrissenen Gegenstand –, wieder jener Onkel von Thomas ein, dessen Fall ihm leider Kopfzerbrechen bereitete: Er dachte also an August Biehlolawek. Bei ihm handelte es sich nicht um die Sorte von Mensch, bei der man ohne Weiteres darauf käme, dass sie die Dienste eines Psychoanalytikers in Anspruch nehmen würde. August Biehlolawek war Diplom-Ingenieur, ein k.k. Sachverständiger und Konsulent mit einem beachtlichen Portefeuille, der vor allem damit beschäftigt war, durch die Provinzen zu reisen, Brücken auf ihre Stabilität zu überprüfen, Blaupausen zu studieren; er verfasste Gutachten über öffentliche Bauten von Lemberg bis Salzburg und von Triest bis Agram; für Neurosen, so hätte man meinen können, blieb einem solchen Typus schlicht keine Zeit. Hinzu kam sein Äußeres. Diplom-Ingenieur August Biehlolawek war ein vierschrötiger Mann mittleren Wuchses, der schnell rot im Gesicht wurde; das Haar, das sich ihm auf dem Schädel kräuselte, war vor der Zeit weiß geworden (ihn trennten noch zehn Jahre vom Pensionierungsalter), und es stand in seine – nicht feinen, aber klaren – Züge geschrieben, dass seine Mitwelt es hier mit einem Rechner, nicht mit einem Fantasten zu tun hatte.

Wenn August Biehlolawek sich auf dem Sofa in der kahlen Praxis von Dr. Wohlleben ausstreckte, sah er sofort wie eine Fehlbesetzung aus: als sei er durch einen seltsamen, nicht näher erklärbaren Irrtum hierhergelangt. Es wäre auch verkehrt gewesen zu sagen, dass er es sich auf dem Sofa *bequem machte*, während Dr. Wohlleben mit Block und Bleistift in dem Sessel am Kopfende Platz nahm. Biehlolawek machte es sich im Liegen nicht etwa bequem, sondern unbequem (und konnte leider gar nicht anders); er erweckte den Eindruck, als seien zwei Arme und zwei Beine entschieden zu viele Gliedmaße, für die nicht genug Raum zur Verfügung stand, so viel er sich auch strecken und winden mochte. Diplom-Ingenieur Biehlolawek auf dem Sofa des Psychoanalytikers – das war das Jammerbild eines Menschen, der sich ganz entschieden in der falschen Situation befand.

Andererseits hatte er keine andere Wahl mehr gehabt, als sich der Psychoanalyse in die Arme zu werfen. Denn Schlafmittel und gutes Zureden seiner Gattin hatten nicht mehr geholfen; ein vierzehntägiger Urlaub an der Adria hatte ihm die erhoffte Erlösung nicht bringen können. Schließlich hatten seine drei erwachsenen Kinder – zwei Mädel, ein Bub – ihm im Chor gut zugeredet, es doch einmal mit dem berühmten Dr. Wohlleben zu versuchen. Also versuchte er es. Und als er gleich in der ersten Sitzung gewarnt wurde, die Psychoanalyse verspreche keine vollständige Heilung (sie habe nämlich nur das bescheidene Ziel, Neurosen in gewöhnliches Unglück zu überführen), da hatte ihn nicht einmal dieses Caveat mehr abschrecken können; nicht zu diesem späten und verzweifelten Zeitpunkt.

Unterdessen hielt die Elektrische an Dr. Anton Wohllebens Endhaltestelle: Mit einem kleinen Ächzen klappten die Falttüren vor ihm nach innen, die Metallstufen schoben sich einladend zum dunklen Straßenasphalt hin auseinander – und von hier an untersagte er sich schroff jeden weiteren Gedanken an seinen schwierigen Fall. Er wollte den kurzen Spaziergang, der vor ihm lag, in vollen Atemzügen genießen. Seine Villa stand gleich über dem Lainzer Platz auf einem kleinen Hügel; Dr. Wohlleben hatte soeben umfangreich-komplizierte Renovierungsarbeiten hinter sich gebracht, durch die er sich ein wenig von der Traurigkeit abgelenkt hatte (es war jetzt bald vier Jahre her, seit seine Lenka gestorben war). Von der Elektrischen brauchte er bei gemütlichem Schlendern nicht mehr als ein paar Minuten in jene stillverträumte Gasse, in der er sein Zuhause wusste.

Einen Moment der Missgestimmtheit bescherte ihm der Reklamespruch, der ihm an der nächsten Plakatwand mit Riesenlettern ins Auge stach: »Almdudler-Limonade – beliebt auf allen sechs Kontinenten«. Daneben die Abbildung einer Flasche mit uringelbem Inhalt und einer roten Banderole; darunter war stilisiert ein Paar in grüner Tracht gezeichnet, das einen Ländler tanzte. Anton Wohlleben wandte mit Schaudern den Blick ab. Obwohl er Süßem ansonsten sehr zugetan war, verabscheute er dieses Gesöff: Almdudler schmeckte wie etwas, das eine greise Kräuterhexe unter hämischem Kichern in ihrem rostigen Kessel zusammengerührt hatte (die Rezeptur wurde selbstverständlich geheim gehalten). Allerdings – beliebt war das Tschapperlwasser wirklich, der Werbespruch log nicht; sein Ruhm reichte weit über die Grenzen der Donaumonarchie hinaus. Sogar die Amerikaner, hieß es, zogen Almdudler ihrer einheimischen Limonade vor, dem sogenannten Root Beer. (Gab es dort drüben nicht auch ein Zuckerwasser, das »Loka Koka« hieß und angeblich echtes Kokain enthielt?) Dr. Wohlleben sprach der Firma Almdudler nicht das Recht ab, für ihren uringelben Kräutersaft Werbung zu treiben; trotzdem ärgerte er sich jedes Mal über dieses Plakat.

Es war eine laue Spätsommernacht, er sah sogar ein paar Sterne – der Mond, der bald seine volle runde Schönheit erreicht haben würde, segelte am Nachthimmel durch wildromantische Wolkenfetzen dahin. Anton Wohlleben summte leise ein Motiv aus der Oper vor sich her, die er gerade gehört hatte, eine Melodie, die in Wagner'scher Manier jeweils den Auftritt des schwarzen Ritters ankündigte: Ta-ta-tá-ta-tatáa-ta-tatáa ... wäre er jetzt nicht den Hügel hinauf nach Hause gestiegen, sondern linker Hand abgebogen, dann hätte er sich nach einem Gang durch ein Waldstück bald in der Gloriettegasse 9 wiedergefunden, also vor jenem anmutigen Gebäude, das Franz Joseph I. seiner heimlich-offenen Geliebten Katharina Schratt geschenkt hatte. Nur ein paar Schritte weiter lag das Haus in der Maxingstraße 18, in dem Johann Strauß anno 1873 seine »Fledermaus« komponierte; in der Nummer 24 hatte einst der Verleger Paul von Zsolnay residiert. Und wenn man erst einmal dort war, stand man eigentlich schon mit einem Bein in Schönbrunn. Dr. Anton Wohlleben gab manchmal damit an, dass der Kaiser sein Nachbar sei, auch wenn dies nicht ganz den schnöden Tatsachen der Geografie entsprach ... doch heute wanderte er nicht nach Schönbrunn hinüber. Heute war er froh, wenn er bald nach Hause kam.

Er drehte den Schlüssel im Schloss herum und stellte befriedigt fest, dass seine Haushälterin das Licht in der Küche hatte brennen lassen. Außerdem wartete auf dem marmornen Küchentresen eine zugedeckte Schüssel, die er nur in den Mikrowellenofen zu schieben brauchte – voilà, schon hatte er ein spätes Nachtmahl: Die Topfenknödel seiner Haushälterin waren mit Recht im gesamten XIII. Bezirk berühmt, ebenso wie ihr selbst gemachter Zwetschgenröster.

Dr. Anton Wohlleben stellte, nachdem die notwendigen Handgriffe erledigt waren, die dampfende Schüssel und ein Glas kühlen Weißwein aus der Wachau auf ein Tablett; über zwei steile Stiegen kletterte er in das komfortabel ausgebaute Dachgeschoss seiner Villa hinauf. Er hatte dort oben bei der Renovierung ein großes Fenster einsetzen lassen, sodass er nun einen sehr schönen Ausblick hatte: Er schaute über die letzten Ausläufer der Stadt hinweg direkt in den Lainzer Tiergarten hinein – es war beinahe wie auf dem Hochsitz eines Försters: Bäume, Wälder, weite Wiesen, zwei Kirchtürme in der Ferne, ein ungetrübtes Idyll im Mondlicht … nachdem Dr. Wohlleben sein Tablett auf dem Tisch abgesetzt hatte, begann er, mit dem gebührenden Nach-Opern-Heißhunger zu schmausen.

Leider fiel ihm mitten im Essen prompt sein schwieriger Patient wieder ein. Sein Problem war keineswegs ungewöhnlich: August Biehlolawek litt unter Albträumen, unter grässlichen Nachtmahren. Oft schreckte er mit lauten Schreien aus dem Schlaf hoch. Seit ein paar Monaten fantasierte der Mann jetzt schon vom Weltuntergang. Ihm träumte, Europa sei von einem oder zwei (warum nicht gleich drei oder vier?) Kriegen verwüstet worden; die Kultur liege in rauchenden Trümmern, der Kaiser residiere nicht mehr in Schönbrunn; von der Alten Welt sei nicht einmal mehr eine Erinnerung übrig geblieben – alles wüst und leer. Und durch diese Leere irrte in jenen Träumen als einziger Überlebender er, der Diplom-Ingenieur August Biehlolawek, ohne Trost und mutterseelenallein, bis ihn das Echo seiner eigenen Stimme gnädig aus dieser wüsten Traumwelt riss. Er zittere (so berichtete er) manchmal noch eine Stunde hinterher. Es war schon so weit gekommen, dass er ungern einschlief, weil er sich vor den Schrecknissen fürchtete, die ihn unweigerlich auch in dieser Nacht wieder heimsuchen würden.

Im Prinzip war es keineswegs unmöglich, ja es war noch nicht einmal besonders schwierig, diese Albträume zu deuten. *Träume sind Wunscherfüllung* – mit diesem Lehrsatz, den man durchaus als Dogma ansprechen konnte, stand und fiel die psychoanalytische Lehre. Jawohl: ausnahmslos alle Träume – auch Horrorvisionen, in denen sich meist Sexualneurosen kreischend Ausdruck verschaffen. Und was ist mit Leuten, die nicht unter sexuellen Verklemmungen leiden? Auch für sie gilt, was Sigmund Freud in seinem so profunden wie gewitzten Hauptwerk festhielt: dass ihre Traumwünsche nämlich das Tageslicht zu scheuen haben. Aus den dunkelsten Kellern des Unbewussten sind sie emporgestiegen und halten sich nun in den dämmerigen Kammern des Vorbewussten auf. Diese verschwiegenen Wünsche haben es überhaupt nur darum so weit nach oben geschafft, weil im Schlaf auch die Traumzensur ein Nickerchen einlegt, ihre Arbeit also nur ganz unzulänglich erledigt. Übrigens stellen wir uns jene Traumzensur besser nicht wie eine Filiale der spanischen Inquisition vor, eher wie eine behäbige k. u. k. Behörde, die auch einmal die Fünfe gerade sein lässt. Im Schlaf gelingt es ihr nicht mehr, jene Wünsche zu unterdrücken, die der Mensch aus Scham auch vor sich selbst geheim hält; die Traumzensurbehörde schafft es gerade noch, diese Wünsche zu zwingen, dass sie sich verkleiden, dass sie Mimikry anlegen, dass sie nicht als sie selbst auf die nächtliche Bühne treten.

Was wünscht sich nun also ein Mensch, der immerzu vom Weltuntergang träumt? Welches kettenklirrende Gespenst hatte sich da aus dem Schattenreich des Unbewussten losgerissen? Eine Sexualneurose? Nein. Freud notierte fast beiläufig, dass ein Mensch, der im Schlafe phantasiert, ein naher Angehöriger sei gestorben, und hierüber im Traum tiefe Trauer empfindet, jenem Menschen in Wahrheit *den Tod wünscht* (oder ihm den Tod zumindest irgendeinmal gewünscht hat, womöglich als Kind). Schlussfolgerung und Ausweitung: Wer sich auf übertriebene Weise vor dem Weltuntergang fürchtet, sehnt ihn klammheimlich herbei. Vielleicht nicht gerade den Untergang der gesamten Welt, dachte Dr. Wohlleben, aber doch immerhin den Untergang *seiner ganz privaten* Welt: die Annahme, dass Diplom-Ingenieur Biehlolawek sich in seiner allzu behaglichen Existenz ein wenig langweilte, war jedenfalls nicht von der Hand zu weisen. Wenn der Kaiser im Traum nicht mehr auf seinem Thron saß, bedeutete dies einfach, dass die väterlichen Autoritäten abgedankt hatten. Das Entsetzen, das Biehlolawek hierüber im Traum empfand, war der Versuch der Traumzensur, den Wunschcharakter seiner Vision vor ihm zu verschleiern.

So weit war Dr. Anton Wohlleben der Fall sonnenklar. Aber woher nahm sein Patient nur die makabren Einzelheiten, mit denen er seine nächtlichen Visionen ausstaffierte?

August Biehlolawek träumte von *Stacheldraht*, der auf Schlachtfeldern aufgespannt wurde: Dr. Wohlleben hatte diese Vokabel erst einmal nachschlagen müssen. Stacheldraht war also ein Industrieprodukt, das auf amerikanischen Weiden verwendet wurde, um Rinder einzuzäunen. Die Japaner hatten dieses Material auch im Kriege eingesetzt (aber das waren eben die Japaner, diesen Barbaren mochte man alles zutrauen); in Europa hatte man dergleichen noch nie zu Gesicht bekommen. Dann war da die Sache mit den *Bomben:* August Biehlolawek stellte sich im Schlaf vor, solche Höllenapparaturen seien massenhaft auf bewohnte Städte abgeworfen worden – und zwar aus Flugzeugen herunter. Wie sollte das technisch gehen? Es war ja ganz unmöglich. Gewiss (auch hier hatte Dr. Wohlleben sich vorsichtshalber kundig gemacht), bei der Belagerung von Venedig war es den Österreichern anno 1849 gelungen, Bomben von unbemannten Ballons tragen zu lassen; die meisten von ihnen aber hatten ihr Ziel kläglich verfehlt – es handelte sich also um eine sehr uneffektive Methode der Kriegsführung. Und was war mit jenen *Stahlkolossen auf Raupen* gemeint, die in Biehlolaweks mitternächtlich blühender Phantasie Menschen und Saaten niederwalzten? Dies klang nach etwas aus einem utopischen Roman von H. G. Wells (aber in seinem berühmten *Krieg der Welten* hatte Anton Wohlleben nachgesehen und nichts Vergleichbares gefunden). Auffällig absurd auch, dass die Träume des Herrn Biehlolawek ihm vorgaukelten, Soldaten trügen *Uniformen in den Farben von Schlamm*, um sich somit zu tarnen – statt jener farbenfrohen Livreen, die sie in der taghellen Wirklichkeit schmückten. So etwas hätte jedem Soldaten der k. u. k. Armee als unheldisch gegolten, als feige und unritterlich. Uniformen hatten schließlich eine Funktion, die jedermann einleuchtete: Sie sollten den Soldaten sowohl aus- als auch kennzeichnen, damit im Eifer des Gefechts nicht etwa versehentlich Zivilisten erschossen wurden.

Freilich handelte es sich mehr um eine Theorie als eine auf dem Schlachtfeld erprobte Praxis. Nach dem (allerdings grauenhaften) deutsch-französischen Gemetzel anno 1871 war das christliche Abendland im 20. Jahrhundert von der Geißel des Krieges weitgehend verschont worden (wenn man, dachte Anton Wohlleben, vom »Anschluss« des Jahres 1938 und der »Heimholung« von 1941 absah). Wo nahm der gute Diplom-Ingenieur diesen Wahnsinn also nur her?

Die Psychoanalyse lehrte, dass der Träumende als sein Traummaterial die übrig gebliebenen Reste vom Tage – irgendwelche beiläufigen Erinnerungen – verarbeitet. Welche Tagesreste, bitte schön, waren *Stacheldraht, Flugzeugbomben, Raupenkolosse, Schlammuniformen*? Und aus welcher tellurischen Schicht stiegen jene Visionen empor, die den braven Diplom-Ingenieur neuerdings plagten: Visionen von einem »Trommler mit einem lustigen Bürstenbart«, wie er sich ausdrückte, dessen Trommel mit der Haut von Juden (warum Juden?) bespannt war. Flankiert wurde der Trommler von einem Riesen und einem Zwerg: Links von ihm stolzierte also ein opiumsüchtiger Fettwanst mit sieben Uniformen – »in keiner hat er ausgeschaut wie ein Mensch«, berichtete Biehlolawek schaudernd; zu seiner Rechten aber sei ein keifender Lügner mit Klumpfuß gehumpelt, ein kleinwüchsiger Teufel. Diesem Triumvirat folgte eine unüberschaubare Menge: lauter Reichsdeutsche (warum Deutsche?) und Deutschösterreicher, ein finsterer, schweigender, marschierender Menschenwald – »und alle haben sie das Kreuz des Antichrist vor sich hergetragen«. So hatte Biehlolawek wörtlich gesagt: das Kreuz des Antichrist. Was sollte das jetzt wieder bedeuten? Klar war jedenfalls:

Welche Gestalten einem Träumenden auch im Schlaf erscheinen mochten – es handelte sich immer nur um verschiedene Masken seines eigenen Ich. Der schreckliche Trommler war darum auf vertrackt-unbewusste Weise kein anderer als der Diplom-Ingenieur selber, ebenso der rauschgiftsüchtige Riese und der brüllende Zwerg. Darüber hinaus wusste Dr. Anton Wohlleben sich und seinem Patienten heute Nacht keinen Rat mehr; er hatte mittlerweile auch seine Mahlzeit beendet – die Topfenknödel waren in der Tat ausgezeichnet gewesen – und beschloss also, das Grübeln fürs Erste sein zu lassen.

Es stand nun aber im Terminkalender, dass August Biehlolawek ihm am nächsten Tag einen bezahlten Besuch abstatten würde. Sie trafen sich in aller Herrgottsfrühe, sehr zum Leidwesen des Therapeuten, der eigentlich nicht zur Gattung der Morgenmenschen gehörte; aber sein Patient wollte auf jeden Fall verhindern, dass seine Kollegen erführen, wie es psychisch um ihn bestellt war, folglich mussten die Sitzungen stattfinden, ehe er ins Bureau ging. So ruckelte der Diplom-Ingenieur also schon um halb sieben auf dem Sofa in der kahlen Praxis hin und her, während hinter seinem Kopfende die Psychoanalyse in Person von Dr. Wohlleben ihren Stift zückte. »Herr Doktor«, begann August Biehlolawek, »lieber Herr Hofrat, es ist etwas passiert.« Plötzlich bediente sich Biehlolawek der Hochsprache, wobei er jede Silbe künstlich betonte: »Gestern Nacht hat mir geträumt, dass etwas Schreckliches geschehen ist. In Auschwitz.« Wo? Auschwitz, ein Bahnknotenpunkt in Galizien*; ein fades Nest in der Provinz dort unten bei Krakau. Die Weltgeschichte hatte bisher einen großen Bogen um diesen Ort gemacht. Zu den Titeln des Kaisers von Österreich und Königs von Ungarn und Böhmen gehörte freilich seit mehr als 200

Jahren auch dieser: *Herzog von Auschwitz.* Und weiter? Was folgte daraus?

»Im Traum habe ich geglaubt: Was dort angerichtet worden ist, das kann kein Mensch wiedergutmachen. Und Gott auch nicht«, sagte August Biehlolawek.

Dr. Wohlleben fragte: »Können Sie sich denn noch an irgendein Detail erinnern? Was ist in Ihrem Traum dort unten geschehen?«

»I waaß es ned«, antwortete Biehlolawek und korrigierte sich dann gleich: »Ich weiß es nicht. Nach dem Aufwachen hab ich alles sofort wieder vergessen g'habt.« Jetzt flüsterte er: »Herr Hofrat, es ist noch etwas anderes gewesen. Am Wannsee.« Anton Wohlleben sagte nichts und hörte nur zu. Nach einem Augenblick des Schweigens sagte Biehlolawek, der mit einem Mal in starke Mundart verfiel: »Es hot a Konferenz geb'n. In einer Villa am Wannsee. In die Vierz'gerjohr.« Hier ragte nun offenbar ein Restbestand von Realität in das Traumwahngebilde hinein. Am 20. Januar 1942 hatte in einer Industriellenvilla am Wannsee bei Berlin tatsächlich eine Konferenz getagt; dabei war es um etwas sehr Pragmatisch-Vernünftiges gegangen, die Kolonisierung des Mondes nämlich. Biehlolawek schaffte dann gerade noch ein »Jesus, Maria und Josef«, ehe er in Tränen ausbrach. Als sein Tränenfluss versiegt war, ließ Dr. Wohlleben ihn frei zu dem Ortsnamen »Auschwitz« assoziieren, aber mehr als »Bahnknotenpunkt« fiel seinem Patienten im Grunde auch nicht ein.

Was sollte übrigens sein Gerede von den Juden? Soweit Dr. Wohlleben wusste – aber selbstverständlich musste er der Sache auf den Grund gehen –, gehörte der Diplom-Ingenieur nicht zur Schar jener Leute, die sich am Wochenende mit einer weißen Nelke im Knopfloch* zu Demonstrationen auf der Ringstraße versammelten. Wenn er ein Mitglied der »Antisemitenliga« war (die bei den jüngsten Wahlen zum Wiener Gemeinderat freilich 29 Prozent der Stimmen geholt hatte), so merkte man ihm das jedenfalls nicht an. Im Übrigen hegten die Antisemiten im tiefsten Grunde ihrer Herzen (aus denen man ja keine Mördergruben machen soll) nicht den Wunsch, dass die Israeliten von heute auf morgen aus der Monarchie verschwänden – welch absurde Vorstellung! Über wen hätten sie sich in einem solchen Fall denn noch aufregen sollen? Mithin war es nur logisch anzunehmen, dass August Biehlolawek gar nicht wirklich »Juden« meinte, wenn er von Juden träumte. Repräsentierten sie ihm etwa (wie der Kaiser) das Alte, Überkommene, das Gesetz, die Zehn Gebote vom Berge Sinai, also irgendwie: sein eigenes Über-Ich? Wünschte er insgeheim dessen Auslöschung? In dieser Richtung lag wohl die Antwort, wenn man nach ihr suchen wollte.

Nachdem der arme Diplom-Ingenieur im Zustande großer Verstörung die Praxis verlassen hatte – auch dieses Mal hatte Dr. Wohlleben ihm keine Hilfe bieten können –, blieben dem Arzt ein paar Stunden Zeit, ehe er seine Aufmerksamkeit dem nächsten Patienten zuwenden musste. In diesen Stunden fing er an, den Fall des August Biehlolawek noch einmal unter einem ganz neuen Blickwinkel zu betrachten und zu überdenken. Was Anton Wohlleben dabei auffiel, war nicht so sehr der Inhalt der Albträume als vielmehr der Umstand, dass sie immer und immer wiederkehrten; sollte man nicht nachgerade von einem *Wiederholungszwang* sprechen? Jeder vernünftige Mensch würde nun erwarten, dass es dem Unbewussten, wenn es etwas stur repetiert, um die Erzeugung von Lustgefühlen zu tun ist – hier aber wurde offenbar das glatte Gegenteil erzeugt: die schmerzhafte Wiederholung eines Unlustgefühls –, sollte die Angelegenheit nicht beinahe dämonisch genannt werden?

Wenn sich in Dr. Wohllebens Kopf ein Gedanke formte, aber im Unterholz des Vagen und Unverständlichen verbarg wie ein scheues Wild, dann pirschte er sich häufig an diesen Gedanken heran und zwang ihn ins Offene, indem er versuchte, ihn laut auszusprechen. Extra zu diesem Zweck lag in seiner Schreibtischschublade immer ein handliches Diktaphon (keines von den bekannten Qualitätsprodukten aus dem Deutschen Kaiserreich, sondern ein billiges böhmisches Kunststoffgeraffel; in mancher Hinsicht war Anton Wohlleben ein sparsamer Mensch). Er drückte auf die rote Aufnahmetaste und sagte: »Anmerkungen zum psychologischen Wiederholungszwang. Gibt es in der Natur etwas, das sich immer und immer wiederholt und dabei starke Gefühle der Unlust hervorruft?« Aber gewiss doch, dieser Vorgang existierte, sogar vor aller Augen: das Sterben. »Das Ziel alles Lebens ist der Tod, das weiß jeder Biologe«, sagte Wohlleben also in sein böhmisches Gerät hinein. Sollte man demnach schlussfolgern (so überlegte er mit der wachsenden Begeisterung einer allmählich heraufdämmernden Erkenntnis), dass die Psychoanalyse bisher unvollständig war, dass ihr die Hälfte ihres Horizontes fehlte, dass sie auf einem Auge blind war? Wies der denkwürdige Fall des Diplom-Ingenieurs August Biehlolawek die Forschung etwa in eine ganz neue Richtung? Wohlleben sprach ins Unreine: »Bis zu diesem Tag, bis zu dieser Stunde sind wir, die geistigen Nachfahren von Sigmund Freud, ganz selbstverständlich davon ausgegangen, dass den Inhalt des Unbewussten die Libido bildet, der Sexual- und Lebenstrieb. Daher das feste Dogma: Alle Träume sind Wunscherfüllung. Aber was, wenn es darüber hinaus noch etwas Zweites und Anderes gibt?«

Nach einer kleinen Pause zitierte Wohlleben die Worte

des Mephisto aus dem »Faust«, die ihm plötzlich mit scharfem Glanz durch das Gehirn schossen: »Alles, was besteht, ist wert, dass es zugrunde geht.« Vor seinem inneren Auge stieg das haarlose, das müde Lächeln seiner Frau auf, als es im Krankenhaus geheißen hatte, jede weitere Chemotherapie wäre jetzt eine sinnlose Quälerei. Wohlleben sprach in sein Diktaphon: »Offenbar existiert in jeder lebendigen Zelle, in jeder Pflanze, in den Tieren – auch in den höheren – etwas, das sie sterben lässt; nicht anders beim Menschen. Warum sollte jene finstere Naturgewalt ausgerechnet im Unbewussten keinen Abdruck hinterlassen? Vielleicht kann man es sich so vorstellen: Die Libido weist über sich hinaus, sie führt den Menschen zu immer Neuem hin. Aber jene blinde zweite Kraft« – Dr. Anton Wohlleben wusste noch kein Wort für sie – »ist *konservativ wie der Tod;* sie führt immer nur zu sich selbst zurück. Darum also die ewigen Wiederholungen!« War es das? Verbarg sich hinter den Weltuntergangsträumen des Diplom-Ingenieurs August Biehlolawek ein dermaßen simples und zugleich profundes Geheimnis?

Anton Wohlleben saß an seinem Schreibtisch, das Diktaphon lag vor ihm; er presste die bleiche Intellektuellenstirn in die über ihr gefalteten Hände. Hatte er des Rätsels harte Schale aufgebrochen, sodass ihm nun die Lösung entgegenrollte wie eine Haselnuss? Aber wie sollte er jene zweite, jene konservative Kraft nur nennen? Ihm fiel der finstere Tyrann aus der Lukács-Oper wieder ein: ta-ta-tá-ta-tatáa-ta-tatáa … »Der schwarze Imperator« konnte Dr. Wohlleben aber ja wohl schlecht sagen. Er erinnerte sich nun daran, dass der Meister zur Erläuterung seiner Gedanken gern auf die griechische Mythologie zurückgegriffen hatte. Dr. Wohlleben griff nach seinem billigen Diktiergerät, drückte auf den roten Knopf und sagte: »Die Libido, der Lebenstrieb, hätte in Freuds

Sprachgebrauch gewiss Eros geheißen, so wie der Gott der Liebe. Wie heißt dann sein dunkler Gegner, der sich in jeder Menschenseele mit ihm rauft? *Thanatos.*« Das war es; das – pfeilgerade ins Schwarze – war der Name. Der Todestrieb, das Dämonische im *homo sapiens sapiens.* »Ob es wohl denkbar ist, zumindest theoretisch, dass Menschen sich *en masse* ins Verderben stürzen, dass sie aus freien Stücken ihrem inneren Todestrieb folgen?« Nein, etwas dermaßen Wider- und Wahnsinniges konnte Dr. Wohlleben sich nicht vorstellen.

Einen kleinen Moment saß der Psychoanalytiker da, ohne auch nur ein Fingerglied zu rühren. Dann schaltete er sein Diktiergerät aus; und mit kurzem Entschluss öffnete er seinen Klapprechner (auch er ein böhmisches Billigprodukt) und fing an, sich Notizen für einen Aufsatz zu machen. Einen Monat später wurde er an prominenter Stelle in den *Schriften zur angewandten Seelenkunde* gedruckt. Unter dem Titel »Das Thanatos-Prinzip« machte Anton Wohlleben das Fachpublikum dort in tastend-unsicheren Worten mit dem Fall des Weltuntergangsträumers bekannt.

V.

Das Verhängnis

Warum hatte Dudu Gottlieb Astronomie studiert? Weil geschrieben steht: »Rabbi Schimon bar Pazzi sagte im Namen von Rabbi Joschua ben Levi, der sich auf die Autorität von Bar Kappara berief: Einer, der weiß, wie man Kreise und Planetenbahnen berechnet, dies aber nicht praktiziert, über den sagt die Schrift: ›Aber sie haben keine Achtung vor den Taten des Ewigen, keinen Respekt haben sie vor dem Werk seiner Hände.‹ (Jesaja 5,12)« Ferner heißt es: »Rabbi Schmuel ben Nachmani sagte im Namen von Rabbi Joschua: Woher wissen wir, dass es ein Gebot ist, Kreise und Planetenbahnen zu berechnen? Weil es heißt: ›Dies ist deine Weisheit, dies ist dein Verstand in den Augen der Völker.‹ Was sind Weisheit und Verstand in den Augen der Völker? Es sind Kreise und Planetenbahnen.« Siehe im babylonischen Talmud unter: Traktat Schabbát, Abschnitt 75 a.

Als Dudu Gottlieb darum in der Oberstufe des jüdischen Lyzeums seine herausragende Begabung für Mathematik bewies (eine Begabung, von der man allerdings in der Unterstufe, als es ums öde Kopfrechnen ging, noch rein gar nichts bemerkt hatte); als er im Physikunterricht seinen Lehrern mit altklugen Vorträgen auf die Nerven ging, die leider allesamt von echten Kenntnissen befeuert wurden; als er seine beiden Goldhamster »Johannes« und »Isaac« nannte (nach Kepler und Newton); als er nachts das Fernrohr, das sein Onkel ihm zur Bar-Mizwa* geschenkt hatte, ohne Umschweife auf den Himmel über Lemberg richtete, weil er unbedingt die Jupitermonde sehen wollte – da war allen klar: Aus dem Jungen wird einmal etwas, den müssen wir studieren lassen. Und zwar was? Da gab es nun keine Frage mehr: Kreise und Planetenbahnen. So hatte er mit dem Segen seiner Eltern am Astronomischen Institut der Wiener Universität inskribiert – blutjung war er damals gewesen, sein dunkelbraun-rötlicher Bart hatte ihm noch bis aufs Schlüsselbein gereicht. Heute war er Geheimrat und verheiratet und Familienvater, ergraut und kurz geschoren … und gehörte im weitesten Sinne zum Hofstaat des Kaisers. Niemand in seiner Familie hätte Dudu Gottlieb das zu prophezeien gewagt (nein, auch seine Mutter nicht). Die alten Rabbiner waren halt schlaue Burschen gewesen und hatten vollkommen recht: Astronomische Kenntnisse sind Weisheit in den Augen der Völker.

Siegfried Katz und seine elfenhaft-blonde Assistentin mit dem interessanten Vornamen Selene – ihr Nachname lautete übrigens ganz banal: Schneider – hatten Dudu Gottlieb keine Zeit gelassen. Es war ihm nicht vergönnt gewesen, nach der Strapaz der Reise einen kleinen Moment lang zu verschnaufen, also hatte er dieses Mal keine Muße gehabt, die Wunder der Mondstadt auch nur zu bestaunen. Die Mondstadt – das war ein anarchisch ineinander verschachteltes Konglomerat von Luxushotels, die deutsche Ingenieurskunst nach und nach in den Sand der luftlos-dunkelgrauen Mondwüste gesetzt hatte. In mehr als einem Dutzend glitzernder Etablissements konnte man sich Glücksspielen hingeben oder bei einem Sechstel der irdischen Schwerkraft raffinierte Gymnastik betreiben; selbstverständlich fischten zwischen den Roulette- und Baccara-Tischen auch Huren der gehobenen Preisklasse nach Kundschaft. Ihre beachtlichen Busen wogten auf dem Mond noch wilder im Dekolleté, als sie das auf der Erde getan hätten. Deutlich weniger sündhaft gab sich ein Komplex der Mondstadt, der als Privatsanatorium für Gehbehinderte ausgewiesen war: Hier oben warfen diese Bejammernswerten ihre Krückstöcke weg, stießen forsch die Rollstühle von sich und erlernten mit spitzen Schreien des Entzückens den aufrechten Gang neu.

Die größte Attraktion der Mondstadt aber bot das »Hotel Römertherme«, das eine sehr moderne Rekonstruktion der Thermen des Caracalla unter dem ewig nachtschwarzen Weltraumhimmel war – mit einem erstaunlichen Extra: In der Mitte des Hotels befand sich ein sehr langes, sehr breites Schwimmbad, in das man von Türmen hineinspringen konnte, die wohl an die fünfzig Meter über den Beckenrand aufragten. Die Stürze vollzogen sich auf dem Mond ja quasi in Zeitlupe, Unfälle waren mithin nicht zu befürchten. Auf dem Mond zu schwimmen war ein doppeltes Abenteuer: Das Wasser fühlte sich zwar noch ganz und gar wie Wasser an, sah aber zähflüssig aus wie Gallerte; es schlug träge Blasen im Licht und senkte sich, war es einmal in die Höhe gespritzt, nur widerwillig wieder zum Boden hinunter. Kristallklare Bögen von Tropfen zitterten manchmal minutenlang in der Luft nach. Gleichzeitig wurden die Bewegungen nicht mehr vom Wasser verlangsamt, besänftigt und gemildert wie auf der Erde: Die Schwimmer schossen vorwärts wie lebendige, keuchende Torpedos mit Haut und Haaren – und fanden es oft schwer, überhaupt im Wasser zu bleiben. Wenn ihre Körper über die Wasseroberfläche hinausglitten, so schwebten sie im Fluge über das Nass dahin und fielen nur allmählich, wie in einem Traum, wieder in ihr Element zurück. Es war ein überraschendes, ganz neuartiges Körpergefühl, in dem Lust und Angst dicht beieinander wohnten; und wer es einmal ausprobiert hatte, der wurde schnell süchtig danach.

Einmal am Tag aber, am Mittag um Punkt zwölf

Uhr – selbstverständlich rechnete man in der Mondstadt nach Berliner Zeit –, wehten plötzlich die Klänge eines klassischen Streichorchesters durch das Schwimmbad. Das war der Moment, wo die Hoteldirektion für eine Stunde jene Decke aus Titaniumstahl öffnen ließ, die sich zur Sicherheit über das Schwimmbecken spannte: Sie schob sich auseinander wie eine Fotolinse, sodass nur noch eine Glaskuppel die Schwimmer von dem gnadenlosen Vakuum zu ihren Häuptern trennte. Und dann hing in der erhabenen Dunkelheit des Alls über ihnen die zerbrechliche Kugel, die ihrer aller Heimat war – Kontinente, Meere, weiße Wolkenwirbel; manchmal sah man die Erde nur halb, manchmal als schmale blaue Sichel.

Es gab Gäste des »Hotels Römertherme«, die bei diesem Anblick in Tränen ausbrachen. Wer wollte es ihnen verdenken?

Nichts von alldem, wie gesagt, bekam Dudu Gottlieb zu Gesicht. Sein Begleiter und seine Begleiterin lotsten ihn quasi ohne Überleitung – nicht einmal einen Kaffee hatten sie ihm angeboten – durch einen Seitenkorridor zum Bus. Dieses Gefährt war für Wissenschaftler reserviert, die auf der erdabgewandten Seite des Mondes zu tun hatten, und bot Platz für zwei Dutzend Passagiere. Seine Räder waren übermannshoch und von dicken Gummireifen eingefasst. Zwischen ihnen war an enormen Stahlfedern auf halber Höhe die Passagierkabine aufgehängt, die wie ein heller Dominostein mit Bullaugen aussah; vorne beulte sich eine runde Glaskabine für den Chauffeur aus. Man betrat den Mondbus durch eine Luftschleuse – und erst, als Dudu sie passiert hatte, fiel ihm plötzlich auf: Seine Gepäckstücke waren ihm schon wieder aus der Hand genommen worden – er konnte nur hoffen, dass sie irgendwo im Bauch des Busses auf ihn warteten. Außer ihnen dreien stiegen noch fünf andere Wissenschaftler zu; ihre Gesichter kamen Dudu vage bekannt vor. Von den fünf Herren hatten vier wilde, ausgefranste Vollbärte, einer entblößte beim Lächeln eine blitzende Zahnspange, und alle trugen sie karierte Hemden und keine Krawatten. Woher kam es eigentlich, sinnierte Dudu, dass die meisten Naturwissenschaftler (Ausnahmen wie er selbst bestätigten diese Regel nur) herumliefen wie ungemachte Betten?

Nachdem der k. u. k. Hofastronom sein Hinterteil mit wohligem Ächzen in einem der weichen Sitze versenkt hatte, wandte er sich seinem Kollegen zu und bemerkte leutselig, indem er einen früher fallen gelassenen Gesprächsfaden wieder aufnahm: »Die Welt geht also unter, Herr Katz? Darüber müssen Sie mir mehr erzählen.«

»Nee, Herr Geheimrat«, erwiderte Siegfried Katz kaltkurz, »ich will Sie nicht präjudizieren. Diesen Schiet müssen Sie sich schon selber ansehen.« Damit beugte er sich über ein paar Bögen mit Tabellen, die seine Assistentin ihm über den Gang zwischen den Sitzen hinweg reichte. Dabei warf sie Dudu Gottlieb hinter seinem Rücken ein verlegenes (übrigens auch bezauberndes) Lächeln zu; Dudu fing es mit den Augen auf und nickte.

Das Verhalten von Siegfried Katz streifte die Grenze zur Unhöflichkeit nicht nur – es überwand diese Grenze hoch erhobenen Hauptes und mit sicherem Schritt; Dudu wusste nicht, ob er lachen oder schreien sollte. Auch hier auf dem Mond also! Auch hier war der Dünkel frisch und lebendig, mit dem die Jeckes, die assimilierten deutschen Großstadtjuden, seit jeher auf Galizianer herabgeschaut hatten: auf Ostjuden wie ihn. Sollte er sich denn seiner Herkunft wegen genieren? Sollte er sich schämen, weil sein Vater einen winzigen Kleiderladen in Lemberg betrieben hatte, während seine Mutter, eine ungebildete Hausfrau, im Hintergrund die Familiengeschicke mit sicherer Hand lenkte; sollte er um Verzeihung bitten, weil bei ihnen zu Hause der verachtete Jargon gesprochen worden war, jene wilde weiche Mischung aus Mittelhochdeutsch, Polnisch und Hebräisch? Deutsch spricht man, *ober Jiddisch redt sach. A gesint af dain keppele!* Oder sollte ihm peinlich sein, dass er sehr fromm aufgewachsen war, mit Kerzenzünden an jedem Freitagabend, den Gott werden ließ, und Fasten am hohen Feiertag? Er dachte ja gar nicht daran. Hatte man bei ihnen zu Hause denn nicht Friedrich Schiller gelesen, waren sie etwa weniger kultiviert als ihre Vettern im Deutschen Reich? Was für eine lachhafte Anmaßung!

Während der Elektromotor ansprang und das Gefährt von innen heraus sanft zum Vibrieren brachte, erinnerte Dudu Gottlieb sich an den Grabstein seiner Mutter und seines Vaters auf dem großen Judenfriedhof von Lemberg – beide waren leider viel zu früh gestorben. Er erinnerte sich an den dunklen kleinen Laden, in dem er nach der Schule oft seine Hausaufgaben gemacht hatte; an den angenehm dumpfen Geruch zwischen den Anzügen und Abendkleidern von der Stange; an den hellen Zweitonklang, mit dem die Glocke an der Eingangstür anschlug, wenn Kundschaft kam. Unterdessen gab der Bus sich einen Ruck; dabei schwenkte er auf jene breite Piste ein, die zwischen tiefen Kratern und Staubhügeln hindurch im Zickzack auf die erdabgewandte Seite des Mondes führte. Und weil die Fahrkabine zwischen den Riesenrädern rhythmisch auf und nieder schaukelte, schlief Dudu bald so tief und so fest, wie nur Leute schlafen können, die im Grunde reinen Herzens sind.

Die erdabgewandte Seite des Mondes wird von schlecht informierten Menschen gelegentlich als dessen dunkle Hälfte bezeichnet. Das ist Unsinn; in Wahrheit gleißt das

Gestein dort sogar heller als auf jener Seite des Erdtrabanten, die sich ständig unserem blauen Planeten zuwendet. Und immer dann, wenn auf der Erde Neumond herrscht, wird die erdabgewandte Seite des Mondes im Sonnenlicht förmlich gebadet. Also: dunkel ist es dort oben und dort hinten nicht – aber still. Keine elektromagnetische Welle, die von der Erde ausgestrahlt wurde, ist je auf der anderen Seite des Mondes angekommen. Keine Radio- oder Fernsehsendung kann dort empfangen werden: Der Mond selbst wirkt als massiver Schutzschirm, der den Äther vor menschlicher Verunreinigung bewahrt. Darum hatte es sich im Zuge der Kolonisierung des Mondes eigentlich von selbst verstanden, dass im Kaiser-Wilhelm-Gedächtniskrater (dem Krater mit dem größten Radius, der beinahe genau in der Mitte dieser Mondhälfte klaffte) eine ganze Batterie von Radioteleskopen aufgestellt wurde. Mit ihren Ohrmuscheln aus Metall lauschten diese Teleskope in die Tiefe des Raumes hinein; sie hörten das elektromagnetische Rauschen und Krachen ferner Sonnen, Pulsare und Quasare; und wegen der verwirrenden Natur des Universums lauschten sie zugleich zurück in die Zeit – immer weiter, immer weiter – bis zu der Minute, da der erste Mensch seine Frau beim Namen gerufen hatte, bis zurück ins Zeitalter der Dinosaurier und noch darüber hinaus, Äonen um unvorstellbare Äonen, bis Sekundenbruchteile vor dem Augenblick des Urknalls. Der fromme Mann, der Dudu Gottlieb in seinem Innersten war, glaubte fest daran: Dies war der Moment, in dem Gott sein großes »Es werde!« gesprochen hatte.

Auf der abgewandten Seite des Mondes stand aber auch eine große Sternwarte mit einem optischen Teleskop. Durch konvexe und konkave Linsen fing es das Licht der Gestirne auf und bündelte es in einem gewaltigen Spiegel – Licht, das nicht flimmerte, weil es auf dem

Mond keine Atmosphäre gab, Licht, dem kein Blitzen von der Erdoberfläche dazwischenfunkte. Mittels einer sinnreichen Maschinerie konnte das optische Teleskop in der Sternwarte wie ein Kreisel nach allen Seiten hin geschwenkt werden. Und zusammen bildeten diese Instrumente der Himmelsbeobachtung das »Albert-Einstein-Observatorium auf der erdabgewandten Seite des Mondes«, kurz auch A.E.O. genannt.

Für Dudu Gottlieb war es jedes Mal eine ergreifende Vorstellung, dass der alte Mann hier seine letzten Tage verbracht hatte. Albert Einstein, ein jüdischer Schwabe, Sinn- und Urbild des verschrobenen Genies, tiefgläubiger Agnostiker, Mitglied der preußischen und bayerischen Akademie der Wissenschaften, geliebt in seiner Heimat, bewundert auf der ganzen Welt bis zu seinem Tode – Einstein hatte auf dem Mond über seine einheitliche Feldtheorie nachgegrübelt, die wie eine Fata Morgana über den Horizont unserer Unwissenheit herüberschimmert, ohne dass wir ihr je entscheidend nähergekommen wären (die Physiker jagten ihr immer noch nach wie einer Oase in der Wüste: so wissensdurstig wie vergeblich). Einstein, der Struwwelpeter! Mit seinem weißen Haar, das nach allen Seiten auseinanderfuhr, mit seinem buschigen Schnurrbart sah auch dieser Naturwissenschaftler geradezu programmatisch ungepflegt aus. Er hatte dem Krachen und Knistern der fernen Sterne zugehört, hatte im Sitzen meditiert und war auf der Mondoberfläche herumgehüpft, übermütig wie das große Kind, das er zeit seines Lebens geblieben war.

Am Anfang des 20. Jahrhunderts war der Wissenschaft plötzlich die Welt unter den Händen auseinandergebrochen: Die physikalischen Modelle des Makrokosmos und des Mikrokosmos passten seither nicht mehr zueinander. Mit der einheitlichen Feldtheorie versuchte Einstein, die beiden Hälften wieder zusammenzufügen. Auf welchen gemeinsamen Nenner konnten Gravitation, Elektromagnetismus, starke und schwache atomare Kräfte gebracht werden? Während Einstein darüber nachdachte, hatte sich eine Ader in der Nähe des Herzens gefährlich zu einem Ballon aufgebläht. Und weil es hier oben damals noch keine Krankenhäuser gab, in denen man ein Aneurysma hätte reparieren können, war Albert Einstein, geliebter Sohn des deutschen wie des jüdischen Volkes, anno 1955 auf der erdabgewandten Seite des Mondes gestorben.

Er lag unter einem dunklen Molassestein aus seiner Heimatstadt Ulm begraben, den man extra heraufgeflogen hatte. Unter normalen Umständen hätte Dudu Gottlieb gleich nach der Ankunft in seinem kargen Quartier seinen Skaphander angezogen und wäre zu Einsteins Grab gepilgert. Es lag gleich jenseits des Kaiser-Wilhelm-Kraters; wenn man ein paar Schritte über seinen wulstigen Rand hinausschwebte, stand man schon unter dem endlos freien schwarzen Himmel vor einer flachen Grabplatte. Auf Mittelachse geordnet, war dort nur das Nötige eingraviert:

ALBERT EINSTEIN
14. MÄRZ 1879 – 18. APRIL 1955
»GOTT WÜRFELT NICHT«

Dudu Gottlieb hätte einen Moment vor der Steinplatte aus Ulm verharrt: eine einsame Gestalt in einem Skaphander, das hohle Geräusch des eigenen Atems überlaut in seinem Glashelm. Nach ein paar Minuten hätte er, wie es jüdischer Brauch ist, dem großen Gelehrten einen Kiesel als Andenken auf das Grab gelegt, einen handtellergroßen, gezackten, von keiner Erosion abgeschliffenen Mondstein. Aber dieses Mal ließen seine Gefährten ihm keine Zeit für sein kleines Ritual. Nachdem Dudu Gottlieb seine Koffer abgestellt und sich mit beiden Händen ein bisschen Wasser in sein bärtiges Gesicht geklatscht hatte, drängte Siegfried Katz ihn sofort, sich »die Bescherung« (seine Worte) im optischen Teleskop anzuschauen. Also schaute Dudu. Und er sah das Verhängnis, das aus der Tiefe des eiskalten Raumes auf sie zustürzte: den Kometen auf Kollisionskurs.

Es vergingen Tage. Es verstrichen Wochen. Wochen dehnten sich zu Monaten – morgens stand Dudu Gottlieb auf, und nachdem er sein Morgengebet verrichtet und gefrühstückt hatte, ging er zur Arbeit in die Sternwarte. Zu Mittag und zu Abend aß er in seiner mönchisch karg eingerichteten Stahlzelle, in der es außer einem Bett, einem Tisch und einem Bücherregal immerhin auch eine Kochnische gab (die Kantine der Sternwarte kam – obwohl dort gar nicht schlecht gekocht wurde! – für Dudu nicht infrage, da sie nicht koscher war). Jeden Abend (außer am Schabbes, versteht sich) sprach er per Bildtelefon mit seiner Frau und seinen Töchtern im I. Bezirk in Wien. Einmal pro Woche kaufte er in dem großen Feinkost- und Kolonialwarenladen ein, der zu dieser wissenschaftlichen Einrichtung gehörte und hervorragend sortiert war; gewiss, das Gemüse kam aus der Tiefkühltruhe, das Obst war nicht mehr ganz frisch, aber Dudu fand, während er seinen Wagen im Neonlicht elegant durch die Regalreihen steuerte, koschere Salami aus Ungarn, Salzgurken aus Ost-Galizien und sogar Pastróme aus Siebenbürgen. Dreimal in der Woche ging Dudu Gottlieb in den Gymnastikraum. Das war nicht etwa Luxus, sondern Pflicht; wer hier oben, wo nur ein Sechstel der irdischen Gravitation herrschte, keine regelmäßigen Übungen zur Stärkung der Muskulatur veranstaltete, der bezahlte dies schon bald mit verheerendem Muskelschwund.

Jeden Freitagabend zündete Dudu Gottlieb zwei Kerzen an, jeden Samstagvormittag hüllte er sich in seinen Gebetsschal. Zur Sternwarte gehörte selbstverständlich auch ein Andachtsraum, der am Freitag – wenn etwa eine Delegation aus dem Osmanischen Reich hier oben zu Gast war – als Moschee diente, sich am Sonntag flugs in eine Kirche verwandelte und zwischendurch am Samstag zur Synagoge wurde. (An den Wänden waren nichts als schwungvoll-abstrakte Ornamente zu sehen; damit konnten alle Religionen gut leben.) Meistens kam am Schabbes ein *minjon* zusammen, also das Quorum von zehn erwachsenen jüdischen Männern, das notwendig ist, um einen Gottesdienst abzuhalten; sogar Siegfried Katz, dieser Schmock, ließ sich dann blicken, obwohl er seinen Atheismus ansonsten vor sich hertrug wie eine Flagge, die heroisch knatternd im Wind des Aberglaubens weht; auch wehrte Katz jedes Mal mit hoch erhobenen Händen ab, wenn man ihn zur Thoralesung aufrufen wollte. (Der Thoraschrein, ein hölzerner Schrank mit Rädern, der den Pentateuch – die fünf Bücher Mosis – auf einer Pergamentrolle enthielt, wurde jeden Freitagnachmittag, wenn die Muslime mit ihren Gebeten fertig waren, unfeierlich hereingerollt und am Samstag zur Nacht wieder in einer Vorratskammer verstaut.) Meistens betete Dudu Gottlieb vor, obwohl er keine schöne Stimme hatte, denn er kannte sich am besten von allen Versammelten im Ritus aus.

An dieser Stelle werden nun alle, die sowohl in Fragen des jüdischen Religionsgesetzes als auch in Astronomie bewandert sind, eine kluge Frage stellen: Nach welchem Kalender richtete Dudu sich eigentlich? Der Tag dauert auf dem Mond ein wenig mehr als 29 Erdentage (eben:

einen »Monat« lang). Der Schabbes aber beginnt nach jüdischem Gesetz am Freitagabend, wenn die ersten drei Sterne am Himmel sichtbar geworden sind, und er dauert bis zum nächsten Sonnenuntergang. Wie, bitte schön, sollte diese Regelung auf dem Mond funktionieren? Dudu hatte das Problem lange mit Prof. Dr. Adolf Brandeis, dem Oberrabbiner von Wien, hin- und hergewälzt; und Rabbi Brandeis hatte endlich kraft seines Amtes entschieden, dass für Dudu Gottlieb auch auf dem Monde die Wiener Ortszeit galt. Er trug sie sozusagen in seinem Inneren mit sich herum: wenn sich auf Wien der Frieden des Sabbat senkte, dann zugleich auch auf Dudus Seele, obwohl sie weit von den Seinen entfernt weilte. Wo Dudu Gottlieb war, dort war Österreich-Ungarn.

Kann man behaupten, dass Dudu Gottlieb seinen Kindern und seiner Frau alles erzählte, wenn er am Bildtelefon mit ihnen sprach? Nein, das kann man nicht behaupten. Es ist nun nicht so, dass er geradezu log; aber er verschwieg doch allerhand. Er murmelte etwas davon, dass es da eine Himmelserscheinung gab, die sie im Auge behalten müssten. Er sagte nicht: »Eine Kugel aus Eis und Dreck rast durch den Kosmos, wahrscheinlich wird sie die Erde rammen« – nein, er hielt fein den Mund.

Dann war da noch die Angelegenheit mit Selene Schneider. Zu Anfang hatte Dudu ganz selbstverständlich angenommen, dass Siegfried Katz seine Frau mit ihr betrog; wie sich aber herausstellte, betrog Katz seine Frau stattdessen mit einer brünetten Wissenschaftlerin aus Norwegen. Und eines Tages konnte auch Dudu nicht mehr leugnen, dass Selene ihm schöne Augen machte. Leider muss dazu bemerkt werden, dass sie wirklich reizend war. Eine Astronomiestudentin aus Oldenburg, gerade 27 Jahre alt geworden, die ihre Doktorarbeit schrieb. Selbstverständlich war sie hochintelligent, anders hätte sie diesen Forschungsauftrag auf dem Mond ja nie bekommen; außerdem verfügte sie über einen hintersinnigen Humor, der Dudu gefiel, und ließ sich von seinem Status als Hofastronom, dem von Amts wegen die Anrede »Exzellenz« zustand, keine Sekunde lang blenden. Selene war in jeder Beziehung das Gegenteil von Barbara: Wo jene erdig war, schien seine Mondgefährtin dem luftigen Element anzugehören; wo jene dunkle Farben zeigte, schüttelte Selene übermütig ihren kurzen lichten Schopf; wo Barbara jüdische Sensibilität und die dazugehörigen Neurosen offenbarte (auch wenn sie dies lachend abgestritten hätte!), da war Selene ein evangelisches Christenkind, eine blonde Versuchung.

War zwischen Dudu und Selene denn irgend Berichtenswertes vorgefallen? Wie man es nimmt. Einmal hatten die beiden sich im Kinosaal getroffen, einer der wenigen Vergnügungen, die das Observatorium zu bieten hatte; gegeben wurde ein fantastischer Film von Szczepan Szpilberg, der spannend, bunt und ein bisschen sentimental zu werden versprach. Selene Schneider hatte sich mit ihrem Stanitzel voller Salzgebäck zu ihm gesetzt; ihre Hand hatte sich auf der Plüschlehne wie zufällig neben die seine gelegt, dann war ihr kleiner Finger zu ihm hinübergewandert, dann streichelte sie ganz sanft über seinen (behaarten) Handrücken, was er in der Dunkelheit geschehen ließ, ohne einen Mucks zu machen. Und siehe da: Dudu Gottliebs Begierde, die auf der Erde schon ganz erschlafft war, richtete sich hier – auf der abgewandten Seite des Mondes – zu ihrer prallen Größe auf. Und fiel er danach etwa mit aller Zärtlichkeit, zu der er fähig war, über diese begehrenswerte, diese zutiefst interessante junge Frau her? Küsste er sie auf den Mund, nahm er sie mit in sein karges Quartier? Nein, obwohl er – weiß Gott – daran dachte.

Nichts weiter. Jeden Tag richteten sie ihr Rohr von Neuem auf das Verhängnis. Jeden Tag rechneten sie erneut an Kreisen und Planetenbahnen herum. Jeden Tag begannen sie mit einer schmalen Hoffnung, und jede Berechnung, die sie anstellten, schnitt von dieser Hoffnung einen weiteren Streifen ab: Nein, sie irrten sich nicht, nein, die Wahrscheinlichkeit, dass das Unheil knapp an ihnen vorbeischrammen würde, verringerte sich mit jedem Kilometer, den es näher rückte. Dudu Gottlieb kannte seinen Nestroy selbstverständlich auswendig: »Ich hab die Sach schon lang heraus. Das Astralfeuer des Sonnenzirkels ist in der goldenen Zahl des Urions von dem Sternbild des Planetensystems in das Universum der Parallaxe mittels des Fixsternquadranten in die Ellipse der Ekliptik geraten; folglich muss durch die Diagonale der Approximation der perpendikulären Zirkel der nächste Komet die Welt zusammenstoßen. Diese Berechnung ist so klar wie Schuhwichs.« Aber die Sache war nicht zum Lachen. Das Verhängnis raste durch den Weltraum auf sie zu. Und wenn Dudu Gottlieb daran dachte, fiel ihm naturgemäß der Engelssturz von Jizchak Levinsohn ein. (Levinsohn hatte sich ja katholisch taufen lassen, und er hatte sich ausgerechnet ein christliches Sujet für sein Bild ausgesucht; aber malen konnte er, der gesottene Hund, nur ein Verrückter hätte das geleugnet; es reute Dudu also überhaupt nicht, dass seine kostbare Vision – eine Hochzeitsgabe von Barbaras Eltern – bei ihnen zu Hause im Salon hing.) Wenn Dudu die Augen schloss, konnte er die irrsinnige Explosion von Licht auf der dunklen Leinwand erkennen, die helle Spur vor dem schwarzen Hintergrund, die Vision der Urkatastrophe: just so – nicht wahr? –, just so wie ein Kometenschweif. Der Lichtbringer, das schöne Antlitz des Bösen; Luzifer, wie Levinsohn ihn sah. Aber das Unheil, das mit der Erde kollidieren würde, war einfach nur ein Komet und sonst nichts, ein schmutziger Schneeball, den die Sonne mit ihrer Gravitation auf weiter Bahn vorwärtszog. Das Verhängnis, das ihnen drohte, war namenlos, blind, es hatte kein Gesicht.

VI.
Stelldichein

Vom Himmel hoch fiel der berühmte Schnürlregen auf Salzburg hernieder. Er nieselte auf die Getreidegasse (zwischen den mittelalterlichen Zunftzeichen warteten tausend Regenrinnen schon auf jeden einzelnen Tropfen), er sprühte in schrägen grauen Schlieren auf die Kirchtürme der Altstadt (Fischer von Erlachs gutmütig-pompöse Kollegienkirche, den barocken Dom mit seiner weiß getünchten Fassade). Hinter dem Festungsberg zuckte missmutig der eine oder andere Blitz, die Salzach schoss hell empört unter den Fußgängerbrücken dahin. Der Regen ging auf die schmalen alten Häuser nieder, die von der braunen Felswand des Mönchsberges gestützt wurden; er machte die steilen Stiegen auf dem Kapuzinerberg nass, die zum Paschinger Schlössl führten (Stefan Zweig hatte dort von 1919 bis zu seinem Tod anno 1963 gewohnt*). Mittlerweile war es September geworden, eigentlich die beste Zeit des Jahres in dieser Stadt – am Abend leuchtete der Horizont in einem so unverschämt-satten Violett, als befände man sich unter Zitronenbäumen in südlichen Gefilden. Aber heute, was für ein Pech, da regnete es halt (und regnete und regnete). Immerhin saß Alexej von Repin trocken unter gewaltigen Geweihen in der Eingangshalle des Hotels »Goldener Hirsch«. Mit der Schnelleisenbahn, dem hochmodernen »Düsenzug« (auch hier handelte es sich naturgemäß um eine Erfindung der Deutschen), hatte er gerade einmal zweieinhalb Stunden von Wien bis an die Westgrenze der Donaumonarchie gebraucht; vom Bahnhof hatte er dann die gelbe Bimmelbahn zum Hotel genommen.

Er kannte sich in Salzburg überhaupt nicht aus, aber Barbara hatte ihm die Route in allen Details beschrieben (und ihm nebenbei 50 Kronen für den Fahrschein in die Hand gedrückt). Barbara Gottlieb war mit dem kleinen roten Sportflitzer gefahren und hatte einen kleinen Umweg über Graz genommen – dort wohnte ihre Schwester, bei der sie die beiden Mädchen für das Wochenende unterbringen wollte. Ihre kleinen Töchter waren gern bei der Tante, sie liebten es, mit ihren Cousinen zu spielen, es war also kein Problem gewesen. (Barbara hatte noch nicht einmal eine Ausrede erfinden müssen.) Eigentlich hätte sie längst hier sein müssen, wo blieb sie denn nur? Die bebrillte junge Frau, die an der Rezeption des »Goldenen Hirschen« in der Getreidegasse ihren Dienst versah – wahrscheinlich ein Bauernmädchen aus dem Umland –, warf zu Alexej, wie er da auf seinem Stuhl saß, manch strengen Blick hinüber; sein Aussehen erweckte offenkundig kein Vertrauen. Er war auf dem Weg von der Straßenbahnhaltestelle ein wenig nass geworden, rötlich braune Strähnen klebten ihm auf der Stirn. Außerdem ließ er sich neuerdings (weil das Barbara so gefiel) einen Dreitagestoppelbart stehen.

Während Alexej ungeduldig unter Hirschgeweihen mit seinem Hinterteil auf dem Polster hin- und herruckelte, nach der Zeitung griff, die Zeitung ungelesen wieder beiseitelegte, wildfremden Leuten zusah, die sich an der Rezeption anmeldeten und abmeldeten, dachte er an die vergangenen Wochen zurück. Alexej von Repin lächelte, sein Lächeln wuchs immer mehr in die Breite, und am Schluss wurde, während er schamhaft den Kopf senkte, ein richtiges Grinsen daraus – beinahe ein freches Grinsen. Denn Alexej erinnerte sich.

Sie hatten sich im »Polanski« getroffen, einem koscheren Restaurant in der Wollzeile im I. Bezirk. Das »Polanski« hatte sich auf traditionelle Wiener Küche spezialisiert, der Höhepunkt der Speisekarte war gekochtes Rindfleisch in verschiedenen Variationen, besonders beliebt naturgemäß: der Tafelspitz. Er wurde dem Gast in kupfernen Kesseln erst einmal als dampfende Rindssuppe mit Frittaten serviert, anschließend legten Kellner ihm das magere Fleisch zusammen mit Semmelkren, Petersilienerdäpfeln und allerhand Gemüse auf den Teller; auch wurden geröstete Weißbrotscheiben für das Mark aus den Suppenknochen gereicht, die man mit einer winzigen Gabel dort herausschabte.

Scheu waren sie gewesen, alle beide. Keine Küsse, nicht einmal kameradschaftlich-keusche auf die Wange zur Begrüßung, und ganz gewiss keine Umarmung: Alexej und Barbara hatten einander nur zeremoniell die Hand gereicht, ehe sie zu ihrem vorbestellten Tisch geleitet wurden. Sie trug kein tief ausgeschnittenes Dirndlkleid, sondern ein dunkelblaues Kostüm und eine geradezu langweilig hochgeschlossene Bluse; er hatte sein einziges Jackett an (das mit den Saucenflecken), um seine Fußgelenke schlotterte eine Baumwollhose mit Bügelfalte. Aber so reserviert sie an jenem Abend im Hinblick auf das Körperliche gewesen waren, so offen hatten sie einander ihre Seelen entblößt. Die zwei Flaschen Rotwein, die sie gemeinsam leerten – ein wunderbarer Blauburgunder aus Transleithanien –, trugen gewiss dazu bei, dass der Abend sich immer mehr in Wohlgefallen (beiderseitiges) auflöste; doch am Ende war es nicht der Alkohol, der sie zusammenbrachte.

Barbara Gottlieb hatte ihm erzählt, wie es sich angefühlt hatte, als Tochter einer Berühmtheit aufzuwachsen. Denn Iris d'Acosta, die Neo-Suffragette, die skandalöse Feministin, war ja ihre Mutter. (Heute lebte sie mit grauem Haar im wohlverdienten Revoluzzerruhestand und wurde zu den Trägerinnen des Sternkreuzordens gezählt.) Für Alexej handelte es sich hier um ein Kapitel aus dem Geschichtsbuch und keines von den längeren. Nur undeutlich wusste er über die Studentenrevolte von 1968 Bescheid: im Grunde wusste er nur, dass die Frauen der Donaumonarchie (und im Deutschen Kaiserreich, hinterher auch in Russland und sogar im fernen Amerika) sich damals das Wahlrecht erkämpften. Hatte es vorher denn überhaupt kein Frauenwahlrecht gegeben?

»Doch«, sagte Barbara und zählte am Daumen, Zeige-, Mittel- und Ringfinger ab, an welchen Orten auf der Welt es gegolten hatte: »In den britischen Kolonien Australien und Neuseeland, im finnischen Großfürstentum und im amerikanischen Bundesstaat Wyoming.«

»Wieso gerade diese vier?«

Keine Ahnung. Eigentlich wollte Barbara ihm ja auch etwas ganz anderes erzählen: »Für mich«, sagte sie, »ist die Revolte von 1968 ein Teil meines Lebens, meiner privaten Existenz.« Hier ergebe sich quasi eine mathematische Schnittmenge zwischen dem Geschichtsbuch und ihrem Familienalbum, auch wenn sie – zugegeben – im revolutionären *annus mirabilis* noch ein Kleinkind gewesen war; gerade einmal drei Jahre alt. Also bewahrte sie keine Erinnerung daran, wie ihre Mutter sich an den Toren der Hofburg festgekettet hatte (ein Foto, das durch die Welt gegangen war, nur die *Neue Freie Presse* hatte es selbstverständlich nicht gedruckt). Woran Barbara sich aber sehr wohl erinnerte, das war die k. u. k. Gendarmerie: ihre Uniformen, ihre gewienerten Stiefel in der guten Stube, die glänzenden Handschellen um die Gelenke von Mama.

Später waren es eher Fernsehleute im wilden Dutzend,

die sich bei ihnen die Klinke in die Hand gaben. Und Judith Kahane, Schulamit Feuerstein, Bettina Fried, Emma Goldmann und Helene Esterhásy – gewiss doch, sie alle hatten im Hause d'Acosta zu den Dauergästen gehört.

»Es ist kein Zufall«, meinte Barbara, »dass gerade so viele Töchter Israels unter den Achtundsechzigerinnen waren.«

»Warum?«, fragte Alexej.

»Weil das Judentum eine Firma ist, in der die Chefs nur pro forma das Sagen haben, in Wirklichkeit wird das Geschäft aber von den Sekretärinnen regiert. Das war schon immer so, schauen Sie sich einmal die Bibel an, ich meine: unsere, die hebräische Bibel – am Ende bekommen doch immer die Weiber ihren Willen.« (Ja, damals redeten sie einander noch förmlich mit »Sie« an – unbehaglich-steif mit dem Vornamen gekoppelt: »Alexej, würden Sie mir wohl einen Schluck Wein nachschenken?«) Vielleicht sei es auch eine Revolte gegen ihre Mutter gewesen, meinte Barbara Gottlieb dann, dass sie als Erwachsene einen so traditionellen und bürgerlichen, beinahe braven Lebensstil gewählt habe. Nicht einmal gekifft habe sie als Studentin (Germanistik, im Nebenfach: Politik), obwohl Cannabis just zu ihrer Zeit legalisiert worden sei; das müsse man sich, bitte, einmal vorstellen! Ob sie sich als kleines Mädchen oft mies, zurückgesetzt, vernachlässigt gefühlt habe? »No na ned.« Das verstehe sich doch wohl von selbst. Jahre habe sie gebraucht, ehe sie ihrer berühmten Mutter halbwegs verzeihen konnte; zu ihrem lieben, aber schwachen Vater habe sie bis heute kein vernünftiges Verhältnis gefunden, *c'est la vie.*

Alexej war dermaßen fasziniert mit Zuhören beschäftigt, dass er kaum Zeit fand, sich umzuschauen. Nur aus den Augenwinkeln nahm er also das Interieur des »Polanski« wahr: dunkle Holztäfelung, dahinter gedämpft-gelbes

Licht, ein paar große Spiegel, viel Messing, hypertrophe Polstersessel. In der Summe eine Atmosphäre, die mit einem jiddischen Wort als *heimisch* zu bestimmen war: ein Zuhause jenseits der eigenen vier Wände, warm und freundlich. Wäre sein Blick auch nur flüchtig über den Raum geschweift, hätte Alexej an den anderen Restauranttischen sämtliche Grade und Abstufungen der jüdischen Frömmigkeit wahrnehmen können. Chassiden mit Schläfenlocken, die von der »Mazzesinsel«, also der Leopoldstadt, herübergekommen waren – ihre Frauen und älteren Töchter in züchtig-langen Röcken. (Die meisten Frauen hatten das Haar mit Tüchern verhüllt, manche trugen Perücken.) Gleich nebenan saßen Männer, die glatt rasiert waren, andere wieder hatten ihre Bärte kurz gestutzt. Viele der weniger frommen Damen in Abendgarderobe. Auf den Schädeln der älteren Herrschaften ruhten schwarze oder dunkelrote Käppchen aus Samt – die jüngeren Männer bevorzugten steife Häkelkappen, die mit Mustern verziert waren: dem blauen Schild Davids, dem Doppeladler auf gelbem Grund. Nur wenige Hinterköpfe blieben nackt. Hätten Alexej und Barbara sich zur Mittagstunde in diesem Restaurant eingefunden, so wären unweigerlich Kinder im Zickzack zwischen den Tischen herumgesprungen, nur lässig im Zaum gehalten von ihren Eltern. Auch ohne Kinder war es ziemlich laut: Witzworte, Jargongirlanden, zerplatzte Pointen hingen in der Luft. Aber nicht nur Israeliten besuchten das »Polanski«, auch bei Nichtjuden und sogar bei eingefleischten Antisemiten erfreute das Lokal sich großer Beliebtheit – die Küche war hier ausgezeichnet.

Alexej freilich sah in all dem Trubel nur einen Menschen: seine hinreißende Tischgenossin. Wahrscheinlich fühlte er sich durch Barbaras Offenheit herausgefordert, nun seine Familiengeschichte vor ihr aufzublättern. Das ganze elende Zeug: seine Eltern, die bei einem Schiunfall ertrunken / beim Baden abgestürzt / mit dem Flugzeug entgleist / bei einer Bergwanderung sanft entschlafen waren. (Kindern soll man die Wahrheit wohl nicht allzu früh sagen: Die Sache mit den Tabletten, den Depressionen seines Vaters, dem unter der Hand verschleuderten Familienvermögen hatte Alexej erst viel später herausgefunden, auch den Umstand, dass seine Mutter, obwohl kerngesund, ihren Mann auf seiner letzten Reise begleitet hatte – ganz treusorgende Gattin bis ans jenseitige Ufer des Styx.) Er ließ die kalten Korridore auf dem Anwesen seiner Großeltern nicht aus, die zeremoniellen Abendessen mit Hausbediensteten, die völlige Abwesenheit von Umarmungen, verschwieg auch nicht den Haselnussstrauch, von dem er mit dem Taschenmesser die Ruten schneiden musste, wenn er etwas ausgefressen hatte. (Mindere Vergehen: quengeln, in der Nase bohren, lustlos im Essen herumstochern. Macht je fünf pfeifende Streiche auf den Hosenboden. Schwerverbrechen: Bettnässen, Lügen. Eine Porzellantasse zerschlagen, hinterher ihre Scherben in einer Schublade verbergen und das Dienstpersonal anschwärzen. Macht die doppelte Anzahl auf den bloßen Hintern.) Die Erleichterung, als er mit zehn Jahren endlich in das Knabeninternat im Benediktinerkloster von Melk gesteckt wurde. Alexej fasste zu Barbara so großes Vertrauen, dass er ihr sogar erzählen konnte, welcher Genuss es für ihn gewesen war, wenn seine lieben Mitschüler zu Weihnachten nach Hause fuhren – er aber durfte, weil die Patres barmherzig waren, über die Feiertage im Stift über der Donau bleiben. Manchmal war er bis zum Mittag mit einem Detektivroman im Bett geblieben, niemand drängte ihn je, eine Messe zu besuchen – Gott sei Dank. Manchmal lud Pater Prohaska, der Geschichtslehrer, ihn zum Nachtmahl ein. Alexej war zwischen den barocken

Schätzen des Benediktinerstifts spazieren gegangen, als ob sie ihm gehörten; er hatte von der prächtig-ausladenden Terrasse auf den winterlichen Fluss hinuntergeschaut und einsame Ausflüge ins tief verschneite Dorf unternommen.

Alexej verschwieg nicht einmal, dass man sich mit seinem Schicksal als Waisenkind in den Augen der Umwelt auch ganz wunderbar schmücken, interessant machen konnte – und dass, wenn er an seinen Vater und seine Mutter dachte, nicht nur Traurigkeit in ihm emporkroch, sondern auch, nein: vor allem eine vielfältig-komplexe Wut. Barbara verschonte ihn zum Glück mit Mitleid, sie hörte nur zu. Große, warme Mittelmeeraugen.

»Wissen Sie, was das Einzige ist, was ich von meiner Familie geerbt habe?«, fragte Alexej zum Schluss. »Nicht die russische Kultur, von der weiß ich nämlich herzlich wenig. Nicht den Adelstitel, von dem ich mir ja auch nichts kaufen kann. Nein, diesen saudummen Akzent. Mein Kindermädchen war nämlich aus Bad Godesberg.« Wirklich: Alexej sprach ein astreines, von keinen Dialekteinsprengseln getrübtes oder verunziertes Hochdeutsch – hier in Wien hielt ihn im ersten Moment keiner für einen Russen, aber jeder für einen Deutschen, was naturgemäß noch schlimmer war. – Im Anschluss an ihre wechselseitigen Lebensgeständnisse hatten sie aus einer gemeinsamen Dessertschale eine Schokoladenmousse gelöffelt, das hatte sich beinahe schon verboten angefühlt, herrlich intim; und dann war es doch noch zu einer Umarmung gekommen. Kein Kuss, das nicht: aber sie hatte ihn lange und tief angeschaut – schließlich war sie ihm mit ihrer langfingrigen schmalen Mädchenfrauenhand einmal vom Nacken her durchs Haar gefahren, ehe sie ins Taxi stieg.

Bei ihrer nächsten Begegnung holte Alexej sie in ihrer Wohnung ab: ein Ausflug in den Praterpark mit der kleinen Eva und der noch kleineren Susanne. »Bitte Kind in den Kinderwagen einfügen«, befahl Barbara frohgemut, und folgsam schnallte Alexej das Mädchen – ein zierliches Geschöpf mit blonden Locken – in dem Bambus-Stoff-Aluminium-Gefährt fest. Eva, die Größere, wurde nicht gefahren; Eva ging zwischen ihnen beiden an der Hand. Sie war nicht blondlockig, sondern so dunkel geraten wie ihre Mutter (auch die griechische Nase hatte sie von ihr geerbt); außerdem tobte sie im Moment eine höchst bemerkenswerte Trotzphase aus – ihr Lieblingswort war also »Nein« in vielen Variationen und Lautstärken. Alexej gehörte nicht zu jenen Leuten, die unterschiedslos alle Kinder süß finden (manche Kinder konnte er nicht ausstehen, er wollte weder im Guten noch im Bösen mit ihnen zu tun haben; die meisten ließen ihn kalt). Aber Eva und Susanne – die Verkleinerungsform »Susi« wollte Barbara sich energisch verbeten haben –, die beiden Gottlieb-Töchter, waren nun einmal wirklich süß. Der trotzige Teufel gefiel Alexej dabei insgeheim eine Spur besser als der goldige Engel: Er fühlte sich stolz, erwachsen, eigentlich wie ein richtiger Vater, während sie im Frühherbst (das Laub an den Bäumen schickte sich eben an, seine Farbe zu wechseln) durch den Praterpark flanierten.

Eva fand bald quietschenden Gefallen daran, sich von ihnen beiden durch die Luft schaukeln zu lassen. Alexej hielt ihre linke kleine Kinderhand fest und Barbara die rechte; gleichzeitig schob Alexej den Kinderwagen vorwärts, beinahe wäre er glücklich gewesen.

Selbstverständlich hatten sie nicht bei jedem Rendezvous die Kleinen dabei, wofür gab es denn die junge, dunkle, freche Kató, das beste ungarische Kindermädchen der Welt? Kató war unter anderem zu verdanken, dass Barbara die Gelegenheit bekam, sich zusammen mit Alexej die große Repin-Retrospektive im Kunsthistorischen Museum anzuschauen. Sie nahmen sich luxuriös viel Zeit für jedes einzelne Bild, blieben lange vor dem Porträt des Unglücksmenschen Wsewolod Michailowitsch Garschin stehen, der sie mit braunen Kummeraugen aus dem Bilderrahmen heraus betrachtete (der Ärmste war im Alter von 33 Jahren aus dem Fenster gesprungen). Sie bewunderten die berühmten Kahnschlepper an der Wolga, Mühselige und Beladene, die sich herzzerreißend mit ihrer Last plagten. Auch das kleine Mädchen in dem grünen Kleid, das da stillvergnügt auf einem Holzbalken in der grünen Landschaft saß bzw. schwebte, fand ihr Wohlgefallen. Ebenso das Porträt des Schriftstellers Dostojewski in dem weiten Mantel, der, die Hände vor dem Knie verschränkt, bärtig-versonnen-reaktionär in sich hineinschaute. Sie sahen rote Fahnen bei einer Gedenkveranstaltung der Kommunarden auf dem Friedhof Père Lachaise in Paris, die Ilja von Repin wohl nicht nur deshalb besucht hatte, weil er ein Sujet benötigte. Kein Zweifel, das Herz von Alexejs Urgroßvater hatte für Freiheit, Gleichheit und Brüderlichkeit geschlagen. Wahrscheinlich hatte er die Schriften von Alexander Herzen gelesen.* Gleichzeitig hatte er das Zarenreich auf seinen Bildern so festgehalten, dass man es, wäre es je untergegangen, noch in hundert Jahren wiedererkannt hätte. Und sprach es nicht doch für den Zarismus – seine enorme Wandlungsfähigkeit, seinen Reformwillen –, dass Nikolaus II. (über den man sonst manch Unfreundliches sagen konnte) diesen Maler in dem ansonsten eher ereignisarmen Jahr 1917 zum Baron erhoben hatte?

Am Schluss fanden Alexej und Barbara sich vor dem Porträt des Künstlers als junger Mann wieder:

hellwache dunkle Augen, rötlich-gewelltes Haar, Kinn- und Schnurrbart.

»Du sieht ihm ähnlich«, sagte Barbara. Mittlerweile waren sie also glücklich beim »Du« angelangt.

»Unsinn«, sagte Alexej. Hierbei verwandelte sich sein Kopf, vom Halsansatz her beginnend, in eine große ovale Scharlachbeere.

»Doch, man muss sich nur den Bart wegdenken. Ein schöner Mann.«

»Aber ich bin doch … hässlich.« Das letzte Wort hatte Alexej verschlucken wollen, aber er schluckte zu spät: Es war dem Gehege seiner Zähne schon entflohen.

Barbara sah ihm voll ins Gesicht, ohne im Mindesten zu lächeln. »Du bist nicht hässlich, mein Freund«, sagte sie fest. »Du ziehst dich nur ganz falsch an.« So kam es, dass Alexej, der sich furchtbar zierte, in Wirklichkeit aber – »ich dulde keine Widerrede« – gar nicht gefragt wurde, einen Tag später dem »k. k. Hof-Schneider Wolff-Knize« im Graben einen Besuch abstattete. »Berlin – Paris – Bad Gastein« stand in Goldlettern über der noblen schwarzen Marmorfassade, Barbara wartete mit ihrer Handtasche vor dem Geschäft auf ihn. »Hinein«, sagte sie in befehlsgewohntem Ton. Drinnen begrüßte sie Herr Abraham, ein älterer Herr mit weißem Haarkranz; Barbara stellte ihm Alexej als »engen Freund unserer Familie« vor. Herr Abraham hing ein gelbes Maßband über der Schulter, er bückte sich und legte es Alexej mal hierhin und mal dort herum, griff ihm auch beherzt in den Schritt und schrieb mit Bleistift auf einen Notizblock. Zwei Wochen später – als Stammkundin konnte Barbara auf rasche Erledigung ihrer Aufträge dringen – nannte Alexej zwei Maßanzüge sein Eigen: einen hellen, leichten für den Sommer und einen dunklen aus dickerem Baumwollstoff für den Winter, dazu mehrere Hemden und vier Krawatten; auch bei ihrer Auswahl hatte er selbstverständlich kein Wort mitzureden. Anschließend kaufte Barbara ihm von der Stange noch ein Paar Freizeithosen und etwas Buntes, Kurzärmeliges. »Fesch schaust du aus«, meinte sie befriedigt, als Alexej ihr seinen dunklen Anzug vorführte. »Beinahe wie ein Mensch!« Alexej hatte gar nicht gewusst, dass es Hemden gibt, die sich der Haut dermaßen sanft anschmiegen; auch war ihm neu, dass Anzüge bequem sein können. Bis dato war er dem Irrglauben verfallen gewesen, man müsse sich zwischen steifer Eleganz, die zwickt und Falten wirft, oder sackförmig-bequemer Schludrigkeit entscheiden.

»So«, sagte Barbara, nachdem das erledigt war, »und jetzt gehen wir Schuhe kaufen.« Sie fuhren mit der Elektrischen zur »k. u. k. Schuh-Manufaktur« im III. Bezirk hinüber, wo ein sehr hochgewachsener dunkelblonder junger Mann die Umrisse von Alexejs Füßen auf ein Blatt Papier zeichnete: einmal im unbelasteten Zustand (also während er saß), einmal im Zustande der Belastung (dazu musste er aufstehen); der junge Mann griff sich dann, nachdem er viele Male sein Maßband gebraucht hatte, zwei Rohleisten aus dem Regal, stellte sie neben Alexejs Füße und beäugte die gerundeten Holzteile kritisch; auch tastete er vorsichtig seine alten ausgelatschten Treter ab. Einen Monat später hielt Alexej ein Paar Oxford-Schuhe in der Hand: dunkelrostrot mit gerader Kappe – eben jene beinahe überirdisch schönen Schuhe, die er jetzt gerade an den Füßen trug.

Wie viel Barbara das Vergnügen gekostet hatte? Alexej wollte es lieber gar nicht so genau wissen. Aber wir können die Wahrheit hier ruhig schreiben: 6428 Kronen und 61 Heller standen hinterher auf der Abrechnung für den »k. k. Hof-Schneider Knize-Wolff«, und 1358 Kronen in bar streckte Barbara dem freundlich-professionellen jungen Mann in der »k. u. k. Schuh-Manufaktur« entgegen.

Etwas stimmte nicht. Wo sie nur blieb? Drei Stunden harrte Alexej jetzt schon unter den Hirschgeweihen aus, jedenfalls kam es ihm so vor (in Wirklichkeit werden es wohl eher zwanzig Minuten gewesen sein). Etwas musste sie aufgehalten haben. Oder war sie am Ende verhindert … vielleicht hatte sie kalte Füße bekommen … würde das strenge Rezeptionsfräulein ihm gleich ein Telegramm mit ein paar banal-vernichtenden Worten der Entschuldigung aushändigen? Nein, Barbara doch nicht, das passte überhaupt nicht zu ihr. Sie gehörte doch nicht zu jener Sorte, die einen sitzen lässt? Was aber, wenn es sich genau so verhielt? Tief im Inneren von Alexej ballte sich etwas zusammen. Womöglich würde er sie nie wiedersehen, nie mehr in ihre Augen schauen, nie mehr ihre Hände in den seinen spüren, nie mehr ihre Stimme hören (einen Alt), wie sie seinen Namen rief. Er würde sie sich aus dem Gedächtnis reißen müssen, mit Wurzelwerk und allem Drum und Dran, vielleicht war es besser so, ganz gewiss war es besser so. Warum war ihm dann zum Weinen zumute? Nicht daran denken, redete er seinem Herzen zu, nur nicht daran denken: Es wird schon nicht so schlimm sein.

Anschließend erinnerte er sich, während draußen immer noch der Schnürlregen auf Salzburg rieselte, an den Kuss im Riesenrad.

Ehe wir uns dieser Geschichte zuwenden, sollte geklärt werden, welche erotischen Erfahrungen Alexej von Repin in seinem Leben davor angesammelt hatte. Stimmt es also wirklich, dass noch kein Mädchen ihn aus dem Zustand der Unschuld erlöst hatte? Unglaublich, aber verbürgt. War er sich dann wenigstens dessen bewusst, was man früher einmal »die Grundtatsachen des Lebens« genannt hat? Je nun. Er hatte in seinem Stift über der Donau eine stramm katholische biologische Lektion über sich ergehen lassen, die nicht der großartige

František Prohaska erteilte, sondern ein bemitleidenswerter älterer Pater namens Wilhelm Urbanek, dessen Rede mit unzähligen »Ähs« und »Öhs« durchsetzt war. Einen besonders peinlichen Eindruck hatte er in der Klasse mit seinem Satz »Und, öh, Onanie, äh, ist zu vermeiden« hinterlassen; allerdings wäre die Behauptung, Alexej habe sich je an diesen Ratschlag gehalten, eine faustdicke Lüge.

Übrigens wusste er zu jenem Zeitpunkt längst Bescheid: Es gab da gewisse lehrreiche Bücher, sogar in der öffentlichen Bibliothek von Melk. Und es gab Bilder, viele Bilder in Magazinen, die Alexej in einsamen Nächten zur Weißglut und zum Überkochen trieben. Wie steht es nun mit jenen Filmen, in denen Männer- und Weiberfleisch in verschiedenen verzückten Posen dargeboten wird? Einmal, es war kurz nach seiner Ankunft in Wien gewesen, hatte Alexej sich bis zur Kassa eines einschlägigen Kinos am Gürtel getraut: Das Eintrittsgeld (acht Kronen 50) lag abgezählt in seiner schweißnassen Faust in der Hosentasche bereit; aber dann sah er (aus dem dunklen Kinosaal heraus hörte er Stöhnen und Klatschen) den Mann mit den blondierten Locken, dem er nun sein Geld hätte geben müssen. Alexej drehte sich auf dem Absatz um und stiefelte davon. Und wie war es – wenn wir das Sexuelle für den Moment beiseiteschieben – mit der Liebe: der reinen und frühen, der zart schmachtenden? Einmal hatte er sich an der Universität nach einer Mitstudentin verzehrt, einer blondgeschopften Astrid aus Kärnten mit den Augen eines waidwunden Rehs. Als er ihr nach vielen Wochen ein Billett zusteckte, in dem er ihr seine Liebe gestand, erhielt er einen Brief zurück, sie könne seine Gefühle leider nicht erwidern; danach würdigte er sie trotzig und verletzt keines Blickes mehr.

Das also war es schon: Dies war sein ganzer Erfahrungsschatz, als an einem nebligen Tag im Frühherbst ein langer Lulatsch in einer blauen Livree das eiserne Gatter vor einem schmalen Eisensteg beiseiteschob – über ihn betraten Barbara und Alexej jene rot angestrichene Kabine, die unter dem altertümlichen Gestänge des Riesenrades am Prater hing.

Außer ihnen beiden fuhr an diesem Nachmittag niemand mit diesem altertümlichen Wahrzeichen. Es war ja auch ganz sinnlos: Der Wasserdampf deckte Wien zu – von oben sah man rein gar nichts von der Haupt- und Residenzstadt, ihren Gebäuden, ihren Angelegenheiten, ihren dreieinhalb Millionen Einwohnern, die sich wie ein unordentliches Mosaik aus den 22 Völkern der Donaumonarchie zusammensetzten: Deutschösterreichern, Ungarn, Kroaten, Serben, Bosniaken, Italienern, Tschechen, Slowaken, Slowenen, Polen, Rumänen, Ruthenen, Russinen, Armeniern, Moldauern, Zigeunern, Lipowanern, nicht zuletzt circa 400.000 Israeliten verschiedener Provenienz ... es war also, wir haben das schon festgehalten, absolut sinnlos, Riesenrad zu fahren; es sei denn, man hätte sich überhaupt nicht für die Aussicht interessiert.

Sie saßen nebeneinander auf der geriffelten Holzbank in der Mitte der Kabine, die so groß wie ein kleiner Eisenbahnwaggon war und leicht in ihrem Gestänge schaukelte – das Eisen krächzte dumpf –; da nahm er ihre Hand und hielt sie fest. Und während sie sanft in die Höhe getragen wurden, legte Barbara ihm die andere Hand auf die Schulter und drehte ihn auf der Holzbank zu sich her: dann küsste sie ihn, und er küsste sie mit geschlossenen Augen wider. (Er stopfte ihr nicht roh die Zunge in den Mund, wie es – das hatte er in einem seiner lehrreichen Bücher gelesen – nur dumme Männer tun, sondern streichelte und ließ sich streicheln.)

Dabei dachte Alexej: So ist das also. So fühlt sich ein Kuss an. In seinem Brustkorb tobte ein wildes Trommelsolo, er bekam Angst, bald würde er nicht mehr atmen können. Während sie mit einem kleinen Ächzen des Riesenrades noch ein Stück höher fuhren, kümmerte Alexej sich zärtlich um ihren Hals, den sie ihm bereitwillig, wie einem Vampir zum Biss, entgegenhielt. (Sie stieß kleine Gurrlaute aus, die ihn bis zur Sinnlosigkeit erregten.) Auf dem Scheitelpunkt der Fahrt – vor den Fenstern der Kabine war Nebel, Nebel, nichts als Nebel, als sei da draußen die Welt untergegangen – ließ Barbara lächelnd zu, dass er ihre Bluse aufknöpfelte, mit einer Hand hineinschlüpfte, Haut und zarte Spitzen ertastete und dasselbe Staunen erfuhr wie Generationen junger Männer vor ihm: Sie sind ja ganz weich! (Er zitterte am ganzen Körper, seine Zähne schlugen schnatternd aufeinander.) Als der Abstieg in die niederen Gefilde begann, brachte sie ihre Kleidung wieder züchtig in Ordnung, aber ihre Lippen lösten sich nicht voneinander, bis der Lulatsch in der Livree die Eingangstür ihrer Kabine entriegelte und sie im Schreck auseinanderfuhren.

Das war also ihr erster Kuss gewesen, viele andere folgten ihm nach. Gilt *in eroticis* nicht meistens die Parole »Frechheit siegt«? Freilich trifft manchmal – eigentlich öfter, als die Leute glauben – auch das glatte Gegenteil zu: dann siegt eben einmal der Schüchterne. Und um die Sache gänzlich verwirrend zu machen, trägt mitunter auch die freche Schüchternheit den Triumph davon oder – so wie in unserem Sonderfall – jene schüchterne Impertinenz, die quasi *zaghaft* mit der Tür ins Haus fällt.

Barbara hatte Alexej danach öfter einmal in Meidling besucht, in seiner lichtlosen Bude im Souterrain. Ohne Kommentar nahm sie das Regal aus Obstkisten zur Kenntnis, in dem vor allem Kunstbände aus zweiter Hand alphabetisch einsortiert standen; sie bewunderte eine (ziemlich gute) Reproduktion von Franz Marcs gelb-schwarzem Tiger, die er gerahmt und über sein Stahlbett gehängt hatte; prüfend schaute sie durch das eine (vergitterte) Fenster an der Ecke des Plafond (man sah zwar keine Sonne, dafür aber die Füße von Passanten auf der Straße); sie setzte sich an den wackeligen Tisch, an dem er aß und las und seine Seminararbeiten schrieb. Ohne Widerstand ließ sie sich von ihm auf die Matratze ziehen, und manchmal stießen beide grob keuchende Laute aus, während sie zart aneinander Erkundungen anstellten – aber es war bei solchen Begegnungen nie (wie unsere Großmütter gesagt hätten) zum Äußersten gekommen: Die Kleidung behielten sie züchtig am Leibe. Immerhin wusste Barbara danach einen zärtlichen Spitz- und Spottnamen für ihn – mit Hinblick auf das Bild von Franz Marc nannte sie ihn »mein kleiner Tiger«, manchmal auch einfach »Tigerchen«. Die Erinnerung an jene gemeinsamen Stunden löste noch jetzt (im Hotel »Goldener Hirsch«, in dem sie sich für dieses Wochenende verabredet hatten*) solche Hochgefühle aus, dass Alexej ganz schnell die Beine übereinanderschlagen musste.

Vor einer Woche waren sie dann endlich zum ersten Mal miteinander im Kino gewesen. Sie gingen in keinen der großen Filmpaläste, denn dort wäre die Gefahr zu groß gewesen, dass jemand Barbara erkannte; stattdessen spazierten sie eines Abends von ihrer Wohnung zu einem der freundlichen kleinen Praterkinos hinüber. Dort bekam man nicht nur Dutzendware aus den Rosenhügelstudios, sondern auch künstlerisch Wertvolles oder Exotisches zu sehen, manchmal sogar den einen oder anderen Film aus Kansas oder Canada. Doch Barbara und Alexej war an diesem Abend nicht nach Kopfzerbrecherkino zumute; ein Abenteuerfilm sollte es sein, und so lösten sie lieber Eintrittskarten für *Das Budapest-Komplott*, einen Kriminalfilm mit Max von Winterstein und Julia Wallach in den Hauptrollen. Laut Ankündigung gab der hochgewachsene Freiherr von Winterstein einen hartgesottenen Gendarmen, die berühmte Wallach dagegen spielte eine naive Touristin aus München – ganz aus Versehen stolperte sie in eine weitverzweigte Verschwörung hinein, deren Ziel es war, die Völker der Donaumonarchie aufeinanderzuhetzen.

Neben den Schaukästen mit Filmbildern – Max von Winterstein sah blond und durchtrainiert aus, die Wallach hingegen war brünett und zierlich – hingen Rezensionen; die *Neue Freie Presse* schrieb: »In diesem rasant gefilmten Machwerk wird der Wahrscheinlichkeit nicht erlaubt, ihr hässliches Haupt zu erheben.« Das versprach, aufregend und lustig zu werden; also hinein. Vorher allerdings kaufte Alexej, während Barbara ihn scheel von der Seite ansah, eine große Portion einer Köstlichkeit, die »Rumkokos« hieß; dieser Versuchung hatte er noch nie widerstehen können. (Hier handelt es sich um kleine, mit fettiger Schokoladenglasur überzogene Zuckerkugeln, die tatsächlich vage nach Kokosnuss schmecken; jede Kugel aber umhüllt eine hochprozentige Pointe aus purem österreichischem Rum.) Die Platzanweiserin zeigte den zwei Liebenden ihre Plüschsitze, dann wurde es dunkel im Saal.

Leider mussten sie vor dem Hauptfilm erst einmal eine halbstündige Wochenschau erdulden. Kein Mensch wusste, warum das so war; in der gesamten Monarchie gab es – wie überhaupt in der zivilisierten Welt – wohl kaum einen Haushalt ohne Fernsehgerät. Trotzdem liefen in den Kinos immer noch diese altmodischen Wochenschauen von der Spule, wahrscheinlich handelte es sich um ein religiöses Ritual.

AUFTAKT: triumphal-festliche Musik, dann ein bonbonbuntes Bild. Der Kaiser zeichnet Prinz Albrecht zu Hohenlohe-Schillingsfürst, den langjährigen Präsidenten des Herrenhauses, für seine Verdienste um die Monarchie mit dem Orden vom Goldenen Vlies aus. (Der Prinz war ein kahler Tattergreis, der sich nur mit Mühe auf den Beinen hielt, und das Herrenhaus hatte – wie das »House of Lords« in Großbritannien – nur noch schmückende Funktion; gleichwohl rannen Se. Durchlaucht Rührungstränen über die glatt rasierten Wangen.)

ZWEITE SEQUENZ: Wahlen in der österreichischen Reichshälfte. Die Kamera fährt über Wahlplakate (die Roten, die Schwarzen, die Gelben, die Grauen, die Blauen, die Grünen); erste Umfragen ergeben, dass Sozialdemokraten und Christlichsoziale ungefähr gleichauf liegen, dass Umweltschützer und Freisinnige im Abgeordnetenhaus des Reichsrates jeweils auf circa 15 Prozent kommen werden, dass die Deutschnationalen und die Antisemiten einander Wähler vor der Nase wegschnappen; bei der jüngeren Generation steigt die Politikverdrossenheit; allerdings sind die Hochrechnungen aus Böhmen und beiden Galizien noch ungenügend berücksichtigt. (An dieser Stelle fühlte Alexej die schlanken Finger von Barbara, wie sie sich in den Pappbehälter stahlen, den er zwischen seinen Schenkeln festgeklemmt hielt; als er im Dunklen zu ihr hinübersah, schaute Barbara mit kokettem Schuldbewusstsein zurück – dann öffnete sie leicht ihre Lippen und zeigte ihm das Kokoskügelchen, das sie knapp hinter ihrer Zungenspitze balancierte.)

DRITTER BEITRAG: der Vatikan. Berninis Säulen, der apostolische Palast. Papst Clemens XV., der Montenegriner auf Petri Stuhl, wettert in einer Generalaudienz wieder einmal gegen die Eugenik und droht katholischen Wissenschaftlern, die so etwas praktizieren, mit der sofortigen Exkommunikation. Die Lehre, es gebe höhere und minderwertige Menschenrassen, sei »häretisch, verwerflich und falsch«, die zwangsweise Sterilisation von Erbkranken gar ein »unmenschliches Verbrechen«. Anschließend ein Kurzinterview mit Prof. Dr. Alois Rebhandl vom Institut für Volksgesundheit und Hygiene in Graz: »Es wird Zeit, dass die Kirche endlich im 21. Jahrhundert ankommt.« (Hier spürte Alexej wieder die Hand von Barbara – aber diesmal stahl sie ihm kein Naschwerk, sondern fuhr an der Innenseite seiner Schenkel bis ganz nach oben, wo bei ihm die Hosenbeine zusammenliefen; dort verweilte sie eine Zeit lang.)

VIERTES BILD: ein Besuch in den Kolonien. Elisabeth II. wird von Sir Reginald McNaughtan, dem indischen Generalgouverneur und Vizekönig, am Flughafen von Delhi im Kilt, dem karierten Schottenrock, begrüßt. Ein Infanterieregiment von Gurkhas steht stramm und salutiert. Zusammen besichtigen die Kaiserin von Indien und ihr Statthalter eine Textilfabrik sowie eine Firma, die Programmbündel für Rechner erfindet. Elisabeth II. in Nahaufnahme; sie setzt ihre Großmutterbrille auf und liest vor dem indischen Parlament von einem Blatt Papier ab: »We are pleased with the progress the British Raj has made in its arduous struggle against economic underdevelopment.« (An dieser Stelle lehnte Barbara ihren Lockenkopf an Alexejs Schulter und stibitzte ihm heimlich eine weitere Kokoskugel.)

FÜNFTER BEITRAG: Augusta I. empfängt im Schloss von Berlin auf der Spreeinsel eine Delegation des Hererovolkes. Mit charmantem Lächeln nimmt die Kaiserin eine Herero-Tracht entgegen und lässt sich von einem älteren Herrn, der die Delegation leitet, einen breiten, bunt gestreiften Hut auf den Kopf setzen. Die Kaiserin, so der unsichtbare Kommentator, erfreue sich bei den Herero hohen Ansehens, seit durchgedrungen sei: Sie setze sich zumindest *in camera* dafür ein, dass der Reichskanzler offiziell für einen Völkermord um Entschuldigung bitten soll, den die Deutschen vor bald hundert Jahren in Deutsch-Südwestafrika begangen haben. (An dieser Stelle biss Barbara Alexej sehr zart ins Ohrläppchen.)

SECHSTENS, aus der WELT DER TECHNIK: Ein langhaariger Finne aus Karelien mit Zottelbart hält seine jüngste Erfindung in die Kamera – ein tragbares, von einer Batterie betriebenes Telefon. »Eines Tages wird man sich damit von jedem Ort der Welt ins gewöhnliche Telefonnetz einwählen können.« Der Finne nennt seine Erfindung: *matkapuhelin.* Ins Deutsche ist dieses Wort wahrscheinlich gar nicht übersetzbar. Der unsichtbare Berichterstatter meint: Immerhin beweise dies, dass es auch im verschlafenen Zarenreich moderne technologische Errungenschaften gebe. (»Wir haben sogar Wasserklosetts!«, murmelte Alexej finster.) Freilich ist das, was der Finne ihnen da entgegenstreckt, eine klobige, viereckige Scheußlichkeit mit Tasten anstelle einer Wählscheibe. (Barbara streckte die gespreizten Hände in Richtung Leinwand und verkniff ihre Lippen in einer dermaßen übertriebenen Grimasse der Abscheu, dass Alexej laut lachen musste.)

SIEBTENS, der HEITERE AUSKLANG: Gräfin Ildikó von Andrássy, die Außenministerin von Österreich-Ungarn – eine bekennende Lesbierin, die sich ihr dichtes weißes Haar zur Bürste schneiden lässt –, ist von einem hinterhältigen Fotografen dabei abgelichtet worden, wie sie mit ihrer langjährigen Gefährtin in klobigen Gummistiefeln ein paar Birnbäume pflanzt, Unkraut jätet und Steine auf eine Schubkarre lädt, also kurz und banal: wie sie auf ihrem Landgut in Westtransdanubien ein bisschen Gartenarbeit verrichtet. Kühler Kommentar der Außenministerin: »Wenigstens hat mich der Herr nicht im Badeanzug erwischt.« (Auf den billigen Rängen im Kinosaal wurde heftig durch die Finger gepfiffen.) Im besten Diplomatenfranzösisch fügt Gräfin Andrássy hinzu: »Il faut cultiver notre jardin.«

Dann begann der Hauptfilm (die ersten Takte der Jupitersymphonie ertönten, ein Einhorn tänzelte heran, über ihm entfaltete sich der Schriftzug: *Rosenhügel-Studios Wien*). Der Hauptfilm ließ nicht das Mindeste zu wünschen übrig. Wilde Kampfszenen und kaltheiße Küsse; eine herrliche Verfolgungsjagd mit schnellen Booten auf der Donau. Naturgemäß gab es auch einen Finsterling, denn hinter der Verschwörung steckte – wer hätte das gedacht – ein böser Mister X, ein amerikanischer Plutokrat aus Virginia, der die Donaumonarchie zerschlagen wollte, damit Amerika endlich zur Großmacht aufsteigen konnte. »Von der Humanität über die Nationalität zur Bestialität!« Hatte das nicht schon Franz Grillparzer gesagt? Am besten gefiel Alexej, dass Julia Wallach als brünette Heldin des Films mehrmals in ernsthafte Gefahr geriet: Dunkle Schatten lauerten ihr auf, sie watete durch Kanalröhren, in denen die Abwässer rauschten und die Ratten flitzen, endlich fand sie sich auf einen Stuhl gefesselt wieder, während der Finsterling (er hatte viele Aliasse, hörte aber eigentlich auf den Namen Wilson Woody) sich in unguter Absicht über sie beugte. All diese Bedrohungen hatten zur Folge, dass Barbara immer drängender Schutz bei ihm suchte, sie knöpfte Alexej das Hemd auf, um ihre grazil-kräftige Hand auf seine männliche (allerdings gänzlich unbehaarte) Beschützerbrust zu legen; am Ende wäre sie ihm beinahe als Ganze unter das Hemd gekrochen, jedenfalls versteckte sie ihren Kopf dort: »Sag mir, wann ich wieder hinschauen kann«, bat sie. Alexej gab Entwarnung, als endlich Max von Winterstein auftauchte und seines Amtes als Filmheld waltete, er streckte Mister X mit einem Faustschlag in den Solarplexus nieder, während der gerade etwas vom »Selbstbestimmungsrecht der Nationen« faselte, dann übergab er Wilson Woody den zuständigen k. u. k. Behörden – die Verschwörung war aufgedeckt, das Abendland gerettet, Abspann.

Die Rumkokoskugeln waren mittlerweile auch verputzt.

Was für ein schöner Abend! Und doch hatte er mit einem Missklang geendet, einer wüsten Enttäuschung. Hinterher ließ Barbara sich nämlich nicht von Alexej nach Hause bringen; nur zum nächsten Taxistand durfte er sie begleiten. Und sie ließ sich zum Abschied nicht von ihm auf den Mund küssen, obwohl er sich nach diesem Kuss sehnte, seit es im Kinosaal dunkel geworden war. Beinahe hastig riss sie sich von ihm los, winkte ihm nur aus dem Taxi noch einmal schnell und heftig zu. – Hatte er etwas falsch gemacht? Hatte er sich ihr gegenüber etwa zu viel herausgenommen? War das der Grund, dass sie ihn jetzt hier in Salzburg qualvoll warten ließ? Was sollte er nur tun? In Gedanken entwarf Alexej einen Brief; sobald er Papier und einen Umschlag gefunden hatte (in einem Hotel wie diesem hier musste so etwas doch aufzutreiben sein), würde er ihn in seiner Sonntagsschrift gleich ins Reine schreiben. »Hochverehrte gnädige Frau, liebe Barbara«, würde Alexej ihr in sorgfältig linierten Zeilen mitteilen. »Bitte verzeihen Sie – oder bitte verzeihe, aber ich weiß nicht, ob ich mir das Du noch erlauben darf –, bitte verzeihen Sie also einem unerfahrenen jungen Mann, dass er sich Frei- und Frechheiten herausgenommen, dass er Grenzen überschritten hat, die nie hätten überschritten werden dürfen. Bitte gestatten Sie mir, zumindest wieder Ihr Freund zu sein. Oder zu werden. Der Gedanke ist mir unerträglich, dass wir auf alle Zeit …« Und weiter kam er nicht.

Ganz plötzlich war sie da. Die Eingangstür ging auf, und eine atemberaubend schöne Frau kam herein. Barbara Gottlieb trug an diesem Tag Hosen, ihre dunklen Locken waren im Sprühregen ein wenig feucht geworden. Sie lief mit ein paar kleinen Schritten auf ihn zu und küsste ihn auf die Wange, ehe er sich von seinem Sitz erheben konnte; schon murmelte sie ihm Entschuldigungen ins Ohr (ein Stau auf der Autobahn, wie dumm, nein: oberdeppert!, dann hatte sie für ihr rotes Elektromobil keinen Parkplatz gefunden), aber er brauchte gar keine Entschuldigung, er war nur froh, dass sie endlich da war, froh und erleichtert, dass er sie sich nicht aus dem Kopf zu schlagen brauchte (es wären sehr harte Schläge nötig gewesen). Die Strengbebrillte hinter der Rezeption reichte Barbara mit einem sacharinsüßen Lächeln eines jener Goldplättchen aus, die stilisiert einen springenden Hirsch zeigten und hier als Schlüssel dienten; lachend wehrte Barbara ab, nein, sie brauche niemanden, der ihr mit dem Gepäck helfe, sie habe ja überhaupt nur diese Tasche dabei. Dann nahm sie Alexej an der Hand – ja wirklich: sie fasste ihn an allen fünf Fingern und zog ihn mit sich fort –, offenbar rechnete sie fest damit, dass hier in der Provinz niemand ihr Gesicht kannte. Sie führte Alexej eine Treppe hoch und in ihr gemietetes Zimmer.

Barbara küsste ihn auf den Mund, auf den Hals und die Stirn, noch ehe sich die Tür richtig geschlossen hatte. Dann pfefferte sie ihre Jacke aufs Bett. Dann nahm sie links und rechts die hochhackigen Schuhe von ihren bloße Füßen (ihnen war zu verdanken, dass sie an diesem Tag einen Kopf über ihren jungen Freund hinauszuwachsen schien). Dann knöpfte sie ihre Seidenbluse auf und ließ sie einfach zu Boden fallen. Dann streifte sie mit einer beinahe schon brüsken Schlängelbewegung ihre Hose ab. Dann griff sie hinter sich – zwischen ihre Schulterblätter – und hakte mit einer geschickten Bewegung, für die man wohl als Frau auf die Welt gekommen sein muss, ihren Büstenhalter auf. Dann schlüpfte sie aus dem unbedeutenden Stück Stoff, das danach noch übrig war.

In einem Roman stünde jetzt bestimmt, sie habe »kleine feste Brüste« gehabt (Frauen in Groschenromanen von der besseren Sorte haben immer feste kleine Brüste, der Teufel weiß, warum), aber hier handelt es sich ja um einen wahrheitsgemäßen Bericht: Die Brüste von Barbara Gottlieb waren schwer mit großen braunen Aureolen. Auch kann nicht behauptet werden, sie sei vollkommen schlank gewesen: Barbara hatte einen sanft gewölbten Frauenbauch, der entzückend war. (Noch mehr entzückte das dunkle, das gänzlich unfrisierte Kräuseldreieck unterhalb ihres Nabels.) Nackt tänzelte sie mit sinnlich-frechem Lächeln um ihre eigene Achse, wobei sie eine kallipygische Rückansicht offenbarte. Gut geformte Beine, schlanke Fesseln. – Und nun müsste den Regeln der Literatur wie der Logik gemäß das folgen, was man unter Fachleuten eine »Stelle« nennt. Leider sind die k. u. k. Zensurbestimmungen *in rebus sexualibus* aber ausgesprochen streng, sodass wir hier schamhaft unsere Augen niederschlagen (müssen). Die Kamera schwenkt, wenn wir uns diese Geschichte als Film vorstellen wollen, zu den schweren roten Vorhängen, die so fest zugezogen waren, dass jede Aussicht auf die Getreidegasse unmöglich wurde; endlich fährt sie weiter zu dem Stich an der Wand, der jenes Schloss zeigte, das Wolf Dietrich von Raitenau (1559 bis 1617) als Fürsterzbischof für Salome Alt errichten ließ – seine Geliebte, die ihm im Lauf der Jahre 15 oder 16 Kinder gebar. Und mit diesem idyllischen Bild (also dem

Blick auf das nachmals sogenannte Lustschloss Mirabell im Goldrahmen) halten wir fürs Erste.

Allerdings verbieten die k.u.k. Zensurbestimmungen nur bildliche Darstellungen; über die Tonspur des Films wird nichts gesagt. Und es kann nicht geleugnet werden, dass Barbara Gottlieb während der nächsten Stunden unter anderem Folgendes äußerte: »Mein kleiner Tiger, du wirst doch nicht die Socken anbehalten.« – »Du hast einen schönen Körper.« – »Du darfst ruhig fester zufassen.« – »Warte, ich zeige es dir.« – »Nicht so hastig, wir haben noch den ganzen Nachmittag!« – »Du bist ja ein ganz sinnlicher und zärtlicher Mann.« – »Nicht aufhören! Unmensch!« – »*C'est formidable, ça.*« – »Ich mag, wie dein Name klingt: Alexej. A-Leck-Säi. So rund. So geschlossen!« – »Mein kleiner Tiger, dafür muss ich dir jetzt leider ein Kissen an deinen hübschen Kopf werfen.« – »Naturtalent. Aber du kannst eben auch gut küssen.« – »Nicht dort. Du Dummer. Hier!« – »Du bist ja unverwüstlich.« – »Ja, mein Süßer. Jetzt! Schön.« – »Ich dich auch.« – »Nein, das werde ich nicht tun. Ich verspreche es dir.« – »Es hat aufgehört zu regnen, glaube ich.« – »Hast du Hunger? Wollen wir aufstehen, etwas essen gehen?«

Was soll man darum herumreden: Ehebruch kommt eben in den besten Familien vor. Und dem Tod blieb in diesem Hotelzimmer im »Goldenen Hirschen« kein Reich mehr. Die Einsamkeit dankte für ein paar Stunden ab, die Angst verlor ihren Kopf. Beinahe wäre Alexej glücklich gewesen.

VII.
Die drei Hofräte

Sie trafen sich an jedem zweiten Dienstag im Monat um Punkt fünf Uhr nachmittags im Café Central – es sei denn, dieser Dienstag wäre auf einen christlichen oder jüdischen Feiertag gefallen: dann wurde das Treffen eben am darauffolgenden Donnerstag nachgeholt. Sie trafen sich, um Tarock zu spielen (wenn sie einen vierten Mann dafür fanden, denn sie spielten grundsätzlich nur zu viert) oder um gemeinsam über philosophischen Fragen zu brüten. »Entweder tarockieren oder philosophieren«, lautete ihr Wahlspruch, »am End' is' eh alles wurscht.« Passten sie eigentlich ins Café Central, hätte man sie ohne Weiteres hier vermutet? Diese Frage dürfen wir getrost verneinen. Das Café Central liegt, wie wir aus berufenem Munde wissen, »unterm Wienerischen Breitengrad am Meridian der Einsamkeit«; genauer gesagt befindet es sich – und das schon seit Generationen – im Innenhof des Palais Ferstel und sieht für ein Wiener Etablissement verdächtig orientalisch aus: Kreuzbögen, hohe Säulen, viele Ornamente, viel Gold, überhaupt sehr bunt, rote runde Marmortische – der Kenner hätte das Café Central exakt 243 Straßenkilometer weiter östlich platziert, also eher im schönen Budapest als hier in der Reichshauptstadt.

Seit alters und jeher war es der Treffpunkt für die Theaterleute und Literaten gewesen: Peter Altenberg hatte hier gesessen, Egon Friedell, auch Lew Bronstein*, der in Wien eine Zeitung mit dem merkwürdig-hochtrabenden Namen *Prawda* (»Die Wahrheit«) herausgab, ehe er sich in den Zwanzigerjahren als Verfasser wilder utopischer Zukunftsromane einen Namen machte. Lange vorher hatte ein Feuilletonredakteur namens Theodor Herzl zu den Stammgästen gehört; im Nebenberuf war jener Herzl als Prophet und Träumer tätig gewesen und hatte sich, während er durch seinen dunklen Mosesbart strich, ein jüdisches Gemeinwesen in Palästina zusammengesponnen, das liberal, offen, menschenfreundlich und modern sein sollte: eine unverfälschte Wiener Caféhausvision. Später hatten sich dann die Genies aus den Rosenhügelstudios im Central versammelt, um an ihren Drehbüchern zu feilen oder einander kunstvoll ausgedachte Beleidigungen an den Kopf zu werfen. (In der heutigen Zeit konnte ein Caféhausbesucher mit etwas Glück einen Blick auf den Regisseur Walter A. Königstein erhaschen, wie er gerade spitznasig-melancholisch in seiner Melange rührte.) Zu ihrer kleinen Dienstagsrunde aber gehörte kein einziger Dramatiker oder Filmregisseur; keiner von ihnen hatte das Recht, sich einen Literaten zu schimpfen; sie kannten einander vielmehr seit Studententagen, denn sie hatten gemeinsam im Kant-Seminar bei dem berühmten Professor Bloch gesessen.

Von den Kellnern wurden sie intern nur »die drei Hofräte« genannt. Alle drei trugen diesen Titel *honoris causa*, keiner stand als Beamter in Staatsdiensten. Den ersten Hofrat durften wir in einem früheren Kapitel schon flüchtig kennenlernen: Es handelt sich um keinen anderen als den Psychoanalytiker Dr. Anton Wohlleben – in dieser Runde hieß er freilich nur »der Toni«. Von dem zweiten Hofrat haben wir schon einmal *en passant* reden hören; es war Prof. Dr. Adolf Brandeis, der Oberrabbiner von Wien, ein kleiner schmaler Mann mit runder Goldbrille, grauem Spitzbart und feinen semitischen Gesichtszügen, den man in der Öffentlichkeit noch nie in einer anderen Aufmachung gesehen hatte als im dunklen Anzug mit Fedorahut. Rabbi Brandeis hatte eine heisere, überraschend hohe Stimme und gehörte zu jener seltenen Spezies von Menschen, die nie sprechen, ohne vorher nachzudenken. Wenn er über jemanden sagte: »Herr Soundso ist ein Trottel«, dann klang das also, als würde er sagen: »Nach reiflicher Überlegung, Konsultation der einschlägigen Talmudstellen und dem Wiederlesen von Kants drei Kritiken sehe ich mich leider zu dem Schluss gedrängt, dass Herr Soundso ein Trottel ist.«

Rabbi Brandeis war dieser Tage (der September neigte sich trüb-grau seinem Ende entgegen) in die Schlagzeilen und sogar für eine Minute in die Fernsehnachrichten geraten; er habe, hieß es, das Angebot erhalten, als aschkenasischer Oberrabbiner nach Jerusalem zu gehen, und seine Antwort sei eine zwar höfliche, aber doch eindeutig-endgültige Absage gewesen. Es brodelte in der Gerüchteküche, und wie in solchen Fällen üblich, hatten die Gerüchteköche so ziemlich in allem recht. Warum aber hatte Prof. Dr. Adolf Brandeis ein dermaßen ehrenvolles Angebot in den Wind geschlagen; gehörte er etwa zu jenen Söhnen des auserwählten Volkes, die dem Zionismus aus theologischen Gründen ablehnend gegenüberstehen? Keineswegs: Rabbi Brandeis bewunderte die Leistungen des Jischuw (des jüdischen Gemeinwesens in Palästina), zu denen nicht an letzter Stelle gehörte, dass er nach bald zweitausendjährigem Dornröschenschlaf die hebräische Sprache zu neuem Leben erweckt hatte.

Viele der Kibbuzim – der landwirtschaftlichen Gemeinschaftssiedlungen im Heiligen Land – kannte der Oberrabbiner von Besuchen, auch hatte er in Tel Aviv am Strand gesessen, Kichererbsenmus gegessen und einen Becher frischen Orangensaft geleert. Gern erinnerte Prof. Dr. Brandeis sich an die Vorlesung zurück, die er einst an der Universität von Haifa vor jungen Studenten gehalten hatte. Die Stadt Haifa lag traumhaft schön auf einem Hügel über dem Meer und wurde von Juden und Arabern gemeinsam verwaltet. In Nablus hatte er auf dem *Schuk*, dem alten arabischen Markt, ein freundliches Nichts gekauft, ein Andenken für seine Frau: ein geschnitztes Kamel aus poliertem Olivenholz. Und selbstverständlich hatte der Oberrabbiner auch die *Kotel* besucht, die Klagemauer in Jerusalem – aber seltsam: dieses Erlebnis hatte ihn emotional nur an der Oberfläche berührt. (Viel tiefer blieb der Eindruck, den der Vorabend in seinem Gemüt hinterließ: ein Konzert in der Jerusalemer Philharmonie, eine zu Tränen rührende Interpretation der Ouvertüre des »Tannhäuser« – dirigiert von dem weltberühmten René Birnbaum.) Vielleicht ließ sich die Enttäuschung des Rabbiners darauf zurückführen, dass diese religiöse touristische Sehenswürdigkeit – immerhin die heiligste Stätte des jüdischen Volkes! – in einer engen, also beinahe lichtlosen Gasse zu finden war. Von den arabischen Häusern auf der anderen Straßenseite trennten die Klagemauer nur drei Schritte; die Beter hatten so wenig Platz, dass ihre Ellbogen einander in die Quere kamen, während sie in dichten dunklen Menschentrauben zusammengedrängt mit den Oberkörpern wippten.

Nominell unterstand der Jischuw immer noch dem alten Sultan in Stambul*, aber das Osmanische Reich war als erstes der großen Imperien von den Zentrifugalkräften der Geschichte erfasst worden: Die Zentralgewalt zeigte sich geschwächt, die Provinzen an der Peripherie trieben immer weiter auseinander, und *de facto* war der Jischuw längst unabhängig, wenn man von Fragen der Außenpolitik absah. Und doch hatte der Zionismus ausgerechnet in jener Frage versagt, die sich im Laufe des vergangenen Jahrhunderts als eine seiner wichtigsten Aufgaben herausgestellt hatte: Der Jischuw war nicht zum Magneten für die Orientalen geworden. Die uralten Judengemeinden in Kairo, Alexandrien, Damaskus, Tripolis und Teheran – Gemeinden, die sich dort Jahrhunderte vor der Geburt von Mohammed angesiedelt hatten – dachten gar nicht daran, ihre Koffer zu packen und in den Jischuw überzusiedeln; so lebten heute noch immer mehr Juden in Bagdad als in Jerusalem. (Dabei stellten sie in Jerusalem schon seit 1845 die Mehrheit der Bevölkerung!) Der Jischuw war darum sehr russisch geprägt; man fand dort kaum Deutsche, kaum Israeliten aus der Donaumonarchie; er war nicht bunt multikulturell gemischt; es gab in Tel Aviv kein einziges Caféhaus, das Rabbi Brandeis als solches wieder- und anerkannt hätte. Mit einem schrecklich unhöflichen Wort gesagt (Adolf Brandeis hätte sich lieber die Zunge abgebissen, als dass er dies in Anwesenheit eines Journalisten eingestanden hätte, aber sich selbst gegenüber durfte er doch ehrlich sein): Der Jischuw war furchtbar provinziell. Wenn man die Wahl zwischen dem Posten eines Oberrabbiners von Wien und einer Stellung in Jerusalem hatte, hätte man schon ein Draufgänger sein müssen, um sich für die zweite Wahl zu entscheiden – und aus dem Draufgängeralter war Prof. Dr. Brandeis einigermaßen heraus.

Wie hieß nun der dritte Hofrat im Bunde? *Horribile dictu:* Grausenburger. Die Witze über seinen Namen (»Heinrich, mir grausenburgert vor dir!«) hatten sich einst enormer Beliebtheit erfreut, waren aber auf einen Schlag verstummt, als er zum Kardinal von Wien avancierte. Just in dieser Zeit kam nämlich heraus, dass katholische Geistliche in allen Kronländern der Donaumonarchie sich seit Jahrzehnten an Kindern, vor allem Knaben, vergangen hatten, eine furchtbare Geschichte – und sogar Kritiker der Kirche mussten hinterher zugeben, dass Heinrich Grausenburger in dieser Lage sein Bestes und Ehrlichstes getan hatte. Ohne Anweisungen aus Rom abzuwarten, hatte er den k. u. k. Ermittlungsbehörden sofort alle Kirchtore, alle Klosterpforten, alle Türen der Internate sperrangelweit geöffnet; er hatte die Opfer zur besten Sendezeit im Namen der Kirche um Verzeihung gebeten und einem Dutzend von ihnen während der Sonntagsmesse in St. Stephan auf den Knien die Füße gewaschen.

Man sah dem Kardinal – einem großen dicken Mann mit rosigen Wangen, dessen Haupthaar einst dunkelblond gewesen war – seine Herkunft als oberösterreichischer Bauernbub an. Wenn er in Zivilkleidung unterwegs war, also keinen Kardinalspurpur trug, bevorzugte er graue Anzüge und dunkle Pullover; er sah dann auf verwirrende Weise wie ein beleibter Bruder von Dr. Anton Wohlleben aus. Heinrich Grausenburger kannte jedes Spitzenrestaurant zwischen Palermo und Mailand, in der Provence und in Paris, aber auch in Wien, Budapest, Triest, Prag, Lemberg und Krakau, kurzum: im gesamten christlichen Abendland; er verfügte über einen mit erlesenen Flaschen gefüllten Weinkeller; er war (wie allerdings nur seine engsten Freunde wussten) selbst ein herausragender Küchenmeister – seine mit Wildresten, Speck und Wacholderbeeren gefüllten Palatschinken in Weinsauce kochte ihm so schnell keiner nach. Kardinal Grausenburger gönnte sich also alle sinnlichen Vergnügungen, denen man wohl frönen muss, um einen zölibatären Lebenswandel halbwegs auszugleichen.

Diese drei versammelten sich am Dienstag immer um Schlag fünf Uhr im Café Central im I. Bezirk. Beinahe klingt es wie der Anfang von einem Witz: Ein gläubiger Katholik, ein frommer Jude und ein agnostischer Psychoanalytiker kommen in ein Lokal ... Hätte sich noch ein Muslim zu ihnen an den roten Marmortisch gesetzt, so hätten sie mit diesem Mann sofort Tarock gespielt. Es setzte sich allerdings an diesem nebligen Septembernachmittag niemand zu ihnen. So blieb den drei Hofräten (»am End' is' eh alles wurscht«) nichts anderes übrig, als über hochgeistige Dinge zu sprechen.

Der schwarzhaarige Kellner mit dem Fliegenbärtchen auf der Oberlippe, der hier im Café Central selbstverständlich »Ober« gerufen wurde und eine Uniform trug (grüne Jacke, gestärktes weißes Hemd, dunkler Seidenschmetterling unterhalb des Adamsapfels) – der Kellner nahm neben ihrem Tisch Aufstellung, zückte seinen Block und sagte zur Begrüßung: »Bitte sehr!« Dr. Wohlleben bestellte eine Schale Gold*, der Rabbi nahm einen Piccolo*; Heinrich Grausenburger ließ sich zum großen Schwarzen* ein paar Buchteln mit warmer Vanillesauce servieren.

»Stellt euch vor, was mir passiert ist«, eröffnete Prof. Dr. Brandeis die philosophische Fachdebatte, »als ich in der Hofoper war – ›Rigoletto‹, danke der Nachfrage, sehr schön –, also, wisst ihr, wen ich da getroffen habe? Die Andrea.«

Seine ehemaligen Kommilitonen schwiegen betroffen. In Andrea Bärwald waren sie einmal alle drei verliebt gewesen; Heinrich Grausenburger hätte ihretwegen beinahe seine Priesterweihe verpatzt. Sie war dann nach Agram gegangen und hatte dort einen Elektromobilgroßhändler geheiratet. »Was für ein Zufall, dass die mir ausgerechnet gestern in der Oper über den Weg läuft«, fügte der Rabbiner dann langsam und nachdenklich hinzu (und als Wohlleben und Grausenburger ihn mit Fragen bestürmten, antwortete er: »Grau ist sie geworden, hübsch hat sie ausgesehen, nett ist sie gewesen, aber Grüße an euch Haberer, Pardon, hat sie mir nicht aufgetragen«). Damit hatten die Hofräte – wie wunderbar – ihr Thema für diesen tarockfreien Nachmittag gefunden. Nein, nicht die Liebe (was für ein abgeschmacktes, banales Sujet!), sondern: den Zufall. Gibt es ihn überhaupt oder handelt es sich gewissermaßen nur um eine optische Täuschung, also einen Streich, den unsere Wahrnehmung uns spielt; und welche Rolle nimmt der – echte oder nur aus Gründen der gedanklichen Verlegenheit sogenannte – Zufall in unserem Leben ein? Unterdessen servierte der Kellner auf drei silbernen Tabletts (eines davon balancierte er robust auf dem rechten Unterarm) ihre Getränke und Speisen. Während der Kardinal von Wien seine erste Buchtel mit einer kleinen Gabel zerteilte und die Brocken in die weiße Sauce tauchte, dozierte er: »Die Stoiker waren der Meinung, dass alles in der Natur von den Naturgesetzen, von einer ehernen Notwendigkeit gelenkt wird, der man sich gefälligst zu ergeben habe. Daher die berühmte stoische Ruhe. Es hat gute, sogar sehr gute Leute unter ihnen gegeben: Cicero, Seneca, den Kaiser Marc Aurel, der höchstwahrscheinlich – wie passend – als ein Wiener gestorben ist. Alles Feinde der Tyrannei; alles Freunde der Schwachen und Unterlegenen.«

»Sie haben trotzdem Unrecht gehabt«, erwiderte der Rabbi. »Es gibt den Zufall nämlich wirklich. Die Wissenschaft des 20. Jahrhunderts hat ihn entdeckt.« Die Gattin von Adolf Brandeis lehrte theoretische Physik an der Universität Wien – der Rabbi verstand es, diesen Umstand immer wieder als glitzernde Girlande in seine Gespräche einzuflechten. »Meine Frau hat mir erklärt, dass wir seit Max Planck und seiner Quantenmechanik wissen: Die Welt ist keine Großvateruhr, die Gott am Schöpfungstag aufgezogen hat und die seither mechanisch-gemütlich herunterschnurrt.«

»Was denn, wie denn«, warf der Agnostiker Anton

Wohlleben ironisch-gemütlich ein, »Gott würfelt also doch?«

»Nein«, antwortete der Rabbi, »Gott würfelt naturgemäß nicht. Aber er hat eine Welt erschaffen, die selber würfelt. In einer Tour. Unaufhörlich.«

»Also, mir ist das zu abstrakt«, sagte Heinrich Grausenburger, der mittlerweile schon seine zweite Buchtel heruntergeschlungen hatte. »Ich bin aus Oberösterreich, ich muss mir das, bitte, ganz praktisch vorstellen. Also: Da ist ein Fensterbrett, sagen wir, im fünften Stock, auf dem Fensterbrett steht eine Blumenvase. Unter dem Fensterbrett geht jemand vorbei. Ein Windstoß kommt, die Vase kippt vom Fenster herunter und fällt dem Spaziergänger auf den Kopf. Zufall? Oder haben sich da nur zwei Kausalketten blöd ineinander verhakt?«

Der Kardinal nahm seine dicken Finger zu Hilfe, um die Kausalitäten einzeln an ihnen abzuzählen: »Erstens, die Vase kippt wegen dem Wind; zweitens, der Wind weht, weil sich der Luftdruck verändert hat; drittens, der Luftdruck hat sich verändert, weil auf Sonnenschein Regen gefolgt ist; viertens, auf Sonnenschein ist Regen gefolgt, weil sich Wolken gebildet haben, weil sie sich, fünftens, bilden mussten – und so weiter, bis zum Anbeginn der Schöpfung zurück. Und unser Passant ist unter dem Fensterbrett spaziert, weil er gerade über seinen Beruf nachgedacht hat; seinen Beruf aber übt er aus, weil er essen muss; essen muss er, weil er ein Mensch ist – auch hier reicht die Kausalkette zum Anfang zurück. Die beiden Ketten treffen sich: bums, owidraht. Auf gut Deutsch gesagt.«

»Und was wird dann aus eurer gut-katholischen Willensfreiheit?«, fragte der Rabbi hinterlistig. »Nein, nein. Großer Irrtum. Nichts hätte so kommen müssen, wie es kam. Es ist mir nicht bestimmt gewesen, dass ich gestern bei ›Rigoletto‹ die Andrea sehen werde. Und es war in unserem Beispiel nicht vorherbestimmt, dass der Topf dem Passanten auf die Glatze fällt. Ich sage euch: Bis zum letzten Moment, bis zum Augenblick des Auftreffens auf dem Schädel, hätte es auch anders kommen können. Der Passant hätte aufschauen und beiseitetreten können. Ein zweiter Windstoß hätte den Blumentopf aus seiner Bahn wehen können.«

»Und wie ist das in der Geschichte?«, wollte Dr. Anton Wohlleben wissen. »Ist in der menschlichen Geschichte auch alles Zufall?«

Der Oberrabbiner von Wien schwieg. Ihm fiel ein Buch ein, das er vor ein paar Wochen gelesen hatte. Die Lektüre war ihm ein wenig peinlich, denn es handelte sich um einen äußerst populären Roman: Sein bunter Einband zierte mittlerweile jede Buchladenschaufensterscheibe und lag in hohen Stapeln in den meisten Flughäfen der Donaumonarchie herum. Auf dem Einband des besagten Machwerkes – unter uns gesagt: eines sehr vergnüglichen solchen, der Rabbi hatte die Lektüre genossen – war ein wilder Krieger in einer antiken Rüstung abgebildet, neben ihm ein Elefant, der ein goldenes Feldzeichen in den Staub trat, auf dem vier Buchstaben zu erkennen waren: *SPQR*, die Abkürzung für »Senatus Populusque Romanus«, also: der Senat und das Volk von Rom. Der Titel des Buches war *Hannibal Barkas – Herrscher über Italien.* Adolf Brandeis hatte als Knabe (wie die meisten jüdischen Gymnasiasten in der Donaumonarchie) eine ausgesprochen intensive Hannibal-Phase durchlaufen; er hatte mit diesem großen Feldherren gezittert, war im Geist bei seinem Gewaltmarsch über die Alpen mitgestiefelt, hatte den Trompetenschrei seiner Kriegselefanten gehört. »Chan-i-Baal« – der Mann, der dem Gotte Baal angenehm ist – hatte gegen die Römer jede Schlacht gewonnen bis auf die letzte: die Schlacht bei Zama in Nordafrika. Immer war Brandeis das Schicksal dieses Feldherrn ungerecht erschienen, der am Schluss – mutterseelenallein, im Stich gelassen von der Stadt, für die er gekämpft hatte – lieber Gift schluckte, als den Römern in die Hände zu fallen. Karthago war der Name seiner Heimat, die er als erwachsener Mann so gut wie nie betreten hatte: das heißt »Kart-Chadascht«, die neue Stadt. Eine Kolonie der Phönizier in Nordafrika, so wie New York früher einmal eine Kolonie der Engländer in Amerika gewesen ist; eine Seefahrermetropole, in deren Gassen eine semitische Sprache gesprochen wurde, mehr am Handel mit fremden Völkern interessiert als an ihrer Unterwerfung.

Hannibal Barkas – Herrscher über Italien von Richard Turteltaub erzählte in groben Zügen vom Leben des Polybios, eines Griechen vornehmer Herkunft, der als junger Mann in karthagische Gefangenschaft geriet, danach an der Seite von Hannibal in die Schlacht ritt und dadurch zum offiziellen Historiografen der karthagischen Republik aufstieg. In seinem Hauptwerk, den »Historien«, pries er die Verfassung von Karthago mit ihrer Mischung aus aristokratischen und demokratischen Elementen als vorbildlich; außerdem stellte er dort die These auf, dass Seemächte grundsätzlich die Freiheit lieben, während landgestützte Imperien immer zur Unterdrückung anderer Kulturen neigen.

Sehr lebendig – nämlich aus eigener Anschauung – beschrieb Polybios, wie das perfide Rom endgültig besiegt, seine Mauern geschleift, die Asche seiner Häuser mit Salz bestreut wurde, sodass von ihm nicht einmal mehr eine Erinnerung blieb. Voilà, ein ganz anderer Geschichtsverlauf als jener, der sich in unseren braven Schulbüchern findet! In dem reißerischen Wälzer von Richard Turteltaub gab es allerdings noch einen zweiten Handlungsstrang. Etwa

150 Jahre nach diesen blutigen Ereignissen begegnen wir einem Fischer an einem See, der jeden Morgen mit dem Boot hinausfährt, seine Netze auswirft und im Übrigen ein gottgefälliges Leben führt. Eines Tages tritt ein Wanderprediger in seiner Nähe auf, und der Fischer schließt sich ihm an – der Leser begreift allmählich: Jener Fischer heißt Schimon, der Wanderprediger ist ein Rabbi namens Jeschu Ben Joseph aus Galiläa.

Während der Teil mit den ungelesenen Romanseiten stetig dünner wird, sehen wir dem Rabbi und seinem Jünger beim Älterwerden zu; am Schluss stirbt Jeschu Ben Joseph, den manche seiner Anhänger ehrfurchtsvoll den *Moschiach* genannt haben (den königlich Gesalbten), alt und lebenssatt im Kreise seiner Kinder und Enkel. Er konnte nicht von den Römern ans Kreuz geschlagen werden, weil die Römer das Land Israel nie erobert haben: es gab also auch nie einen Pontius Pilatus, der seine Hände in Unschuld wusch, während er zugleich den Befehl zur Hinrichtung erteilte. Und wäre das, dachte der Oberrabbiner von Wien, nicht überhaupt viel besser gewesen? Die Israeliten wären Israeliten geblieben und die Heiden einfach Heiden. Der Glaube an den Einzigen und Einen, den Körperlosen und Unbegreiflichen hätte sich auf jenen winzigen Landstrich am Mittelmeer beschränkt. Der heilige Tempel in Jerusalem würde noch stehen. Die Kohanim – die Priester Israels – würden dort den vorgeschriebenen Gottesdienst verrichten und Zicklein und Lämmlein schlachten, während die Heiden sich weiterhin vor ihren Götzen beugten und ihre Erstgeburt ins Feuer schickten (selbstverständlich ließ sich Turteltaub in seinem Roman die Schilderung eines Kindesopfers an Moloch nicht entgehen). Wenn Hannibal mit seinen Kriegselefanten das alte Rom in den Boden gestampft hätte, wäre es nicht zu jener Durchdringung der heidnischen

Welt mit monotheistischem Gedankengut gekommen, die dazu geführt hat, dass Vokabeln wie »Hoffnung«, »Zukunft« und »Gerechtigkeit« – jüdische Vokabeln, wenn man sie bis auf ihren Wesensgrund durchdenkt – heute zum Allgemeingut der Menschheit gehören. Und war nicht just dies: die Durchdringung der heidnischen Welt mit Jüdischem, als die tiefste (nämlich theologische) Ursache für den Antisemitismus anzusehen?

Hätte Hannibal anno 202 vor der verhängnisvollen Geburt jenes Jeschu Ben Joseph in Nordafrika gesiegt, dachte der Rabbi, wären weder das Christentum noch der Islam entstanden – was wäre uns Juden in diesem Fall nicht alles erspart geblieben! Andererseits wiederum: Ohne Christentum, ohne Islam, ohne die Auseinandersetzung zwischen beiden auch keine Donaumonarchie. Und darum wäre es doch furchtbar schade gewesen. Denn ohne Habsburgerreich würde ich jetzt nicht hier im Café Central sitzen.

Selbstverständlich sagte Prof. Dr. Adolf Brandeis nichts von alldem laut. Stattdessen meinte er, zur Seite an seinen Freund, den Psychoanalytiker, gewandt: »In den *Schriften zur angewandten Seelenkunde* habe ich deine Studie über den Weltuntergangsträumer gelesen. Hochinteressant.«

»Ich weiß wieder einmal von gar nichts«, sagte Heinrich Grausenburger, der unter seinen Buchteln mittlerweile ein vollendetes Massaker angerichtet hatte. »Bitte um Aufklärung.«

»Toni hat einen Patienten, einen gewissen Herrn B., der dauernd vom Weltuntergang träumt«, informierte der Rabbi den Kardinal. »Ihm träumt, kurz gesagt, dass unser Jahrhundert in einer Gewaltorgie untergegangen ist. Toni spekuliert in seinem Aufsatz – sehr lesenswert übrigens –, dass in diesen morbiden Zwangsvorstellungen ein Todestrieb zum Ausdruck kommt, ein ... wie hast du es gleich noch genannt?«

»Thanatos-Prinzip«, sagte Dr. Wohlleben. »Auf alle Fälle träumt B. davon, dass die Geschichte aus irgendwelchen Gründen anders verlaufen ist als in der Wirklichkeit. In letzter Zeit träumt ihm übrigens häufig, dass es in Europa einen Riesenpogrom, quasi eine Bartholomäusnacht gegen die Juden, gegeben hat.«

»Und wer hat diese Bartholomäusnacht in seinen Träumen verübt«, erkundigte sich der Rabbi, »die Franzosen?«

»Nein«, antwortete Anton Wohlleben, »die Deutschen.«

»Aber nicht wirklich?«, fragte der Oberrabbiner von Wien rhetorisch und lachte. »Läppisch! Die Deutschen sind ein Kulturvolk. Die Deutschen haben den wunderbarsten von allen Komponisten hervorgebracht: Johann Sebastian Bach. Und den herrlichen Richard Wagner. Unter uns: auch Beethoven war einer von ihnen, er hat uns nur den großen Gefallen getan, hier in Wien taub zu werden. Ein Volk, das solche Genies, solche Musik hervorgebracht hat, wäre doch zu einer echten Bestialität gar nicht fähig. Die Franzosen dagegen ...« Prof. Dr. Brandeis dachte an den blutigen Schlamassel der Französischen Revolution. Er dachte auch an den unglückseligen Hauptmann Alfred Dreyfus, der wegen eines Verrats, den er nicht begangen hatte, am Ende des 19. Jahrhunderts auf die Teufelsinsel verbannt worden war; an den antisemitischen Mob, der durch die Straßen von Algier und Paris tobte, Scheiben einwarf, Stoffpuppen verbrannte.

»Eine Bartholomäusnacht im europäischen Maßstab an den Kindern Israels«, sinnierte der Kardinal von Wien. »So etwas wäre für uns Christen ja ein ungeheures theologisches Problem. Warum? Jeder Theologiestudent lernt heute im ersten Semester: Die Israeliten sind das Volk von Gottes erster Liebe. Paulus, Brief an die Römer, Kapitel 11:

Wir Heidenchristen sind auf den alten jüdischen Ölbaum nur aufgepfropft. ›Nicht du trägst die Wurzel, sondern die Wurzel trägt dich‹ und so weiter. Wenn es nach all den furchtbaren Pogromen, die doch – bitte – hoffentlich für immer der Vergangenheit angehören, noch einmal eine Judenverfolgung geben würde, müsste man geradewegs an Gottes Liebe zweifeln. Nein, ich muss es schon brutaler sagen: Nicht nur zum Zweifeln hätte man dann Grund, sondern auch zum Verzweifeln. Wir Christen hätten uns obendrein eine gehörige Watschen verdient.«

»Ich habe übrigens eine interessante Neuigkeit«, sagte Dr. Anton Wohlleben. »In unserer letzten Sitzung heute Morgen – aber das bleibt unter uns, bitte –, also, heute Morgen hat er mir erzählt, dass in einem von seinen Träumen auf einmal die Anne Frank aufgetaucht ist. Und in seinem Traum ist sie schon als Kind umgebracht worden.« Diese Meldung rief umgehend Heiterkeit hervor. Man sah Anne Frank ja wieder häufig im Fernsehen, seit sie im vergangenen Jahr den Literaturnobelpreis für das Deutsche Kaiserreich geholt hatte. Sie war jetzt ein barockes Mädchen von 71 Lenzen – klein, witzig, faltig, ernsthaft, mit wehend-schlohweißem Haar und schönen dunklen Augen –, babbelte munter den Dialekt ihrer Vaterstadt Frankfurt, genoss ihre Berühmtheit und tat auch ungefragt ihre Ansicht zu jedem Thema unter der Sonne kund: seien es Frauenrechte, der Sozialismus oder Molekularkraftwerke. Manchen galt Anne Frank deshalb als schreckliche Nervensäge. Den Nobelpreis hatte sie allerdings nicht für ihre Meinungen, sondern für ihr literarisches Gesamtwerk bekommen. Für ihr Debüt *Wolfskind*, das von einem Ausgestoßenen erzählt, einem zwergwüchsigen Krüppel, der mühselig-langsam (durch hohe tierhafte Schreie hindurch) lernt, wie ein Mensch zu sprechen; für ihren dreibändigen Mammutroman *Die Familie Adler*, ein Epos von beinahe Balzac'schen Dimensionen, das mit der psychologischen Feinfühligkeit eines Marcel Proust zusammengewebt worden war; für ein gutes Dutzend ausgefeilter Novellen, für einen dicken Band mit Essays und endlich für ihr Alterswerk, das anspielungsreiche, anekdotenpralle, von Apercus durchsetzte *Tagebuch einer Schriftstellerin*, das Kennern als ihre reifste Leistung galt. Anne Frank tot!* Die große alte Dame der deutschen Literatur, die vergnügte, weise Nörglerin! Das war stark. Es war nachgerade wahnsinnig, aber schließlich befand sich jener B. auch in psychoanalytischer Behandlung.

Nachdem alle Versammelten ihr amüsiertes Befremden zum Ausdruck gebracht hatten, sagte Kardinal Grausenburger: »Jetzt aber ohne Spaß – hätte die Vision von Tonis Patienten irgendwann einmal Chancen gehabt, Wirklichkeit zu werden? Hier, bei uns in Wien?«

»Es ist doch eh alles Zufall«, stichelte Dr. Anton Wohlleben (seine Seckierereien waren mitunter wenig geistreich).

»Nicht alles, aber manches«, gab Prof. Dr. Adolf Brandeis zu bedenken. »Wenn Napoleon nicht geboren worden wäre ... Wenn Cleopatras Nase eine Spur kürzer, sie also nicht so schön gewesen wäre ... Wenn Hannibal damals bei Zama gesiegt hätte ...«

Der Psychoanalytiker warf seine Hände in die Luft und meinte: »Also gut, ich kapituliere. Ihr beiden wollt euch jetzt in bunten Farben ausmalen, dass mein armer irrer Patient recht hat. Ihr wollt euch vorstellen, dass – quasi – der Blumentopf unserer Kultur vom Fensterbrett herunterkippt und der Menschheit auf die Glatze fällt. Meinetwegen, aber bitte: wie?«

Sie überlegten hin, sie überlegten her – es wollte den drei Hofräten auch mit vereinten Kräften nichts Rechtes einfallen. Schon seit dem Ende des 19. Jahrhunderts waren die Mächte der Alten Welt auf Gedeih oder Verderb (also: auf Gedeih) miteinander wirtschaftlich verflochten gewesen. Diese Verflechtung hatte sich seither wie von selbst immer enger gezurrt. Der Reichtum der Einwohner des christlichen Abendlandes war im Laufe des 20. Jahrhunderts immer mehr gewachsen, sodass der letzte ruthenische Bauer heute – relativ gesehen – in einem Komfort lebte, um den ihn nicht nur seine Vorfahren, sondern auch die Fürsten früherer Zeiten beneidet hätten. Zu der sozialen Ordnung der Doppelmonarchie war keine andere Alternative denkbar als ein allgemeines Hauen, Stechen und Bluten, ein Rückfall in das namenlose Grauen, das Europa von 1618 bis 1648 heimgesucht hatte. Wer, bitte, hätte daran ein Interesse haben sollen?

»Wir haben so eine fesche Armee«, sagte der Rabbiner, »mit bunten Uniformen, mit Litzen und Kokarden. Was sollen wir mit dieser Armee denn anfangen – Krieg führen?« Er bestellte noch einen Piccolo, Dr. Wohlleben noch eine Schale Gold; Grausenburger nahm einen weiteren Schwarzen, verzichtete aber mannhaft auf einen zweiten Gang Buchteln. Mit wohligem Schaudern sprachen die drei Hofräte *honoris causa* dann über die barbarischen Praktiken früherer und weniger aufgeklärter Zeitalter. Waren sie nicht allesamt schon im 19. Jahrhundert nach und nach berichtigt worden? Kardinal Grausenburger erinnerte an das Beispiel der Sklaverei: Das Empire hatte den Sklavenhandel anno 1807 für illegal erklärt (William Wilberforce sei Dank*). Seit damals hatten Kriegsschiffe der Royal Navy auf den sieben Weltmeeren jedes einzelne Sklavenschiff aufgebracht, bis jenes alte Übel endlich ausgemerzt war. Und die Hinrichtung mit dem Würgegalgen* – war sie in der Donaumonarchie nicht schon im Vierunddreißigerjahr abgeschafft worden? Waren nicht immer neue Gesetze erlassen worden, um die

Arbeiterschaft, die Witwen und Waisen, die Alten, die geistig und körperlich Gebrechlichen, die Arbeitslosen, die Ungeborenen zu schützen? Nach der Revolte von 1968 hatten sogar Frauen das Wahlrecht erhalten! Wie hätte es da anders weitergehen sollen als vorwärts und aufwärts – immer entschiedener der Sonne des Guten, der Brüderlichkeit, der Vernunft entgegen? Es war doch allgemein bekannt, dass konstitutionelle Monarchien keine Kriege gegeneinander führen.

Während sie einander in der Debatte immer mehr anfeuerten, dachte Dr. Wohlleben an einen seltsamen Roman, der ihm vor ein paar Tagen ganz buchstäblich vor die Füße gefallen war (gerade so, als hätte eine unsichtbare Hand ihm den Papierpacken mit einem sanft staubenden Knall vor die Füße gelegt). Das Malheur passierte, als er sich zwischen den Regalen einer antiquarischen Buchhandlung im Alsergrund herumtrieb: Wohlleben hatte das Buch vom Boden aufgeklaubt und an seinem Schenkel abgeklopft. (Warum ging ihm eine solche Nebensache just in diesem Moment durch den Kopf? Das wusste er selber nicht.) Der Roman hatte ihn einen Spottpreis gekostet: fünf Kronen, ein Erstdruck aus dem Jahr 1925. Es war eine merkwürdige Lektüre gewesen, fesselnd, aber nicht angenehm; das Ganze mochte von einem Albtraum handeln, aus dem der Protagonist bis zum Schluss nicht mehr herausfand, aber er war in einer gestochen scharfen Sprache beschrieben, die gar nicht zu einem Traumprotokoll passte. Alles in diesem Buch schien etwas zu bedeuten, aber nichts reimte sich zusammen. Finsternis, wohin man blickte. Offenbar wurde der Mensch, von dem das Buch handelte, unschuldig verhaftet, aber hinterher benahm er sich dann die ganze Zeit so, als sei er schuldig. Und das unheimliche Gericht, das ihn verurteilte, sollte ja wohl ein Witz sein. Warum tagte es sonst in schlecht belüfteten Dachböden? Es schien sich um eine Metapher zu handeln, aber stand das Gericht als Sinnbild für eine irdische oder für die himmlische Obrigkeit? Nur eines war sonnenklar: Mit der Wirklichkeit hatte der Albtraum dieses Autors – er hieß lustigerweise beinahe so wie Anton Wohllebens Zahnarzt – nicht das Mindeste zu tun. Der Psychoanalytiker vermutete stark einen Vaterkomplex, es ließ jedenfalls tief blicken, wie dieser K. seine Frauengestalten beschrieb. Insgesamt war das Buch Wohlleben ein wenig lachhaft vorgekommen: Da wurde ein Mensch verhaftet, wahrscheinlich wegen nichts, es gab für ihn keine Möglichkeit des juristischen Einspruchs, am Ende stieß ihm ein Grobian ein Messer ins Herz und drehte es zweimal um. Wo hätte man dergleichen schon einmal gesehen?

Übrigens kannte kein Mensch den Namen des Schriftstellers, auch die literarisch Hochgebildeten unter Dr. Wohllebens Freunden hatten noch nie von ihm gehört.

Sosehr der Rabbi, der Kardinal und der Psychoanalytiker sich also auch gemeinsam darauflosphantasierend mühten: Sie fanden keinen welthistorischen Unfall, der den Fortschritt im k. u. k. Reich hätte aufhalten können – der diesen Fortschritt zur Humanität auch nur infrage gestellt hätte. Kein Attentat im Inneren, keine Invasion von außen. (Nicht einmal ein neuerlicher Türkenüberfall hätte die Doppelmonarchie in ihren Grundfesten erschüttern können: Das erschien hier im orientalischen Ambiente des Café Central so klar wie vielleicht nirgendanderswo auf der Welt.) Der Blumentopf ruhte fest und sicher auf seiner Marmorunterlage; der Passant – die Menschheit – marschierte, die Hände in den Hosentaschen, fröhlich pfeifend unter dem Fensterbrett hinweg. Schließlich trat der dunkelhaarige Kellner mit dem

Oberlippenfliegenbärtchen an ihren Tisch, um die Herrenrunde abzukassieren. Sie waren dieses Mal billig davongekommen: 28 Kronen und zehn Heller, macht aufgerundet dreißig; ergebensten Dank, die Herrschaften, Eminenz, meine Verehrung, g'schamster Diener, bitte besuchen Sie uns bald wieder einmal. »Also, eines weiß ich«, fasste Heinrich Grausenburger hinterher zusammen, als sie draußen in der feuchtkühlen Nachtluft ihre Schals umlegten. »In einer Welt, wie sie sich dein Patient, lieber Toni, zusammenträumt, würde ich nicht leben wollen. In einer solchen Welt möcht ich lieber tot sein.«

Darauf schieden die drei Hofräte voneinander und entfernten sich, jeder an seine Statt.

VIII.
Ecce homo

Seine Kaiserliche und Königliche Majestät, Franz Joseph II., von Gottes Gnaden Kaiser von Österreich und König von Ungarn und Böhmen, von Dalmatien, Kroatien, Slawonien, beiden Galizien, Lodomerien und Illyrien; König von Jerusalem; Erzherzog von Österreich; Großherzog von Toskana und Krakau; Herzog von Lothringen, von Salzburg, Steyer, Kärnten, Krain und der Bukowina; Großfürst von Siebenbürgen, Markgraf von Mähren; Herzog von Ober- und Niederschlesien, von Modena, Parma, Piacenza und Guastalla, von Auschwitz und Zator, von Teschen, Friaul, Ragusa und Zara; Gefürsteter Graf von Habsburg und Tirol, von Kyburg, Görz und Gradisca; Fürst von Trient und Brixen; Markgraf von Ober- und Niederlausitz und in Istrien; Graf von Hohenems, Feldkirch, Bregenz, Sonnenberg; Herr von Triest, von Cattaro und auf der Windischen Mark; Großwoiwode der Woiwodschaft Serbien –

… also kürzer und genauso gut: Der Monarch frühstückte. Er nahm sein Frühstück im Speisesaal in Schönbrunn mit seinen Kristalllüstern und Goldtapeten, der für einen einzigen Menschen viel zu groß war, nicht in der intimen Atmosphäre seines Bureaus. Eigentlich gab es für so viel Formalität keinen Anlass: Der Kaiser war allein und erwartete keine Gäste. Seine Gemahlin hatte sich am Vorabend mit dem Hubschrauber nach Budapest fliegen lassen, wo sie einen wichtigen offiziellen Termin wahrnahm (es ging um die Einweihung eines neuen Spitals für krebskranke Kinder). Warum ließ sich der Kaiser sein Essen also an dieser elend langen Tafel auftischen, wo er fast ein bisschen verloren aussah? Weil ihn an diesem frühen

Morgen das Verlangen nach Zeremonie und Kostbarkeit gepackt hatte. (Er war schließlich auch nur ein Mensch.) Der Monarch frühstückte zwei Eier im Glas mit etwas frischem Schnittlauch sowie Salz und Pfeffer, dazu eine resche Semmel mit Bauernbutter; danach – er liebte Süßes – ein Kipferl mit Marillenmarmelade und eine kleine Porzellankanne voller starkem, schwarzem Assam-Tee. Im Grunde befand sich alles in der wunderbarsten Ordnung: Weder eine Staatskrise drohte noch eine Geldentwertung, auch diplomatische Verstimmungen waren nicht zu befürchten – nur mit der Laune Seiner Majestät stand es nicht zum Besten.

Jawohl, Franz Joseph II. ärgerte sich. Er war, auf gut Deutsch gesagt, grantig. Er hatte den Tag wie gewohnt um drei viertel fünf mit einer privaten Morgenandacht begonnen (er war sehr katholisch, das lag in der Familie); im Anschluss hatte er Roman empfangen, seinen ruthenischen Burschen. Roman – ein hübscher, junger, athletisch gewachsener Riese mit wulstigen Lippen – zwiebelte ihn dreimal pro Woche mit gymnastischen Übungen. Diesmal hatten sie mit Kniebeugen angefangen (»Arme in Vorhalte, Euer Majestät«), weiter ging es mit Liegestützen (»bis ganz hinunter auf die Erde, Majestät, wenn ich bitten darf«), endlich hatte Roman ihm einen glatten runden Holzstock überreicht, den er mit beiden Händen gewaltsam anheben musste (»bitte fester, Majestät, das gibt Muskeln«), während der ruthenische Riese von der anderen Seite her dagegenpresste. Roman hatte sich geweigert, mit ihm in seiner Muttersprache zu reden, obwohl der Kaiser ansonsten allzu gern sein Ukrainisch an ihm ausprobierte; stattdessen hatte er ihn auf Deutsch mit antisemitischen Bemerkungen eingedeckt: »Majestät müssen sich, wenn ich mir diesen kleinen Ratschlag gestatten darf, vor den jüdischen Bankiers in Acht nehmen.« – »Das weiß nicht jeder, Euer Majestät, aber die jüdischen Bankiers haben sich zu einer Verschwörung zusammengeschlossen.« – »Die Rothschilds und Warburgs werden uns noch einmal in eine Inflation hineintreiben. Obacht!«

Franz Joseph II. war so schlimm außer Atem gewesen (»bitte auf die Knie, Majestät«), dass er kein Wort der Erwiderung herausbrachte. Er musste seine Einwände also stumm und verbissen in sich hineinschlucken. Schon wahr: Der Skandal um den jüdischen Großbetrüger Bernhard Medowoi, der mit einem gewissenlosen Pyramidenspiel Tausende Menschen um ihre Ersparnisse brachte, hatte die Wiener Finanzwelt vor einem Jahr bis in die Grundfesten erschüttert; und Roman befand sich im Recht, wenn er behauptete, mehr als die Hälfte der Bordelle in der Reichshauptstadt würden von Juden geführt. Aber warum sollten nicht auch die Israeliten ihren gerechten Anteil an Strizzis und Schlawinern haben? Es war ja, bitte, nicht so, dass die Christen in der Monarchie keinen Dreck an den Wanderstäben hatten, mit denen sie durch den selbstverschuldeten moralischen Morast wateten. Und der junge Baron Rothschild, der die k. k. Creditanstalt mit kundiger Hand leitete – jetzt schon in achter Generation! –, war ein anständiger Mensch, dachte der Kaiser schnaufend bei seinen Turnübungen; sie hatten ihn schon öfter zum Nachtmahl im kleinsten Kreise (nicht mehr als ein Dutzend geladener Gäste) hier in Schönbrunn gehabt. Die kaiserliche Gymnastikstunde war ihm also durch Blödheit verleidet worden. Und ein Rest davon versalzte ihm nun auch die zwei weichen Eier im Glas, wiewohl sie – hätten seine Geschmacksnerven ihm die objektive Wahrheit gemeldet – vorzüglich waren.

Es kam noch ein Zweites dazu: Beim Betrachten der Frühnachrichten, noch verschwitzt von der Gymnastik und im Seidenpyjama, hatte er einen akuten Anfall von brennend-pochendem Neid durchzustehen gehabt. Die Schuld daran trug Kaiserin Augusta I. (wer sonst?), deren lachendes Gesicht plötzlich auf dem Bildschirm erschienen war. Mit ihren 44 Jahren sah sie immer noch blendend aus, eine schlanke, rötlich-blonde Person, die einen großen Teil ihrer Jugend in Köln verbracht hatte und immer noch jedes Jahr den rheinländischen Karneval feierte. Sie war attraktiv, er konnte nicht einmal bei schlechter Beleuchtung so genannt werden; sie war jung, er würde in Kürze in sein 60. Jahr treten; sie sprach frei und offen in die Fernsehkameras hinein, er dagegen nuschelte (Hasenscharte). Am meisten wurmte ihn jedoch, dass sie, die Deutsche, die Preußin, von der Journaille als »Volkskaiserin« bezeichnet wurde, während er selbst für die *Neue Freie Presse* immer noch der »Lernkaiser« war – dabei regierte und repräsentierte er das österreichisch-ungarische Reich nun schon seit elf Jahren. Was für eine Bodenlosigkeit! Was für ein Lumpenpack! Als kleinen Trost erinnerte Franz Joseph II. sich daran, dass Augusta die Hübsche einem Geschlecht von Emporkömmlingen entstammte (die Hohenzollern waren erst 1871 auf einen deutschen Kaiserthron gehievt worden, den Kanzler Bismarck erst einmal mühsam aus dem blanken Nichts heraus hatte schaffen müssen – kein Vergleich, bitte, mit dem Haus Habsburg). Aber selbstverständlich handelte es sich hier um einen so boshaften wie ungerechten Einwand. Die deutsche Kaiserin versah den Beruf, zu dem sie geboren worden war, mit beträchtlichem Charme und lässiger Würde; sie war nicht nur lustig, sondern auch gebildet und anglophil bis über beide Ohren. Was wollte der Mensch mehr? Die gelbe Lanze des Neides blieb darum fest in seiner Seite stecken.

Während der Kaiser eine Dusche nahm, dachte er des Spaßes halber darüber nach, wie seine Stellung in der Welt wohl beschrieben werden müsste, wenn es sich um einen bürgerlichen Beruf handeln würde. Was müsste man etwa in einer Zeitung darüber annoncieren? Zunächst einmal dies: Umfassende Fremdensprachenkenntnisse werden vorausgesetzt. (Er zum Beispiel beherrschte sieben der europäischen Dialekte fließend – Deutsch, Tschechisch, Ungarisch, Kroatisch, Polnisch, Italienisch, Französisch; mit Mitgliedern des hohen Klerus parlierte er auf Latein. Sein Altgriechisch war immerhin so passabel, dass er neulich bei einem Staatsbesuch in Smyrna* einer Aufführung der »Antigone« des Sophokles mühelos gefolgt war, während der Sultan neben ihm sanft schnarchend verdämmerte. An seinem Ukrainischen arbeitete er noch; sein Englisch war leider rudimentär, er gebrauchte es zu selten.) Die Habsburger waren eben keine deutsche, sondern eine österreichische, und das heißt: eine europäische Familie; dies war so selbstverständlich, dass es ihm von Kindesbeinen an gar nicht besonders hatte eingeschärft werden müssen, und die vier jungen Erzherzöge und zwei Erzherzoginnen, die seinen Lenden entsprossen waren, wuchsen in der gleichen Selbstverständlichkeit auf. Aber woraus bestand der Beruf eines Kaisers, was tat man da so? In der Hauptsache, dachte Franz Joseph II., während er seinen Körper von kalten Wasserstrahlen geißeln ließ, wurde man beobachtet. Ganz gleichgültig, ob man ein neues Molekularkraftwerk einweihte, eine Pressestunde gab oder für wohltätige Zwecke ächzend die Spitze des Großglockners bestieg – stets waren die Kameraaugen der Welt auf die eigene Person gerichtet. Man musste sich nur in das lange schwarze Elektromobil setzen, an dessen Karosserie die Wimpel mit dem Habsburgerwappen wehten, schon kamen die Kiebitze in dunklen Schwärmen herbeigeflattert. Ihm war verwehrt, wie ein normaler Familienmensch mit einem seiner Enkel auf den Prater zu gehen und ein Sahneeis zu essen. Es hätte ihn übrigens nicht im Mindesten gewundert, wenn versteckte elektronische Geräte ihn gerade in dieser Sekunde überwacht hätten, um Bilder von seinem armen nackten Leib in die Welt hinauszusenden. Seht, wie er sich unter Kaltwassergüssen windet; schaut, wie er versucht, sich zu verbergen: *ecce homo!*

Sein Großvater hatte die Krone des Hauses Habsburg eine Dornenkrone genannt. Wahr, dachte Franz Joseph II., während er sich mit Frotteetüchern den Leib abrieb: beinahe buchstäblich wahr. Manchmal wäre er statt Kaiser viel lieber französischer Präsident gewesen. Das hätte den Vorteil gehabt, dass man bald einmal abgewählt werden konnte: Ein republikanischer Staatschef war nicht lebenslänglich zum Herrscherdasein verdonnert. Der neue Präsident der französischen Republik und ihrer Kolonien in Afrika, Indochina und der Karibik, M. Beaufort aus Martinique, hatte ihnen gerade in der vorigen Woche seinen Antrittsbesuch abgestattet. Monsieur le Président war ein kohlrabenschwarzer beleibter Neger, Zögling der École Normale Supérieure, außerdem leider ein furchtbar langweiliger Zeitgenosse. Programm das übliche: Lipizzaner, Fiakerfahrt, Rede vor dem Reichsrat. Frühes Nachtmahl mit Gattinnen, anschließend *Don Giovanni.* Beim Armagnac hatte M. Beaufort mit spitzem Mund das Lob des öffentlichen Schulsystems gesungen, das sie dort drüben in ihrer Republik hatten. Aber bitte, was wollte man von einem M. Beaufort auch anderes erwarten?

»Jesus, Maria und Josef«, flüsterte der Kaiser, es klang wie ein weicher Fluch. »Kerem, isten. Pomož mi, Matka Boska.«

Leider ließ Sr. Majestät die schlechte Laune auch nach dem Frühstück keine Ruhe. (Übrigens trug Franz Joseph II. immer noch seinen Morgenrock, der allerdings sehr prächtig und von Purpurfäden durchwirkt war.) Unter normalen Umständen hätte er sich jetzt – es war mittlerweile sieben Uhr geworden, ein sonnig-kalter Tag Anfang Oktober – an den Schreibtisch gesetzt, an dem schon sein Urgroßonkel gesessen hatte; dann hätte er den goldenen Klapprechner geöffnet, auf dessen Deckel der Doppeladler der Habsburgerdynastie stolz die Flügel spreizte, um seine Elektropost zu beantworten. (Der goldene Klapprechner stammte vom »k. u. k. Hoflieferanten Musil, Kraus & Kratochwil« in Brünn, eine Sonderanfertigung; die Firma war in der gesamten Monarchie für ihre qualitativ hochwertigen Produkte bekannt. Bei der Elektropost handelte es sich um eine ganz neue Technologie, eine deutsche Erfindung, die möglich machte, dass er ohne Telegramme oder ermüdende Telefongespräche mit seinem Stab, den Ministerpräsidenten der verschiedenen Kronländer oder den Botschaftern des Reiches kommunizierte – eine feine Sache. Dass eines Tages *tout le monde* auf diese Weise miteinander in Kontakt treten würde, glaubte der Kaiser allerdings nicht. Das kam ihm dann doch zu utopisch vor.) Wie seine Vorfahren begriff auch Franz Joseph II. sich vor allem als Beamten: als ersten Angestellten seines Reiches, als Kopf der k. u. k. Bürokratie. Er war Kaiser von Gottes Gnaden – das bedeutete, wie sein persönlicher Beichtvater Kardinal Heinrich Grausenburger ihm immer wieder mit theologischen Argumenten auseinandersetzte: Er war Kaiser *nur* von Gottes Gnaden. Nicht durch persönliches Verdienst war er zu Amt und Würden aufgestiegen; nicht seiner Vorzüge wegen wurde er mit »Majestät« angeredet. Der Himmel hatte ihn dazu bestimmt, Herrscher der österreichisch-ungarischen Monarchie zu sein, und er hatte dieser Berufung nun gerecht zu werden, indem er in einer kriminellen Frühe aufstand und wie jeder gewissenhafte Mensch die ihm gestellten Aufgaben erledigte. (Franz Joseph II. hatte zwar kaum noch echte Entscheidungen zu fällen, wusste aber trotzdem gern über jedes Machtwort Bescheid, das in seinem Namen gesprochen wurde.) Doch an diesem Morgen packte ihn die Schwermut, wenn er den goldenen Klapprechner auf seinem Sekretär auch nur anschaute, und Schrecken befiel ihn bei der Vorstellung, er müsse nun die angefallene Elektropost durch das Netz seiner Gedanken sieben.

In diesem trüben Geisteszustand wurden nachdrückliche Maßnahmen nötig, wollte er nicht in tagelanger Schwermut versinken (betrüblicherweise neigte Se. Majestät zu Depressionen). Er begab sich also stehenden Fußes (immer noch im Morgenrock) in den Kinosaal hinüber und ließ eine Silberscheibe in den Filmprojektor legen, auf der in digitaler Form – die technische Seite der Angelegenheit war ihm einigermaßen rätselhaft – die bewegten Bilder von der Siebenhundertjahrfeier der Doppelmonarchie gespeichert waren.

Er erinnerte sich daran, als wäre MCMLXXXII gerade gestern vom Kalender gerissen worden. Ein fescher Erzherzog von vierzig Jahren war er damals gewesen, den seine Freunde als »Poldi« titulierten (sein voller Name lautete bekanntlich: Franz Joseph Leopold Robert Maria Anton Karl Max Heinrich Sixtus Xavier Felix Renatus Ludwig Gaetan Pius Ignatius von Habsburg-Lothringen). Sein Vater, Maximilian III., hatte zwar schon gebrechlich gewirkt*, aber er gewann immer noch jede zweite Tarockpartie – dies konnte Erzherzog Poldi aus eigenem Leidwesen bezeugen. Im k.k. Hofburgtheater war zu ihren Ehren ein symbolisches Drama gegeben worden: »Des Kaisers Traum«. Das symbolische Traumspiel handelte von Rudolph, dem ersten Habsburger auf dem österreichischen Thron, der auf der Bühne von einem gemütlich-dicken Schauspieler gegeben wurde; »Rudolph« legte auf seinem Thron ein kleines Nickerchen ein, und im Traum fragte er sich gleich voll staatsmännischer Sorge, was nach ihm denn wohl aus dem Reich werden würde, das er begründet hatte. Der Engel der Geschichte führte ihn während der folgenden Stunde durch verschiedene Stationen: das Heiratsbündnis mit den Jagellonen, die Türkenbelagerung von Wien anno 1683, die Regentschaft von Maria Theresia (selbstverständlich war zu sehen, wie der kleine Mozart ihr auf den Schoß sprang, nachdem er am Piano etwas lieblich Selbstkomponiertes vorgespielt hatte), der Wiener Kongress, der Ausgleich mit den Ungarn von 1867.

Wo andere vielleicht eine Abfolge von Missgeschicken, von Beinahekatastrophen erblickt hätten, dort sah der Engel der Geschichte nur Menschen, die er unter seine Fittiche nehmen, vor den Unbilden des Daseins beschützen, trösten konnte; endlich erkannte Rudolph voller Freude, dass jenes Reich, das er im Krieg gewonnen hatte, künftig nur einem Zwecke dienen würde – dem Frieden nämlich. Im letzten Akt schwebte eine allegorische Gestalt vom Schnürboden herunter: die Liebe in einem glitzernden Festtagsgewand. Sie wurde von Rudolph und dem Engel der Geschichte in die Mitte genommen, und dann traten in ihren Nationaltrachten hübsche Vertreterinnen aller Nationen der Monarchie auf und drehten sich in einem Reigen um diese drei; als sozusagen krönender Abschluss wandten sich dann alle Schauspieler strahlend der echten kaiserlichen Familie zu. Die Kamera schwenkte und zeigte Maximilian III. in seiner Loge im k. k. Hofburgtheater, wie er lachend zurückwinkte und eine Kusshand warf. Sein Sohn und Nachfolger saß allein und stumm in dem dunklen Kinosaal, über ihm surrte und tanzte der Lichtstrahl, der die bewegten Bilder auf die Leinwand malte.

Vielleicht hätte ein Nörgler darauf hingewiesen, dass der historische Rudolph I. nicht dick und gemütlich, sondern hager und grausam war. Vielleicht hätte jener Nörgler außerdem angemerkt, dass »Liebe« nicht ganz das *mot juste* war, wenn es galt zu beschreiben, in welchem Verhältnis die Völker der Monarchie zueinander wie auch ihrem Regenten standen. Vielleicht hätte der Nörgler einen berühmten Aphorismus zitiert, der dem Dichter Egon Mautner zugeschrieben wurde: »Die Völker der Donaumonarchie sind einander in herzlicher Abneigung zugetan.« Vielleicht hätte ein kritischer Geist (und Franz Joseph II. war kein dummer Mensch, sondern zur Kritik und Selbstkritik fähig) auf diesen Harmoniekitsch also mit einer gesunden Portion schwarzgalliger Ironie reagiert.

Alles richtig. Andererseits wiederum: Warum sollte denn jede geschönte Wahrheit gleich mit dem hässlichen Ausruf »Lüge!« bedacht werden?

Der Kaiser blieb noch eine kleine Minute sitzen, nachdem die Dunkelheit des Kinosaales sich in Licht aufgelöst hatte. Ihm war mit einem Mal jemand eingefallen, der jene Siebenhundertjahrfeier nicht mit seiner Anwesenheit beehren konnte, den er auch nie gekannt hatte: sein Großvater (Franz II. war leider schon fünf Jahre vor seiner Geburt gestorben). Was für ein Mensch, dachte er. Hier stimmte es einmal: das klassische Klischee vom *Kairos*, dem glücklichen weltgeschichtlichen Augenblick. Der richtige Mann saß zur rechten Zeit an der entscheidenden Stelle. Zu Lebzeiten allerdings war er umstritten gewesen: Keiner von denen, die grüßten, hatte er als schroff und unhöflich gegolten … ohne Charme, eine beinahe schon unösterreichische Erscheinung. Aber nach seiner Thronbesteigung Anno Domini 1916 hatte er eine Serie von Reformen ins Werk gesetzt, durch die Österreich-Ungarn reif für den Übergang ins 20. Jahrhundert gemacht wurde. Ein widersprüchlicher Charakter – und dann doch wieder ganz fest. Einerseits hatte sein Großvater sich geweigert, seine Liebe aus politischen Gründen zu verraten; andererseits hatte er aber auch nicht auf den Thron verzichtet, denn dies wäre ihm nun wiederum wie ein Verrat an seinen staatsmännischen Pflichten vorgekommen. Um ein Haar hätte er Sophie Chotek von Chotkowa – die Großmutter des Kaisers – aus Standesgründen nicht heiraten dürfen, zum Glück der Monarchie war es anders gekommen.*

Franz II. konnte vielleicht als Letzter der absolutistischen Herrscher gelten, verbündete sich aber mit den Völkern, nicht mit dem Adel: vor allem den unterdrückten Völkern, jenen, die man ins zweite Glied verwiesen hatte. Er war also ein Freund der Slawen gewesen. Nach und nach, einen Finger nach dem anderen, hatte Franz II. den Klammergriff gelöst, mit dem die Ungarn in ihrer Reichshälfte die Rumänen, Slowaken, Kroaten usw. wie in einer fest geschlossenen Faust umfasst hielten; am Ende verfügten alle größeren Völkerschaften der Monarchie über ihre eigenen Parlamente und Ministerpräsidenten.

Das Druckmittel – der Hebel – war dabei die Thronfolge gewesen. Vor seiner Hochzeit, also noch als Erzherzog, hatte Franz II. ein Dokument der Demütigung unterzeichnen müssen, mit dem er seine Nachfahren für alle Zeit davon ausschloss, dass sie je die Dornenkrone des Hauses Habsburg trugen (oder tragen mussten); doch nun, da die Zügel der Macht in seinen Händen lagen, drohte er den Ungarn, er werde diesen Wisch in der Luft zerreißen, so sie sich nicht zu Konzessionen bereit fänden.

Nachdem die Konzessionen allesamt erfolgt waren, riss er das Dokument naturgemäß erst recht in tausend Fetzen. Ein Skandal! Eine Riesenaufregung! Sein Großvater war ein Fuchs gewesen – schlau und ohne Skrupel, wie er bei Niccolò Machiavelli im Buche stand. Dabei hatte er als friedvoller Herrscher das Zeitliche gesegnet: Schüsse erschallten unter Franz II. nur bei Paraden sowie bei Jagden (der Reformkaiser war, das muss leider gemeldet werden, ein leidenschaftlicher Jäger) und bei Militärbegräbnissen.

Die rauen Geräusche des Krieges ertönten erst unter Maximilian III. Im März des Jahres 1938 ließ der junge Kaiser – mit Unterstützung des Zarenreiches, wie allerdings erst hinterher herauskam – seine Truppen im kaiserlichen Deutschland einmarschieren, um den deutsch besetzten Teil Polens zu erobern: ein Ereignis, das in den Geschichtsbüchern bekanntlich unter dem Stichwort »Anschluss« verzeichnet steht. Und im Juni 1941 erfolgte dann die »Heimholung«, also die Eroberung des russisch besetzten Teiles von Polen, diesmal mit heimlicher deutscher Unterstützung. Franz Joseph II. dachte daran zurück, wie er einst als Dreizehnjähriger bei einem ausführlichen Spaziergang mit seinem Vater über diese traurigen Ereignisse gesprochen hatte. Die Bäume an den Alleen standen in sattem Grün, im Gewächshaus blühten die Orangen, die Hecken waren wohlgestutzt. Die Einzigen, die in dieser Idylle zu schimpfen wagten, waren ein paar Spatzen, die einander laut tschilpend durch das Gebüsch jagten.

»Politik ist ein schmutziges Geschäft«, hatte Franz Joseph II. (der freilich damals, als dreizehnjähriger Erzherzog, noch lange nicht so hieß) melancholisch gesagt.

»Nein«, widersprach sein Vater, der Kaiser. »Jedenfalls nicht ohneweiters. Du weißt doch: *omnia munda mundis.*«

»Aber Krieg ist immer schrecklich«, sagte der junge Erzherzog, den seine Freunde Poldi nannten.

»Ja. Leider lässt er sich manchmal nicht vermeiden, genau wie schlechtes Wetter«, erwiderte der Kaiser. »Wenigstens waren die beiden Kriege, die wir zu führen gezwungen waren, nicht nur schrecklich, sondern auch schnell wieder vorbei. Es handelte sich quasi um Blitzkriege.«

»Aber warum waren wir denn zu diesen Kriegen gezwungen?«, hatte der Dreizehnjährige gefragt.

»Weil wir die Polenfrage klären mussten.«

»Und das war, bitte, das vergossene Blut der Soldaten wert? Das ihre und das der unsrigen?«

»Schon. Denn danach konnten wir endlich auch die Ruthenenfrage klären. Zwei Kronländer für zwei Völker! Das war unsere Devise. Eine noble Devise, wie du wohl zugeben wirst, und wir haben uns nach dem Sieg auch daran gehalten. Den Ruthenen haben wir huldvoll Ost-Galizien als immerwährende Heimat angewiesen – mit Lemberg als Hauptstadt – und den Polen ebenso huldvoll West-Galizien – mit der Hauptstadt Krakau.«

»Aber waren uns die Deutschen und die Russen denn hernach nicht böse?«

»Nein. Jedenfalls nicht lange. Beide waren im Nachhinein beinahe erleichtert, dass sie ihre Polengebiete so billig losgeworden waren. Auch wenn sie das naturgemäß nie eingestanden hätten. Vielleicht sind die beiden Siege auch deshalb so leicht gewesen ...«

»Und die Polen?«

»Ach, die Polen! Die konnten froh sein, dass sie nach dem Anschluss und der Heimholung endlich nicht mehr in drei Teile auseinandergerissen waren. Außerdem ahnten sie, und sie ahnten richtig, dass unter dem Wappen des Hauses Habsburg ihre persönlichen Freiheiten wie ihre nationalen Eigenarten anerkannt und geachtet würden wie unter keinem anderen Herrscher. Ihre eigenen übrigens eingeschlossen.«

»Aber es wohnen doch auch Polen in Ost-Galizien, richtig? Und viele Ruthenen wohnen in West-Galizien? Stören die denn nicht?«

An dieser Stelle war der Kaiser stehen geblieben und hatte dem jungen Erzherzog fest ins Gesicht geschaut. »Poldi«, hatte er mit eindringlich-leiser Stimme gesagt. »So etwas darf man nicht sagen. So etwas darf man noch nicht einmal denken! Niemand stört. Wir sind doch hier keine Barbaren. Wir leben doch nicht bei den alten Assyrern. Unter diesen ... diesen heidnischen Unmenschen soll es allerdings üblich gewesen sein, ganze Völkerschaften umzusiedeln, mit brutalem Zwang – was für ein Gedanke!« Der junge Erzherzog ahnte, dass er nun eine Predigt, einen politisch-moralischen Sermon über sich würde ergehen lassen müssen; und richtig, hier kam er schon angerauscht: »Die Rechte der nationalen Minderheiten in unserer Monarchie sind verbrieft und gesichert«, sagte der Kaiser im Weitergehen. »Die Rechte der Polen in Ost-Galizien – und die Rechte der Ruthenen in West-Galizien. Wie auch die Rechte der Juden, der Deutschen, der Zigeuner, der Armenier und all der anderen. Also: niemand stört!« An dieser Stelle hatte ein alter Gärtner, der sich mit gepacktem Ranzen auf dem Heimweg befand, ehrfurchtsvoll gegrüßt; Maximilian III. grüßte freundlich zurück.

Der Trick bei dieser letzten Neuordnung des Reiches, erklärte der Kaiser seinem Filius anschließend, war gewesen, sie als nichts Besonderes, eigentlich gar nichts Neues ausschauen zu lassen. So hatte Maximilian III. bewusst die traditionellen Bezeichnungen beibehalten; kein Mensch dachte daran, fortan von den »Vereinigten Staaten von Groß-Österreich« zu sprechen. Nein, es blieb bei »kaiserlich und königlich«, es blieb bei »Österreichisch-Ungarische Monarchie« bzw. »Osztrák-Magyar Monarchia«, es blieb auch bei den »im Reichsrat vertretenen Königreichen und Ländern und den Ländern der heiligen ungarischen Stephanskrone«; und im Übrigen war das Ganze keineswegs so fein geordnet, wie es sich nun wenigstens auf dem Papier ausnahm, sondern blieb, was es immer gewesen war: ein Pallawatsch.* Wie viele gesetzgebende Kammern es allein gab: nicht nur den österreichischen Reichsrat mit seinen zwei Häusern, sondern auch dessen Gegenstück in der ungarischen Reichshälfte, das, wie jedes Schulkind wusste, Magyar Országgyülés hieß; der ungarische Reichstag zerfiel ebenfalls in zwei Häuser: ein aristokratisches Oberhaus (Förendiház) und ein bürgerliches Unterhaus (Képviselohàz); und unterhalb dieser Ebene (oder Ebenen) berieten und debattierten dann die einzelnen Kronländerparlamente. Ja, es war verwirrend, und oft genug kamen diese erlauchten Gremien einander in die Quere. Aber vielleicht – sehr wahrscheinlich sogar – war das in irgendeinem höheren Sinn auch ein Segen.

Franz Joseph II. stand auf, gähnte mit geschlossenem Mund (gehörte es sich denn, dass Kaiser gähnen?) und reckte majestätisch die Glieder. Es war ja ganz falsch, überlegte er dabei, wenn manche Historiker die Donaumonarchie als ein Gebilde beschrieben, in dem verschlafen die Zeit stillstand, als handle es sich um ein Dornröschenreich. Die Monarchie hatte sich doch immer wieder zu beinahe blitzartigen Anpassungsleistungen fähig gezeigt; ein wenig glich sie einer Eidechse, die stundenlang träge auf einem Stein in der Sonne liegt, aber wenn etwas ihre Existenz bedroht, huscht sie so schnell davon, dass das Auge ihr kaum folgen kann. Der »Ausgleich« des Jahres 1867, durch den die k. u. k. Doppelmonarchie überhaupt erst geschaffen wurde, war ein exzellentes Beispiel dafür. Die Ungarn hatten sich 1848 gegen ihre österreichischen Herren erhoben; dieser Aufstand war mithilfe des Zaren blutig niedergekämpft worden. Hinterher aber hatten seine Vorfahren den Ungarn, statt sie mit Skorpionen zu züchtigen, eine Hälfte des Reiches abgetreten* – quasi mit einem Augenzwinkern: in einem Akt, der revolutionär und konterrevolutionär zugleich war. Über das Reichsganze wölbte sich danach ein »Ministerrat für gemeinsame Angelegenheiten«, der aber nur für Langweiligkeiten wie Postverkehr und Außenpolitik verantwortlich war.

Im 20. Jahrhundert stutzte Franz II. dann den Einfluss der Ungarn auf ein gesundes Maß zurück und verwandelte das alte mitteleuropäische Reich in eine eher lockere Konföderation von Kronländern unter habsburgischer Aufsicht*: die Eidechse zuckte, sie huschte auf den nächsten Stein, die Monarchie war gerettet.

Während der Kaiser sich wieder in sein Bureau hinüberbegab, löste seine Melancholie sich allmählich in eine meditative Stimmung auf, so wie ein zäher schwarzer Sirup sich auflöst, wenn man ihn in Wasser tropfen lässt. Er ließ seine Assoziationen frei treiben, und sie trieben zum Grund hinunter, immer tiefer in die Geschichte zurück.

Franz Joseph II. grübelte also über einem esoterischen Wahlspruch, den Friedrich III. sich im 15. Jahrhundert ausgedacht, den er auf jeden kaiserlichen Teller hatte malen lassen: *A.E.I.O.U.* Mehr als 300 Deutungen existierten für diese mysteriöse, ominöse, letztlich wohl auch numinose Buchstabenfolge. Am bekanntesten waren die folgenden: *Austria est imperium optime unita* (Österreich ist das am besten geeinte Reich), aber auch: *Austria est imperare orbi universo,* oder auf gut Deutsch: »Alles Erdreich ist Österreich untertan.« Aber woher denn, sagte sich Franz Joseph II. im Stillen. Gar nicht wahr. Das k. u. k. Reich hatte außerhalb seiner Grenzen ja überhaupt keine imperialen Ambitionen mehr. Mit dem österreichischen Kolonialismus war es im Großen und Ganzen vorbei, seit

Aufständische 1867 seinen Urgroßonkel füsiliert hatten – den ersten und letzten Kaiser von Mexiko. Just so wie sein Vater hatte der Unglücksmensch geheißen: Maximilian. (»Möge mein Blut, das jetzt vergossen wird, dem Land Segen bringen«, waren seine letzten Worte gewesen. Ein frommer Wunsch. Gewiss doch: Präsident Benito Juarez, der die Exekution von Kaiser Max angeordnet und auf ihr bestanden hatte, war auf seine Art eine edle Gestalt gewesen; aber auf ihn war der Diktator Porfirio Díaz gefolgt … und auf Porfirio Díaz die Revolution … und auf die Revolution der Bürgerkrieg … und auf den Bürgerkrieg die Diktatur einer Einheitspartei mit einem absurden Namen. Hieß sie nicht »Partei für gemäßigten Fortschritt in den Schranken der Gesetze«? Jedenfalls dauerte ihre Herrschaft in Mexiko nun schon viel zu lang. Franz Joseph II. erlaubte sich, hell zu träumen: Was wohl gewesen wäre, wenn sein Urgroßonkel und Benito Juarez zu einem Ausgleich gefunden hätten? Schließlich hatten sie mit ihren Vorstellungen, wie ein unabhängiges Mexiko aussehen sollte, gar nicht so weit auseinandergelegen – Benito Juárez hätte sich halt nur bereitfinden müssen, als liberaler Premierminister unter einem Habsburger zu dienen. Wäre Mexiko dadurch nicht viel Schlimmes erspart geblieben, nämlich hundert Jahre der Diktatur? Diktatoren vertrugen sich traditionsgemäß schlecht mit der Monarchie: Sie duldeten keine anderen Herrscher neben oder über sich. Vielleicht, dachte der Kaiser betrübt, war das Schicksal Mexikos in dem Moment besiegelt gewesen, als das Exekutionskommando auf den armen Maximilian I. anlegte und der Hauptmann »Feuer!« schrie – vielleicht handelte es sich hier um einen Fluch von tragisch-antikem Ausmaß, der die Generationen überdauerte.) Aber wie verhielt es sich denn nun mit der Formel *A.E.I.O.U.*? Jene Deutung, die dem Kaiser am ehesten einleuchtete und zusagte, lautete sehr einfach: *Austria erit in orbe ultima.* Wörtlich übersetzt: Österreich wird bis zuletzt im Erdkreis sein – oder in besserem Deutsch: Österreich wird als Letztes untergehen.

So stimmte es, so war es richtig – die Donaumonarchie würde bis ans Ende der Geschichte weiterbestehen. Denn was war dieses Österreich-Ungarn, wenn man es historisch betrachtete? Es handelte sich um jenen Seitenflügel eines ehemals gewaltigen Gebäudes, der heute noch stand: des Heiligen Römischen Reiches (samt einigen architektonischen Anbauten in südöstlicher Richtung). Und das Heilige Römische Reich war im Frühmittelalter seinerseits aus den Trümmern des alten Imperium Romanum errichtet worden. Sollte in einem künftigen weltgeschichtlichen Erdbeben auch der letzte Gebäudeteil, auch die österreichisch-ungarische Monarchie noch in Schutt und Ruin sinken, dann gnade uns Gott bzw. Allah. Dann konnte nur noch eines nachfolgen: die Herrschaft des Antichrist. Davon war der Kaiser bis tief in sein Innerstes überzeugt.

Vier Weltreiche hatte der jüdische Prophet Daniel in babylonischer Gefangenschaft in einer berühmten Vision gesehen; drei davon waren längst verwelkt und vergangen. Nur das vierte Weltreich, das Imperium Romanum, existierte noch – in gewisser Weise, in abgewandelter Form. Wenn man das Habsburgerreich als seine legitime und christliche Fortsetzung begriff. Sollte es jemals untergehen, würde das Ende der Welt anbrechen. Franz Joseph II. glaubte fest an diese Prophetie: nach uns die Apokalypse, dachte er in seinem kargen Bureau in Schönbrunn.

Mit diesem Gedanken, der ihn mahnend an seine Pflicht erinnerte, gelang es ihm endlich, seiner Schwermut Herr zu werden; nach eineinhalb Stunden der schimpflichen Prokrastiniererei* setzte er sich zu seinen Tagesgeschäften nieder. Just in diesem Augenblick wurde die Tür aufgerissen und sein Oberstkämmerer, der nun auch schon ein älterer Herr war, stürmte herein (was sonst überhaupt nicht seine Art war). »Majestät«, sagte der Oberstkämmerer bestürzt, »ein Urgenzschreiben vom Mond. Das Telegramm trägt den Vermerk: Höchste Stufe der Dringlichkeit und stammt vom Hofastronomen Geheimrat Gottlieb persönlich.« Die Angelegenheit schien keinen Aufschub zu dulden. Franz Joseph II. erhob sich, um das Schreiben in Empfang zu nehmen; er schlitzte im Stehen mit dem Daumennagel den Umschlag auf, las, konnte nicht glauben, was er da gelesen hatte, las also von Anfang an noch einmal, und dann gaben unter ihm die Knie nach, sein Oberstkämmerer musste ihn stützen, bald wurden ihm stärkende Herztropfen gereicht. Der Kaiser fasste sich und griff zum roten Hoftelefon.

So kam es, dass eine knappe Woche später sein kummervolles Antlitz auf allen Bildschirmen der Donaumonarchie erschien. (Vorausgegangen waren Konsultationen mit den Ministerpräsidenten aller Kronländer sowie quälende Beratungen mit Gräfin Andrássy, die der Monarchie als Außenministerin diente.) Jeder kannte dieses Gesicht – die dünnen, grauen, glatt zurückgekämmten Haare, die melancholischen Augen, die geschwollenen Tränensäcke, die gewaltig vorspringende Kinnlade, den buschigen Schnurrbart, der nur unvollkommen seine Hasenscharte kaschierte, die ihn nuscheln ließ. Der Kaiser: ein unglückseliger Atlas, dem das Gewicht des Globus die Schultern beugte; ein Schmerzensmann. Zum traurigen Anlass trug er seine Paradeuniform – die blaue mit den Goldknöpfen –, auch hatte er sämtliche Orden angelegt. »Meine innigst geliebten Völker«, begann er.

IX.

Ein Brief aus Grusinien

Anton Wohlleben kam mit seinem schwierigen Patienten nicht voran. Immer wüster, immer schriller – auch: immer quälender – gerieten diesem seine Albträume (brennende Bücher, brennende Gotteshäuser, zersplittertes Glas, das »Kreuz des Antichrist«); wären in den Träumen des Diplomingenieurs Biehlolawek schleimige Ungeheuer in stählernen Kriegsschiffen aus dem All gelandet, es hätte fantastischer nicht sein können. Die Theorie, die Dr. Wohlleben sich über seinen Patienten gebildet hatte, war zwar in sich schlüssig, die psychoanalytische Fachwelt begegnete ihr mit freundlich-abwartendem Interesse – aber leider führte von jener Theorie kein gerader Weg zu einer Kur. (Übrigens auch kein krummer.) Nebenhin bemerkt: seine Theorie ließ eine gewaltige Erklärungslücke offen. Gesetzt nämlich, es gab ein Thanatos-Syndrom, wie Dr. Wohlleben es postulierte – warum war dann nur ein einziger Patient davon betroffen? Wieso zeigte auf der ganzen Welt ausgerechnet Diplom-Ingenieur Biehlolawek einen Todestrieb, das heißt eine Neigung zu Zerstörung, Auflösung und Vernichtung, die sich in wüsten Träumen äußerte? Und woher stammten die Details, mit denen er seine Nachtmahre bebilderte? Die Psychoanalyse stand kopfkratzend vor einem Rätsel. Da erreichte Anton Wohlleben eines sorglosen Tages im Oktober – das Kummergesicht des Kaisers sollte die Bildschirme der Donaumonarchie erst drei Tage später ausfüllen – ein Brief. Die Adresse war in einer altmodisch-schnörkeligen Handschrift auf das Kuvert gesetzt worden; auf den Briefmarken erkannte er das bartlose Antlitz von Michael II., dem neuen Zaren.

Dr. Wohlleben, der wieder einmal im Caféhaus saß, riss das Kuvert mit dem Zeigefinger auf, nahm ein paar Bögen dünnes Briefpapier heraus – gottlob waren sie nicht mit der Hand beschrieben worden, sondern kursiv bedruckt. Er begann zu lesen.

Dr. Gabriel Leviaschwili
Präsident der psychoanalytischen Vereinigung
Golovinski Prospekt 221 B
Kaukasisches Vizekönigreich

Tiflis, im September 2000

Lieber Dr. Wohlleben, sehr geehrter Herr Kollege,

ob Sie sich meiner erinnern? Es ist jetzt ein gutes Vierteljahrhundert her, seit wir einander begegnet sind. Der Anlass war ein Ausflug der psychoanalytischen Vereinigung von Wien ins Salzkammergut. Sie waren noch ein beneidenswert junger Mann, während ich schon damals zu den älteren Semestern gezählt wurde. Heute habe ich 88 Jahre auf dem Buckel, meine Familie bedrängt mich, ich solle mich endlich in den Ruhestand zurückziehen – trotzdem betreue ich immer noch Patienten und versehe mein Amt als Präsident der Psychoanalytiker im Kaukasus. (Sollten Sie sich wundern, warum dieser Brief in einem so perfekten Deutsch abgefasst ist: Meine Enkeltochter Lela studiert hier in Tiflis Germanistik! Sie kann Oden von Hölderlin auswendig, den sie sehr liebt. Lela hat sich bereit erklärt, mein fehlerhaftes, ungrammatisches Deutsch – dem viele Wörter fehlen, die ich aus den Beständen meiner georgischen Muttersprache ergänze – in richtiges Deutsch zu »übersetzen«. Das Ergebnis halten Sie, verehrter Herr Kollege, in den Händen.)

Erinnern Sie sich jetzt an unseren gemeinsamen Ausflug? An die Fahrt von St. Gilgen über den See nach St. Wolfgang, das Wasser war glatt, die Sonne nicht zu warm? Erinnern Sie sich an den kleinen, schmächtigen, schon damals weißhaarigen Doktor aus Grusinien? Sie haben mir dann bei dem Aufstieg auf den Schafberg, als mir der Atem wegblieb, meinen Rucksack geschleppt. Es hat Ihnen nichts ausgemacht, dass wir weit abgeschlagen hinter den anderen aus der Gruppe zurückblieben: Sie fanden sogar noch die Kraft, mir im Gehen und beim Schleppen das Märchen vom Machandelbaum zu erzählen, eine grausige Geschichte, die ich nicht kannte, aber aus psychoanalytischer Sicht hochbedeutsam fand. (Erinnern Sie sich?) Oben auf dem Schafberg angekommen – der Ausblick auf den glitzernden See zu unseren Füßen war ein Traum –, bestanden Sie darauf, dass ein Teil der Gruppe nicht zu Fuß wieder absteigt, sondern mit mir zusammen die altmodische Zahnradbahn mit der schwer schnaufenden Dampflok nimmt. Ich bin der Meinung, dass solche scheinbar kleinen Gesten in ihrer Gesamtheit das Geflecht dessen ausmachen, was wir gewöhnlich »Zivilisation« nennen. Sollte ich es damals nicht oder nur ungenügend getan haben, möchte ich Ihnen wenigstens jetzt nachträglich meinen tief empfundenen Dank abstatten. Aber nicht das ist der Grund, warum ich Ihnen heute schreibe.

Lieber Dr. Wohlleben, mit einiger Verspätung, aber doch immerhin noch rechtzeitig, habe ich Ihren Beitrag über den Patienten B. in den »Schriften zur angewandten Seelenkunde« zu Gesicht bekommen. Ihre Spekulationen (Sie fühlen sich durch diesen Ausdruck hoffentlich nicht verletzt?) im Hinblick auf das von Ihnen sogenannte Thanatos-Syndrom habe ich mit gespannter Aufmerksamkeit gelesen. Mein Interesse war kein rein akademisches. Zu den wenigen mir verbliebenen Patienten gehört ein gewisser D.; und D. – ich wähle diesen Buchstaben, weil es der Anfang seines Familiennamens ist – zeigt Symptome, die mit denen Ihres B. zumindest vergleichbar sind. (Vergleichen heißt ja nicht gleichsetzen, im Gegenteil: man kann nur Dinge miteinander vergleichen, die nicht identisch sind.) Ich werde Ihnen den Fall meines Patienten D. gleich ausführlicher schildern. Doch zunächst gestatten Sie mir einen kleinen Ausflug in die grusinische Nationalgeschichte, die zugleich auch die Geschichte unserer Poesie ist. Ohne diesen Ausflug bliebe vieles von dem, was ich Ihnen zu schreiben habe, ganz unverständlich.

Leider ist Lyrik – die sich ihrem Wesen nach kaum zur Übersetzung eignet; eine mögliche Definition für Lyrik wäre sogar: das, was nicht von einer Sprache in die andere gebracht werden kann – immer nur etwas für Eingeweihte. Es handelt sich recht eigentlich um das, was der Engländer als »inside joke« bezeichnet. So kenne ich den Namen Hölderlin nur, weil meine Lela Germanistik studiert; den meisten Grusiniern – sogar jenen, die sich für Poesie interessieren, und das ist eine ganze Menge! – dürfte dieser Name vollkommen unbekannt sein. Und dabei übt Deutschland (um von Österreich-Ungarn zu schweigen) einen globalen kulturellen Einfluss aus: Die ganze Welt spricht deutsch, wir alle haben Lehnwörter aus dem Deutschen übernommen – Grusinien dagegen ist ein Flecken mit einer bedeutenden Geschichte, eine Provinz des Zarenreiches. Kurzum, lieber Dr. Wohlleben, ich will immerhin für möglich halten, dass Sie noch nie von unserem Soselo gehört haben. Dabei übertreibe ich nicht, wenn ich ihn den bedeutendsten grusinischen Dichter des 20. Jahrhunderts nenne. Dass unser Vaterland heute eine sehr weitgehende kulturelle Autonomie genießt, ist vor allem ihm zu verdanken. Statuen und Büsten von Soselo schmücken manchen

Dorfplatz, stehen vor vielen Rathäusern; hier in Tiflis haben wir einen Prachtboulevard nach ihm benannt.

Was gibt es von ihm zu lesen? Seine »Hirtengesänge«, die »Lieder an den anbrechenden Tag«, ferner die »Sonette für Vera«, einen Zyklus von wunderbaren Liebesgedichten; eine Autobiografie »Wie es war«, in der er auf anrührende Weise seine Kindheit schildert. (Soselo wurde in der zweiten Hälfte des 19. Jahrhunderts als Sohn eines Schusters geboren, er war ein Straßenkind und wuchs in bitterer Armut auf. Er wurde sowohl von seiner Mutter als auch von seinem Vater, einem Säufer, geschlagen; von seinem Vater ein bisschen mehr.) Soselos bedeutendstes Werk ist unbestreitbar sein Versepos »Koba und das goldene Vlies«, das er in den späten Dreißigerjahren dichtete. Wie Sie vielleicht wissen, geht die Argonautensage für uns Kaukasier nicht sehr schmeichelhaft aus: Jason und seine Helden suchen Kolchis heim – und was ist Kolchis? der antike Name für Grusinien! –, sie überlisten König Äetes und führen nicht nur das berühmte Widderfell, sondern auch die Königstochter Medea im Triumphzug heim. (Die Griechen behaupten selbstverständlich, Medea habe sich zuvor in Jason verliebt.) Soselo schrieb in »Koba und das goldene Vlies« die Geschichte in melodiösen, zugleich ernsten und ironischen Versen fort: Ein junger Mann aus Kolchis stellt den Räubern nach, heckt mit zwölf Gesellen einen tolldreisten Plan aus, gemeinsam stibitzen sie den Griechen das goldene Vlies unter der Nase weg. Außerdem befreien sie die arme Medea aus den Verliesen von Korinth, sodass nichts Schlimmeres passieren kann. Anschließend kehren alle nach Hause zurück, und Grusinien blüht. Soselo – für uns war er Dichter eines mystischen Nationalgefühls, der nie die Lektionen vergaß, die er einst als Zögling eines Priesterseminars empfangen hatte; je älter er wurde, desto stärker bekannte er sich auch wieder zu seinem christlichen Erbe. Beinahe haben wir ihn für einen Heiligen gehalten.

Was wussten wir von Soselo? Für die meisten von uns tauchte er kurz vor den Zwanzigerjahren aus Sibirien auf; er war von Nikolai II. dorthin verbannt worden, wie so viele Weltverbesserer, Schwärmer, Demokraten. Nun siedelte er sich zusammen mit Vera, seiner Frau, wieder in Tiflis an. Er war ein vielfach Enttäuschter, wie leicht hätte er vollends verbittern können; stattdessen warf er sich der Poesie in die weit geöffneten Arme. (Schon vor seiner Verbannung hatte er sich als Poet einen Namen gemacht.) Wir wussten, dass er ein Räuber gewesen war, so wie François Villon, der große französische Brigant und Dichter. Wenn uns dies nicht als ehrenrührig erschien, so müssen Sie bedenken, dass das Zarenreich von damals nicht das vergleichsweise abgemilderte, kompromissbereite Zarenreich von heute ist, in dem es eine Duma und verfassungsmäßige Rechte gibt. 1905 hatte sich eine Revolution erhoben, die Nikolai II. zusammenschießen ließ; danach kam es in Russland zu Pogromen, bei uns im Kaukasus schlachteten die Aserbaidschaner die Armenier ab, bis jene genug hatten und blutig extreme Rache übten. Was ich damit sagen möchte: dass auch unser Soselo früher einmal Gewalt geübt hatte, einem Robin Hood oder Wilhelm Tell vergleichbar, erschien uns eher als lässliche Jugendsünde.

Nun habe ich Sie mit einer politischen Abschweifung gelangweilt. (Es ist leider unerlässlich; all dies zusammen ergibt erst den Hintergrund für den Fall D.) Gestatten Sie mir in diesem Zusammenhang die Frage, ob Wien immer noch von Sozialdemokraten regiert wird, den »Austromarxisten«? Vor einem Vierteljahrhundert, als wir zusammen jenen Ausflug unternahmen, stellten sie, glaube ich, die Mehrheit im Rathaus. Unser Grusinien jedenfalls ist traditionell ein sozialdemokratisches Land, nicht allein in dieser Hinsicht Skandinavien vergleichbar; nur dass die Sozialdemokraten bei uns »Menschewiki« heißen. Dieses russische Wort bedeutet: Minderheitspartei. (Eine ganz und gar irreführende Bezeichnung, wie so vieles in der Politik irreführend ist; war Ihnen etwa bekannt, dass man Linke in den Vereinigten Staaten von Amerika allen Ernstes »liberals« nennt? Und jene lassen es sich gefallen!) Nun also: Minderheitspartei. Da muss es doch auch, werden Sie sagen, eine Mehrheitspartei geben? Tatsächlich, sie existiert – oder vielmehr: sie hat einmal existiert. Und unser Soselo, das wussten wir, hatte mit jener Mehrheitspartei – die ihren Namen, wie vermerkt, ganz zu Unrecht trug – einst irgendwie, untergründig, in Verbindung gestanden. (Bis 1912 handelte es sich um eine Fraktion der allrussischen Sozialdemokratie, erst danach riss sie sich als eigenständige Partei von ihrem Ursprung los. Im Zarenreich hatten jene »Bolschewiki« nie mehr als ein paar Tausend Mitglieder; ihre Zahl sank beständig, auch deshalb, weil sie von der Ochrana, der Geheimpolizei, unbarmherzig verfolgt wurden. Nach dem Tod ihres ideologischen Kopfes, eines Kleinadeligen namens Lenin, der in Zürich lebte, zerbrach die Mehrheitspartei in winzige Splittergruppen, die einander in 1001 Journalen befehdeten.) Seine Verbindung mit den ominösen »Bolschewiki«, seine kriminellen Machenschaften … verschiedene Tatsachen über Soselo waren uns nicht bekannt. Und nachdem sie bekannt wurden, nicht geheuer. Aber vielleicht wollten wir auch gar nicht so genau Bescheid wissen. (Die »Bolschewiki« vertraten folgendes Konzept: Die Arbeiter seien noch nicht reif, selbst die Herrschaft zu übernehmen und eine »Diktatur des Proletariats« zu begründen; infolgedessen müsse eine verschworene Gruppe von Berufsrevolutionären anstelle der Arbeiter handeln und rücksichtslos die Macht an sich reißen. Vom Standpunkt der Psychoanalyse aus betrachtet handelt es sich hier, wie Sie unschwer erkennen werden, um einen imaginären Kampf der guten Väter und ihrer guten Söhne – Lenin und Genossen – gegen die schlechten Väter und ihre schlechten Söhne – den Zaren und seine Anhänger.)

Bevor ich fortfahre, muss ich ein Geständnis ablegen: Ich habe den Mann gekannt.

Ich besuchte Soselo 1953 – im Jahr seines Todes – in seinem Haus an der Schwarzmeerküste. Das Haus lag unweit eines Ortes namens Gagra. Die Details jenes Nachmittags stehen mir in lebhafter Erinnerung: Soselo trug sein Haar und seinen Bart lang, beides war längst schlohweiß; das Haar hatte er im Nacken zusammengebunden. Er trug einen hellen Kittel, darunter Pluderhosen, dazu Sandalen; es war feucht und warm. Er war sehr klein, beinahe ein Zwerg; er war charmant und lustig – wer sich in Gesellschaft von Soselo befand, der hoffte vollkommen vergeblich, die Aufmerksamkeit irgendeiner Frau auf sich zu lenken. Dabei hatte der Kerl Pockennarben! Er hatte außerdem die schönsten Augen, die ich bei einem Mann je gesehen habe: Sie waren – ich schwöre es – honigfarben. Wir unterhielten uns an jenem Nachmittag eigentlich nur über Literatur, vor allem über den großen Elisabethaner. »Shakespeare – die Begegnung einer Rose mit einer Axt«, sagte er mir. Und mit einem Zwinkern seiner Honigaugen fügte er hinzu: »Die Wahrheit liegt in Shakespeare. Ein philosophisches System könnte sie nicht fassen, ohne sofort zu zerplatzen.« Lange redeten wir über Macbeth, den Königsmörder, Tyrannen und Pantoffelhelden. Ich weiß noch, dass er Macbeth seinen Bruder nannte: »Aber was für ein poetisches Genie ist nötig, damit ich so jemanden als Bruder empfinde!« Soselo zitierte mir den berühmten Monolog, den Macbeth spricht, nachdem ihm die Nach-

richt überbracht wurde, Lady Macbeth sei tot: »Tomorrow and tomorrow and tomorrow / Creeps in this petty pace from day to day …« Und er zitierte mir ein paar Verse aus diesem Stück, die weniger bekannt sind, an die ich aber seither häufig denken muss:

Better be with the dead …
Than on the torture of the mind to lie
In restless ecstasy.

Später schauten Gäste, Nachbarn, Freunde vorbei: Soselos Frau und seine Kinder richteten eine »supra« an, wie sie bei uns in Grusinien üblich ist. Auf einer langen Tafel standen Teller, und auf den Tellern häuften sich Gerichte – wenn ich »Baridschani«, »Bastumi«, »Mzwadi« »Tschachochbili« hier hinsetze, wird dies in Ihrem Kopf keine Bilder entstehen, keine Gerüche aufsteigen lassen, aber Sie dürfen mir beruhigt glauben: Unsere »supra« war köstlich. Hühnerfleisch, Knoblauch, eingelegte Schweinefüße, ferner »Chatschapuri«, also mit Käse gefüllte Fladen, herrlich gewürztes Gemüse. Jeder nahm sich vom Büfett, was Herz und Magen begehrten. Ein paar Gläser Rotwein später fingen wir an, auf der Veranda im Chor zu singen. Wir sangen sein Lieblingslied: »Suliko«. Soselo hatte eine süße, kräftige Altmännerstimme, und sie trug weit über das Wasser hinaus …

Sie werden verstehen, was für ein Schock es für uns war, als jetzt das Buch eines englischen Literaturwissenschaftlers über die Jugend unseres Soselo erschien. Ein Robin Hood, ein Wilhelm Tell? Das war nun doch ein bisschen schmeichelhaft: Soselo hatte als junger Mensch Banken überfallen und Schiffe gekapert. Er hatte Ölbarone in Baku erpresst und Feuer gelegt. Er hatte im Gefängnis wirkliche und eingebildete Verräter hinrichten lassen. Er steckte sogar hinter einem Raubüberfall, der 1907, als er geschah, durch die Weltpresse ging: Zehn Bomben explodierten damals im Zentrum von Tiflis, mehr als 40 Unschuldige wurden getötet, 50 wurden verwundet. 341.000 Rubel erbeuteten die Räuber, die von unserem Soselo angeführt wurden. Dabei war er doch ein bildungshungriger Autodidakt und kein Barbar: Im Priesterseminar hatte er Victor Hugo, Schiller, Maupassant, Balzac, Thackeray, Gogol verschlungen; Tschechow konnte er auswendig. Aber nach dem Priesterseminar war er zum Kriminellen auf- bzw. abgestiegen. Wir erfuhren von jenem Engländer, dass Soselo von Kindesbeinen an mit einem gewissen Kamo befreundet war, einem armenischen Psychopathen, der ihn gelegentlich im Angesicht eines Opfers anflehte: »Lass mich ihm die Kehle durchschneiden!« Noch tiefer traf uns vielleicht der Schock, dass Soselo die ganze Zeit mit Lenin in Kontakt gestanden hatte, jenem fanatischen und scharfzüngigen Kleingeist, der ihn von Zürich aus zu immer neuen Mordtaten anstachelte; mit der Beute hatte Lenin die Umtriebe der »Bolschewiki« finanziert. Wir mussten uns erst einmal an den Gedanken gewöhnen, dass folgende Berufsbezeichnungen auf unseren Soselo zutrafen: Bankräuber, Erpresser, Pirat, Brandstifter, Terrorist – nicht nur, was wir vorher schon gewusst hatten: Poet.

Können Sie sich vorstellen, für welche Aufregung, auch Empörung, diese Enthüllungen hier in Tiflis gesorgt haben? Wie das eben immer ist, wenn ein großer Mann entzaubert wird: »Lüge«, hieß es, »Verleumdung, üble Nachrede, Schändung eines Toten.« Auch ich dachte anfangs so. Vielmehr – und um die ganze Wahrheit zu gestehen: Gerade ich dachte am Anfang so. Jener Nachmittag an der Küste des Schwarzen Meeres gehört immer noch zu den prägenden Erlebnissen meiner Existenz. Beinahe unerträglich der Gedanke, dass ich ihn in Gesellschaft eines Mannes verbrachte, der ein so schwarzes Geheimnis in seiner Brust verbarg. Jener Dichter, der uns »Koba und das goldene Vlies« geschenkt hat, ist in seiner wilden Jugend ein Krimineller gewesen, wenn auch ein Verbrecher mit politischen Absichten, was die Sache freilich nicht besser macht. (Aus psychoanalytischer Sicht wird nun klar: »Koba« ist das Ich-Ideal eines Mannes, der tatsächlich schon allerhand geraubt hat – wenn auch nicht gerade das goldene Vlies. Und die sozialistische »Partei der Berufsrevolutionäre«? Sie ist das Idealbild einer Bande von Berufsverbrechern!) Just in dieser aufgeladenen Atmosphäre – die Diskussion tobte noch ganz unvermindert durch die Teesalons und Zeitungsspalten – suchte also erstmals D. meine Praxis auf. D. ist 54 Jahre alt, vierfacher Familienvater, Notar von Beruf; er hat bisher keine Beschwerden gezeigt, Gemütskrankheiten waren ihm fremd. Doch in jüngster Zeit plagen ihn Albträume: Die Parallelen zum Fall Ihres B., mein lieber Dr. Wohlleben, sind wirklich verblüffend.

Auch D. glaubt also, Europa bzw. die Welt sei in einem Kataklysmus untergegangen: einer alles zerstörenden Katastrophe. Doch nun die entscheidende Abweichung, und diese Abweichung hat vielleicht mit der Familiengeschichte von D. zu tun. Denn D. ist direkt mit Soselo verwandt, es handelt sich um seinen Enkel. (Soselo war, um es genau zu sagen, der Vater seines Vaters.) D. träumt also, Soselo sei zum Herrscher avanciert – und nicht nur zum Herrscher von Grusinien, nein, gleich des ganzen Zarenreiches! Soselo also als imperialer Herrscher, ein wenig aber auch als Robespierre. Mein Patient D. träumt nämlich, Soselo habe Verbrechen begangen, die jenen der Jakobiner gleichen, sie aber weit in den Schatten stellen. So habe er Bewaffnete geschickt, die den Ruthenen all ihr Saatgut und ihr Vieh raubten, worauf Millionen von ihnen kläglich verhungerten. In einem Wäldchen hätten sich Häftlinge nebeneinander so hinsetzen müssen, dass ihre Schläfen einander berührten; dann seien sie paarweise erschossen, ihre Leichen in Massengräber gesenkt worden. Soselo hat in den Träumen meines Patienten Abermillionen Russen, Polen, Balten, Juden, Deutsche, auch Grusinier nach Sibirien deportiert – dann pferchte er sie in unmenschliche Lager, und sie mussten hungrig, im ewigen Frost, mit ihren bloßen Händen nach Gold graben. Genug, genug der morbiden Fantastereien. Sie wissen, alte Leute sind geschwätzig (warum eigentlich? – gerade wir sollten uns doch peinlich des Umstandes bewusst sein, dass unsere Lebenszeit knapp bemessen ist). Schon viel zu lang ist dieser Brief mir geraten, und ich breche daher nun ab.

Einen letzten Hinweis möchte ich mir aber erlauben, ehe ich mich (meine Enkelin mahnt) zum Mittagsschlaf auf mein Behandlungssofa zurückziehe. Ihre Theorie, in unerklärlichen Träumen wie denen Ihres B. (und vielleicht auch meines D.) drücke sich ein »Thanatos-Syndrom« aus – ein Todestrieb, der mit dem erotischen Trieb im ewigen Widerstreit steht – vermag wohl, ein wenig Licht auf die Sache zu werfen. Sie äußern sich in den »Schriften zur angewandten Seelenkunde« aber gar nicht über den familiären Hintergrund Ihres Patienten. Wäre es möglich, dass hier ein weiterer Schlüssel zum Verständnis des Ganzen verborgen liegt?

Ich sehe den glitzernden Wolfgangsee vor mir, wie er sich am Fuß des Schafberges vor uns ausbreitete. Ich denke daran, wie Sie als junger Bursche mir mit einem Lächeln meine Last von den Schultern nahmen. Solche Gesten – sagte ich das schon? – bilden das Fundament der menschlichen Zivilisation. Und so verbleibe ich

Mit guten Wünschen
Ihr (unleserlicher Riesenkrakel)
Gabriel Leviaschwili

Dr. Wohlleben erinnerte sich naturgemäß an gar nichts. Gewiss, es hatte viele Ausflüge der psychoanalytischen Vereinigung ins Salzkammergut gegeben; an vielen davon hatte er im Lauf der Jahre selbst teilgenommen. Aber ein alter Arzt aus dem Kaukasus? Sein Gedächtnis meldete ihm nichts als weißes Rauschen, es zeigte ihm eine blanke Karte. Und er sollte jenem Herrn den Rucksack getragen haben? Ob der gute Mann ihn vielleicht mit jemandem verwechselte? Von dem großen grusinischen Dichter Soselo hatte er allerdings schon einmal gehört (er war schließlich kein Banause). Dass jener Poet als junger Mann einmal kriminell gewesen und einer Sekte von politischen Fanatikern zugearbeitet hatte, fand er allerdings nicht weiter bedeutsam (»die Tatsache, dass jemand Schecks fälscht, beweist noch nichts gegen sein Geigenspiel« – hatte nicht Oscar Wilde das gesagt?). Und was sollte Dr. Leviaschwilis zwiefacher Hinweis auf das Fundament der Zivilisation? Wohlleben war ein praktischer Mensch: Seiner wohlerwogenen Ansicht nach beruhten menschliche Gesittung und Kultur auf solch banalen Dingen wie Wasserspülung, Stromversorgung, Müllabfuhr – nicht auf gut gemeinten Gesten.

Ohne Zweifel: Es war interessant, womöglich sogar aufschlussreich, dass offenbar noch ein zweiter Mensch auf dieser Welt am Thanatos-Syndrom litt. Aber der Hinweis auf den familiären Hintergrund von August Biehlolawek, mit dem der alte Doktor aus Grusinien seinen Brief beschloss, half Wohlleben keinen Zentimeter weiter. Bei der Anamnese hatte er seinen Patienten ausführlich über dessen Familie befragt, das gehörte zum Handwerk des Psychoanalytikers. Interessantes war dabei nicht zutage gefördert worden. Unter den Verwandten des August Biehlolawek befanden sich weder Nationaldichter noch Bankräuber; auch keine anderen verhinderten Helden.

Bei dem einzigen Urahn, der es zu einigem Nachruhm gebracht hatte, handelte es sich um einen antisemitischen Stadtrat, der kurz nach der Wende zum 20. Jahrhundert im Wiener Rathaus gesessen hatte. Von ihm war folgender bemerkenswerte Satz überliefert: »Kultur ist, was ein Jude beim anderen abschreibt.« (Im Original hatte das selbstverständlich eindrucksvoller geklungen: »Guidua is, waus a Jud' bäm aundan obschrääbd.«) Biehlolaweks Großvater väterlicherseits war Prokurist in einer Wäschefirma gewesen; sein Großvater mütterlicherseits, ein gewisser Hüttler, ein Maler von Ansichtspostkarten, hatte seine letzten Jahre im Delirium tremens verbracht. Seine Mutter wie seine beiden Großmütter hatten als Hausfrauen ihre Existenz gefristet: nichts Aufregendes also, nur glatte, graue Gewöhnlichkeit.

Übrigens fing sein Patient an, Dr. Wohlleben gehörig auf die Nerven zu gehen – die letzte Sitzung hatte eigentlich in einem Eklat geendet.

Ein weiteres aberwitziges Detail: Biehlolawek hatte geträumt, dass 196 Waisenkinder aus der Mitte von Warschau am helllichten Tag weggeführt wurden, um irgend anderswo einen grauenhaften Tod zu erleiden. Biehlolawek träumte, dass jene 196 Kinder – jüdische Kinder – von deutschen und österreichischen Soldaten umzingelt waren; er träumte, dass jedes Kind ein Spielzeug dabeihatte, ein Stofftier, eine Puppe, ein Lieblingsbuch; alle hätten ihre besten Kleider getragen, wie zu einem Feiertag. Ein zwölfjähriger Violinist sei vorneweg geschritten, er habe eine lustige Melodie gespielt, und die anderen Kinder hätten im Chor mitgesungen. »Und in ihrer Mitte«, sagte August Biehlolawek, »ist Henryk Goldszmit gegangen, zwei kleine Kinder hat er auf dem Arm gehalten.« Ein Deutscher habe ihm angeboten, sich zu verdrücken, sein Leben zu retten, aber Goldszmit habe nur den Kopf geschüttelt und sei bei seinen 196 Waisenkindern geblieben – bis ganz zuletzt, bis zum Schluss, bis über den Schluss hinaus. (Bekanntlich war Henryk Goldszmit in Wahrheit steinalt geworden.* Bekanntlich hatte er die Berufung zum Minister für Erziehung und Kultur in Ost-Galizien mit einem Achselzucken abgelehnt, war vom Kaiser später aber zum Geheimrat für pädagogische Fragen ernannt worden. Bekanntlich hatten seine Bücher, in denen er die manchmal schwierige Kunst lehrte, Kinder zu lieben, Millionenauflagen erreicht. Bekanntlich verdankte sich vor allem seinem Einfluss, dass es in der gesamten Monarchie seit den Vierzigerjahren unter Strafe stand, Kinder zu schlagen.) »Wir fahren aufs Land«, habe Henryk Goldszmit seinen umzingelten jüdischen Waisen in Warschau erzählt, eine barmherzige Lüge. »Er hat ihnen das Sterben leichter machen wollen«, sagte August Biehlolawek, und dann brach er auf dem Sofa liegend zusammen.

Oft wird es als Floskel dahingesagt: dass jemand Rotz und Wasser heult. Aber dem weißhaarigen, stämmigen Mann lief ja wirklich der salzige Schleim aus den dunklen Nasenlöchern über die Lippen, und aus seinen Augen brachen Sturzbäche hervor, es war insgesamt kein schöner Anblick.

»Warum«, schluchzte der Diplom-Ingenieur. »Warum denn, warum?« Und dann – nachdem Dr. Wohlleben ihm wortlos ein Taschentuch gereicht hatte – fing August Biehlolawek an zu singen: »Oh, du lieber Augustin, alles ist hin.« Nichts als diese eine Zeile: »Oh, du lieber Augustin, alles ist hin.« Und kräftiger sang er: »Oh, du lieber Augustin, alles ist hin.« Und noch ein wenig lauter: »Oh, du lieber Augustin, alles ist hin.« Endlich fing der Diplom-Ingenieur an, mit Stentorstimme zu brüllen. Es war, als hätten diese Schreie seit seiner Kindheit tief in seinem Inneren darauf gewartet, dass sie sich einen Weg ins Freie bahnen durften: Biehlolawek brüllte, er brüllte und schluchzte und brüllte, bis Dr. Anton Wohlleben ihm, schon um seine Reputation zu retten (man hörte diese Schreie bestimmt bis auf die Straße draußen, die friedlich im Frühmorgendunst dalag), eine Morphiumspritze verabreichte. Das wohltuende Gift ließ Biehlolawek still werden und einschlafen, aber das Morphium berührte nicht das schwarze Zentrum seiner Seele, in dem er stumm weiter vor sich hin schrie.

X.

Schwimmunterricht

Dies ist die Predigt, die Prof. Dr. Adolf Brandeis, Oberrabbiner der Israelitischen Kultusgemeinde zu Wien, am Vorabend des jüdischen Versöhnungsfestes, also am Sonntag, dem 8. Oktober, im Pazmanitentempel in der Leopoldstadt* hielt, die gewöhnlich als Wiens schönste Synagoge angesehen wird:

»Liebe Mitbeterinnen und Mitbeter! Wir haben soeben das Kol Nidre gehört, mit dem Oberkantor Naftali Rosenblatt diesen Hohen Feiertag eingeleitet hat. Mir scheint, so wunderbar wie heute Abend hat unser Oberkantor überhaupt noch nie gesungen – er hat mit seiner Stimme nicht nur unsere Herzen berührt, er hat auch die Pforten des Himmels weit aufgerissen, damit unsere Gebete dort oben Eingang finden. Sie wissen ja: Seinem Wortlaut nach ist das Kol Nidre eine trockene juristische Formel in aramäischer Sprache, die nichts weiter besagt, als dass alle Versprechen, die wir Gott aus Leichtsinn gegeben haben, hiermit als hinfällig anzusehen sind. Das Drama liegt nicht in diesem trockenen Text, es liegt in der wild zerklüfteten Melodie – sie erzählt von sämtlichen Debakeln unserer an Katastrophen überreichen Geschichte: von der Vertreibung aus Spanien im Jahre 1492 bis zu den Pogromen in Russland, die glücklicherweise längst trübe Vergangenheit sind. Kein Israelit, der das Kol Nidre je gehört hat, ist davon in seinem Innersten ganz unberührt geblieben – nicht einmal ein Israelit, der *trejfe* Speisen genießt und seine Herkunft trotzig verleugnet. Aber in diesem Jahr, dem Jahr 5761 nach Erschaffung der Welt, dringt die Melodie des Kol Nidre ganz besonders eindringlich an unser

Ohr. Denn es könnte gut sein, dass wir nach diesem Jahr kein anderes mehr erleben werden.

Es ist normal, es gehört sich beinahe so, dass die Bethäuser am Jom Kippur, dem Versöhnungstag, übervoll sind: dass Juden aller Schichten und Altersklassen, die sonst nie beten gehen, den Weg zu uns finden, um hier in unserer Mitte zu *dawenen.* Aber so überfüllt wie heute war es hier im Pazmanitentempel noch nie. Der Grund für diesen Andrang liegt auf der Hand. Jeder von uns hat die schlimme Botschaft gehört, die Seine Majestät uns vor fünf Tagen im Fernsehen überbracht hat. Und vielen musste der Zeitpunkt bedeutsam erscheinen: Wir wurden über das, was uns droht, ausgerechnet während der *Jamim Noraim* informiert. All jenen unter Ihnen, die sich in der Tradition nicht so gut auskennen, erkläre ich: Das sind die zehn Tage der Ehrfurcht und inneren Einkehr, die zwischen dem Neujahrsfest Rosch Haschune und dem Versöhnungstag liegen. Unserer Tradition nach fällt Gott zu Rosch Haschune sein Urteil nur über zwei Gruppen von Menschen – die ganz Gerechten und die ganz Ungerechten. Diese werden ins Buch des Lebens, jene ins Buch des Todes eingeschrieben. Die meisten von uns gehören aber keiner dieser Kategorien an; die meisten von uns sind weder abgefeimte Bösewichter noch heilige *Zaddikim,* sondern irgendwo dazwischen. Und das heißt: Wir können in den zehn Tagen der Ehrfurcht vor Jom Kippur durch Gebete, durch Reue, durch Versöhnung mit unseren Mitmenschen und durch Taten der Barmherzigkeit dafür sorgen, dass unser Urteil dort oben im Himmel nicht allzu harsch ausfällt.

Wenn nun ausgerechnet in den *Jamim Noraim* Seine Kaiserliche Majestät uns aufklärt, dass ein Komet auf uns zurast und mit der Auslöschung bedroht, dann muss dies doch wohl eine höhere, eine metaphysische Bedeutung haben. Oder? In der *Neuen Freien Presse* stand am Wochenende die Schlagzeile: ›Die eisige Faust Gottes‹. Darunter ein Bild des Kometen mit seinem gewaltigen Schweif vor nachtschwarzem Hintergrund, ein kommentarloser Albtraum.

Bitte, ich will mir auf keinen Fall die *Neuen Freie Presse* zum Feind machen; schon deshalb nicht, weil die halbe Redaktion zu unseren Gemeindemitgliedern zählt. Die *Neue Freie Presse* ist bekanntlich die beste Zeitung der Welt. Lachen Sie nicht, ich meine das ernst. Welche Zeitung wäre denn besser, welche umfangreicher, wo werden wir verlässlicher informiert? Aber diese Schlagzeile – ›Die eisige Faust Gottes‹ – entspricht, Sie entschuldigen schon, nicht den theologischen Tatsachen; dafür verbürge ich mich mit meiner Autorität als Rabbiner. Bevor ich weiterrede, will ich etwas klarstellen: Auf keinen Fall möchte ich Sie von Werken der Barmherzigkeit abbringen. Geben Sie ein Zehntel Ihres Vermögens den Armen! Helfen Sie in einer Auskocherei mit, auch wenn die Suppe, die man dort an die Bedürftigen verteilt, nicht koscher sein sollte! Kommen Sie in Zukunft ein bisserl öfter zu uns beten! Seien Sie kein Schmock, seien Sie auch kein Heiliger. Seien Sie *a mensch*, wie man im Jargon zu sagen pflegt. Nur, schauen Sie: Der Komet sollte damit nichts zu tun haben. Es gibt nämlich im Talmud ein unmissverständliches Prinzip: Wir lernen aus Naturkatastrophen keine *Halácha*. Was heißt das? Aus Naturkatastrophen leiten sich keine religionsgesetzlichen Bestimmungen ab. Wenn ein Erdbeben irgendeinen Landstrich verwüstet, wenn ein Vulkan ausbricht, wenn eine Flutwelle über einen Küstenstreifen hinwegschwappt, dann ist das aus religiöser Sicht jedes Mal ein neutrales Ereignis. Es stimmt schon: Wir müssen hinterher die Überlebenden trösten, die Verwundeten versorgen, Zelte aufbauen, wir müssen Kaddisch für die

Toten sagen – aber es gibt für uns nichts daraus zu lernen. Und auch aus der Tatsache, dass ein Komet auf die Erde zustürzt, gibt es für uns nichts zu lernen.

Der Volksmund hat diese theologische Weisheit längst in einen Witz gefasst. Kennen Sie den? In den Zeitungen liest man, dass eine neue Sintflut bevorsteht. In den Kirchen wird daraufhin gepredigt, die Menschheit müsse jetzt geschlossen zum Christentum übertreten, um das Verhängnis abzuwehren. In den Moscheen heißt es, dies sei der endgültige Beweis, dass der Islam die einzig wahre Religion sei. In den buddhistischen Tempeln bereitet man sich durch kollektive Meditation auf das Nirwana vor. Und was gibt es in den Synagogen? Nu, Schwimmunterricht!

Vielen von Ihnen ist momentan nicht nach Witzen zumute. Wem könnte ich das übel nehmen? Wir stehen heute in weißen Sterbegewändern vor Gott, um durch einen Tag des Fastens und der Gebete wieder mit dem Himmel ins Reine zu kommen. Und ich kann Ihnen hier im Pazmanitentempel dabei leider keinen Schwimmunterricht anbieten. Schwimmunterricht hülfe auch nicht gegen den Kometen, der jeden Tag näher kommt, um uns zu vernichten. Ich weiß überhaupt keinen praktischen Ratschlag für Sie. Aber ich kann Ihnen zum Ausgleich etwas anderes offerieren: ein paar Gedanken über die Hoffnung.

Bei den heidnischen Philosophen der Antike findet man beinahe nichts zu diesem Thema: weder bei Plato noch bei Aristoteles oder den Stoikern. Es scheint, als hätten sie dieses Thema als nebensächlich, der Betrachtung unwürdig erachtet. Die alten Griechen hatten nicht einmal ein richtiges Wort dafür: *elpis* heißt eigentlich nicht Hoffnung, sondern ›Erwartung‹ (ob von etwas Gutem oder etwas Schlechtem, bleibt sich gleich). In einer Biografie von Aristoteles heißt es, er habe die Frage, was

Hoffnung sei, so beantwortet: sie sei ein Wachtraum. Was auch immer der große Aristoteles damit gemeint haben mag – es war auf jeden Fall nichts Schmeichelhaftes. Hoffnung war für die Alten etwas Grundfalsches, Trügerisches, eine Illusion. Der weise Sokrates hat allerdings gemeint, es gebe »die gute Hoffnung, dass der Tod ein Segen sei«. Mit der entsprechenden Fröhlichkeit hat er dann – die Mittelschüler unter Ihnen kennen die Geschichte – den Schierlingsbecher geleert. Aber was war das für eine Hoffnung, von der Sokrates da sprach? Sie hatte nichts mit einer besseren Zukunft zu tun, auch nichts mit dem Glauben an ein Weiterleben nach dem Tod: Es handelte sich einfach um die Hoffnung auf eine milde Auslöschung. Von diesem philosophischen Beispiel inspiriert, haben sich später Dutzende von Stoikern die Pulsadern geöffnet und sind lächelnd im warmen Wasser verblutet.

Erst mit uns, erst mit den Juden, hat Hoffnung aufgehört, ein leeres Wort zu sein, das in die Irre oder den Tod führt. Die zionistische Hymne trägt darum just diesen Titel: die Hoffnung, *ha-tikwa*. Viele von ihnen könnten die ›Hatikwa‹ im Chor mitsingen, aber ist Ihnen bewusst, dass sich verborgen in diesem Lied die Anspielung auf eine Bibelstelle findet? Beim Propheten Ezechiel lesen wir die grandiose Vision von den verdorrten Beinen in dem Tal, die durch ein Gotteswort wieder zum Leben erweckt werden: Sie überziehen sich mit Sehnen und Fleisch, der Geist fährt in ihre Glieder, das Haus Israel steht aus seinen Gräbern auf und kehrt heim nach Zion. In der Bibel aber sprechen die Wiedererweckten im ersten Schreck: ›Vergangen sind unsere Gebeine und geschwunden ist unsere Hoffnung …‹ (Ezechiel 37,11), im Original steht: *awda tikwatäinu*. Und die Antwort der zionistischen Hymne, ein paar Tausend Jahre später? Sie lautet: *od lo awda tikwatäinu* – ›wir haben unsere Hoffnung noch nicht aufgegeben‹. Wir werden heimkehren. Wir werden leben.

Liebe Mitbeterinnen und Mitbeter, ich möchte Ihnen hier und heute, am Vorabend des Jom Kippur, einen vielleicht neuen Gedanken nahelegen: die Hoffnung als *Virtus*, als staatsbürgerliche Tugend, oder wie wir auf Hebräisch sagen: als *Mizwe*. Der mittelalterliche Philosoph Joseph Albo hat in seinem *Sefer ha-Ikkarim* darüber geschrieben. Er hat diesen Traktat nach schweren Verfolgungen und Zwangstaufen in Spanien verfasst; er hat klarmachen wollen, woran ein Jude glauben muss. Nach Joseph Albo sind das nur drei Prinzipien: die Existenz Gottes, die Offenbarung der Thora am Berg Sinai und die göttliche Belohnung sowie Strafe. Alles andere (zum Beispiel der Messiasglauben) ist nach Albo zweitrangig! Ob man aber an Gott glaubt oder nicht – das zeigt sich für Joseph Albo überhaupt erst dann, wenn man in einem Schlamassel steckt. Gottvertrauen ist leicht an einem idyllischen Sommertag: Schwieriger wird es schon, wenn man sein Vermögen oder einen nahen Verwandten verloren hat.

Außerdem führt Joseph Albo eine wichtige Unterscheidung ein. Da gibt es also einerseits die Hoffnung des einzelnen Israeliten, die wirklich nichts weiter ist als – eine Hoffnung; das heißt, sie kann furchtbar enttäuscht werden. Auf der anderen Seite gibt es dann aber die Hoffnung des gesamten jüdischen Volkes. Und diese Hoffnung ist eigentlich schon keine Hoffnung mehr, sie ist eine Zuversicht.

Wir stehen heute in weißen Sterbegewändern vor Gott. So haben wir schon einmal gestanden: am Fuß des Berges Sinai, Sie erinnern sich vielleicht. *Mosche Rabbäinu* – Mose, unser Lehrer – hatte den Berg bestiegen, um mit Gott zu sprechen, der ihm die Zehn Gebote gab. Wir aber haben uns unterdessen ein goldenes Kalb geschaffen, um ihm mit einer heidnischen Orgie zu huldigen. Das Goldene Kalb wird heute meistens als Symbol für den Reichtum aufgefasst: Das Goldene Kalb anbeten heißt deshalb im landläufigen Sprachgebrauch, dass man nur materielle Werte im Sinn hat. Aber sehen Sie, das kann nicht stimmen. Denn in der Thora steht geschrieben, dass die Frauen und die jungen Männer ihre goldenen Ohrringe abnahmen und sie Aharon gaben, dem ersten Hohepriester: Das heißt, die Kinder Israel haben damals auf ihren Reichtum verzichtet, damit das Götzenbild geschmolzen werden konnte. In wirtschaftlicher Hinsicht, das müssen Sie zugeben, ein Akt der puren Selbstlosigkeit!

Wofür steht dann also das Goldene Kalb? Liebe Mitbeterinnen und Mitbeter, ich lade Sie ein, dieses Götzenbild als gleißendes Symbol der Verzweiflung zu betrachten. Der Tanz um das Goldene Kalb war eine Orgie der Hoffnungslosigkeit. Unsere Vorväter in der Wüste hatten ihren Mut und ihr Gottvertrauen verloren, weil *Mosche Rabbäinu* so lange nichts von sich hören ließ; sie glaubten, Gott habe sie im Stich gelassen. Aber der Ewige hat diesen gewaltigen Fehltritt bekanntlich verziehen. Er hat uns nicht verworfen, er hat kein anderes Volk an unserer Stelle erwählt. Damals nicht und heute nicht. Schon um Seiner eigenen Ehre werden wird Gott das Haus Israel nicht zuschanden werden lassen. Der Ewige hat *Awrohom Awinu, Jizchok Awinu* und *Jakow Awinu* – unseren Stammvätern seligen Andenkens – einst versprochen, dass Er bis ans Ende der Geschichte bei uns sein wird; und dieses Ende wird nicht der Weltuntergang sein. Das ist unser Schwimmunterricht, darauf bauen wir. Diese Zuversicht wird im Judentum als staatsbürgerliche Tugend betrachtet – sie ist nichts weniger als eine *Mizwe:* eine religiöse Pflicht.

Ani ma'amin be-emunah schelejma bewiass ha-moschiach; af-al-pi schejissmameja im kol se echakelo kol jom sche-jawo.

Ich glaube mit vollkommener Zuversicht an das Kommen des *Moschiach*; und auch wenn er seine Ankunft verzögert, warte ich doch täglich, dass er kommt. Kein Komet kann daran etwas ändern.

A gut gebenscht Johr, ein süßes Jahr 5761. Gott schütze unseren Kaiser und die Kaiser-Gemahlin; Gott halte seine schützende Hand über das Haus Habsburg. Gott schenke unseren Politikern Weisheit und Kraft. Gott segne unsere Monarchie mit Frieden und Wohlstand. Gott breite das Zelt seines Friedens über uns, über dem ganzen Volk Israel und über Jerusalem aus.

Wir setzen fort mit *wenislach lechol adass bnäi jissroel* – in den ›Festgebeten der Israeliten‹ auf Seite 35, im Schottenstein-Machsor auf Seite 48. Ich wünsche Ihnen allen *zom kal* – möge das Fasten bis morgen Abend Ihnen und Ihrer Familie leichtfallen. Und ich wünsche Ihnen *gemár chássima towa* – mögen Sie alle im Buch des Lebens eingeschrieben werden.«

Dies ist die Predigt, die Kardinal Heinrich Grausenburger während der Christmette, also in der Nacht vom 24. auf den 25. Dezember, in der Domkirche St. Stephan zu Wien vor vollem Hause hielt: »Liebe Brüder und Schwestern! Ein Stern ist aufgegangen über Bethlehem. Gottes Liebe wurde Mensch in Jesus; lasst uns dem Stern folgen und das Kind anbeten. So heißt es im Evangelium des Matthäus: Die Sterndeuter aus dem Osten kamen nach Jerusalem und erkundigten sich nach dem neugeborenen König der Juden, dem Messias, dessen Stern sie hatten aufgehen sehen. König Herodes und die Schriftgelehrten erschraken, als sie davon hörten; die Sterndeuter aber machten sich auf den Weg. ›Und der Stern, den sie hatten aufgehen sehen, zog vor ihnen her bis zu dem Ort, wo das Kind war; dort blieb er stehen. Und als sie den Stern sahen, wurden sie von großer Freude erfüllt.‹ (Matthäus 2,9–10) Manche unter uns können diese Worte heute nur mit einem gewissen Schaudern, ja mit Zynismus aufnehmen – vor allem dann, wenn wir daran denken, wie jener Stern in volkstümlichen Weihnachtskrippen oft dargestellt wird: als fünfzackiges Gebilde aus Holz mit einem Schweif dahinter. Genau so – nicht wahr? –, ja, nicht anders sieht das Verhängnis aus, das unser schönes Wien, unsere Monarchie und den gesamten Erdkreis bedroht.

Viele wollen vom Stern über Bethlehem also nichts mehr hören. Sie stopfen sich die Finger in die Ohren und verschließen vor dem Wunder ihre Augen. Wenn es überhaupt eine Stelle aus dem Neuen Testament gibt, die auf unsere Situation passt, so scheint es eher die folgende zu sein: ›Der dritte Engel blies seine Posaune. Da fiel ein großer Stern vom Himmel; er loderte wie eine Fackel und fiel auf ein Drittel der Flüsse und auf die Quellen. Der Name des Sterns ist: Wermut. Ein Drittel des Wassers wurde bitter, und viele Menschen starben, weil es bitter geworden war.‹ (Offenbarung 8,10) Ja, uns steht die Apokalypse ins Haus, liebe Brüder und Schwestern – was geht uns also der Stern über Bethlehem an?

Ich antworte mit einem persönlichen Credo. Dieses Credo ist gleichzeitig auch eine kurze Geschichte des Universums vom Urknall bis zur Wiederkehr Christi. Also: ich glaube, dass Gott existiert. Ich glaube, dass Er den Kosmos geschaffen hat. Ich glaube, dass Er durch die Evolution – unsere heilige Kirche hat mit der Evolutionstheorie ja nie ein Problem gehabt – den Menschen erschuf. Ich glaube, dass der Mensch während der letzten Eiszeit zu sich selbst gefunden hat, dass er damals zu einem Wesen mit Leib und Seele wurde; Gott brachte damit ein Geschöpf hervor, das mit Wissen und der Fähigkeit zur Liebe, vor allem aber mit Freiheit begabt war. Ich glaube, dass sich danach eine Katastrophe ereignet hat: Der Mensch hat gewählt – und er hat schlecht gewählt, er hat einen falschen Gebrauch von seiner Freiheit gemacht. Seit damals steckt die Menschheit, auf gut Deutsch gesagt, in der Bredouille – wir nennen das: Sündenfall. Gott hat daraus die Konsequenz gezogen. Er hat sich in die Geschichte dieses Planeten eingemischt. Er hat einen Vertrag mit einem unscheinbaren Volk am Rand der arabischen Wüste geschlossen, dem Volk Israel, und er ist Mensch geworden in seinem Sohn, einem Israeliten, der auf der Erde umherging und gekreuzigt und begraben wurde und auferstand. Gott hat eine Kirche gegründet, unsere Kirche, die katholische Kirche, und er gründete sie auf einem Katholiken namens Petrus, auch er ein Israelit. Ich betone das, weil es unter uns Leute gibt, nicht wenige, die verbreiten, an jenem Unstern seien die Juden schuld. Ich glaube aber, dass Gott mit diesen beiden Gemeinschaften – den Israeliten und den Katholiken – verstrickt ist, ausweglos verstrickt, und dass Christus am Ende vom Himmel wiederkehren wird, um die Lebenden und die Toten zu richten.

Was hat sich nun dadurch geändert, dass ein Komet unsere Erde zu rammen droht? Liebe Brüder und Schwestern: Gar nichts hat sich geändert. Es gibt die Israeliten noch, es gibt die Christen noch. Wir sind immer noch eine Kirche der Sünder, die nach Erlösung hungert. Mein Lieblingszitat aus der Offenbarung des Johannes ist darum nicht jenes über den Stern, der Wermut heißt, sondern ein anderes: ›Denn die Zeit ist nahe … Siehe, ich komme bald und mit mir bringe ich den Lohn und ich werde jedem geben, was seinem Werk entspricht.‹ (Offenbarung 22,10–12) Jetzt gibt es Wissenschaftler, die wollen uns einreden, sie könnten auf die Sekunde genau ausrechnen, wann das Verhängnis eintreffen wird. Ihnen antworte ich mit einem Wort von Christus: ›Amen, ich sage euch: Diese Generation wird nicht vergehen, bis das alles eintrifft. Himmel und Erde werden vergehen, aber meine Worte werden nicht vergehen. Doch jenen Tag und jene Stunde kennt niemand, auch nicht die Engel im Himmel, nicht einmal der Sohn, sondern nur der Vater.‹ (Matthäus 24, 34–36)

Am Rande des Abgrunds, liebe Brüder und Schwestern in Christo, kommt es vor allem auf Haltung an. Darum sollte uns im Angesicht der Apokalypse – gerade im Angesicht der Apokalypse – mehr als jener Komet doch der Stern interessieren, der über Bethlehem aufgegangen ist. Denn die Zeit ist nahe. Aber wann die Stunde sein wird, weiß niemand, auch nicht die Engel im Himmel: Wie sollen es dann die Astronomen wissen? Es gilt, bereit zu sein; und zu unserem Bereit-Sein gehört, dass wir den Blick nach Bethlehem wenden, dass wir auf jenen Stall schauen, in dem vor zwei Jahrtausenden Gott als kleiner Menschenwurm geboren wurde.

Zum Schluss und als Trost ein Geschenk von mir: eine Geschichte, die mit unserem weihnachtlichen Thema auf den ersten Blick gar nichts zu tun hat. Sie handelt von einem König und seinem Premierminister, der außerdem sein bester Freund war. Eines Tages sagte der König (vielleicht war er ja einer von unseren Weisen aus dem Morgenland): ›Ich sehe in den Sternen, dass jeder, der vom Weizen isst, der dieses Jahr gewachsen ist, verrückt wird. Wie lautet dein Ratschluss?‹ Der Premierminister antwortete: ›Wir müssen genug von dem Weizen, den wir schon haben, einlagern, sodass wir von der Ernte dieses Jahres nichts essen müssen.‹ Der König wandte ein: ›Aber dann werden wir die Einzigen sein, die geistig gesund sind. Alle anderen werden verrückt sein; darum werden sie denken, dass wir die Irren sind. Wir haben nicht genug Weizen, dass er für alle ausreichen würde. Darum müssen auch wir von der Ernte dieses Jahres essen. Aber wir werden uns ein Zeichen auf die Stirn malen, damit wir wenigstens wissen, dass wir verrückt sind. Ich werde auf deine Stirn schauen, du wirst auf meine Stirn schauen, und wenn wir das Zeichen sehen, dann werden wir wissen: Wir sind beide verrückt.‹

Liebe Brüder und Schwestern, es gibt eben doch ein richtiges Leben im falschen. Wenn uns der Mut verlässt, die Hoffnung, das Gottvertrauen – dann wollen wir einander auf die Stirn schauen und an dem Zeichen dort erkennen, dass wir verrückt sind. Denn nur um der Hoffnungslosen willen ist uns ja die Hoffnung gegeben. In diesem Sinne wünsche ich allen hier Versammelten ein gesegnetes und frohes Weihnachtsfest.«

XI.

Die Rache der Fledermaus

Es war ein Herbst voller Liebe und Angst gewesen. Denn Barbara Gottlieb hatte zu den ersten Menschen auf der Welt gehört, die von dem Kometen wussten: Bei einem seiner Anrufe mit dem Bildtelefon bat ihr Mann auf dem Mond, sie möge sich bitte hinsetzen, er habe eine sehr ernste Nachricht für sie. Im ersten Augenblick fuhr ihr der nackte Schrecken in die Glieder; sie dachte, er habe auf irgendeinem Weg (wie nur, wie?) von ihrer dummen kleinen Affäre erfahren und wünsche nun die Scheidung. Sie war dann beinahe erleichtert, als es nur um den Kometen ging. Aber naturgemäß hatte dieses Gefühl der Erleichterung nicht lange vorgehalten, das Geheimnis lag schwer auf ihrem Herzen. So hatte sie Alexej davon erzählt. Und so kam es, dass er und Barbara über das Verhängnis im Bilde waren, ehe der k. u. k. Hofastronom Seine kaiserliche Majestät in Schönbrunn informierte und ehe die *Neue Freie Presse* die Nachricht vom drohenden Weltenbrand in einer Schlagzeile herausschrie: Dieses Wissen hatte sie einsam gemacht (selbstverständlich herrschte allerstrengste Schweigepflicht, man wollte schließlich keine allgemeine Panik auslösen), gleichzeitig brachte das Geheimnis sie einander aber auch näher.

Noch näher als ihre verborgene und verbotene, ihre fiebrig zitternde Verliebtheit? Ja, so merkwürdig das klingt. In den Wochen, nachdem die Botschaft von der unausweichlichen Katastrophe bei ihnen angekommen war, hatten Alexej und Barbara sich ineinander verkrochen; hilflos hatten sie Schutz vor dem Drohenden gesucht, einer in des anderen Umarmung. So hemmungslos wie häufig waren sie zum Tier mit den zwei bebenden Rücken geworden: abends in den Donau-Auen an einen Baumstamm gelehnt, in einem Hinterhof im XII. Bezirk zur Geisterstunde, bei heruntergelassenen Jalousien auf einem alten Sofa, das in einer Wohnung von Barbaras Freunden stand (zum Glück ahnten jene nichts von ihrem Glück); einmal auch auf einem staubigen Dachboden – aber nie, nie, nie, wirklich: kein einziges Mal in Barbaras Ehebett. Leider war in der Zwischenzeit knurrend das Misstrauen von Alexejs Hauswirtin wach geworden. So konnten sie sich in seine Studentenbude nur dann auf Zehenspitzen wagen, wenn die Luft rein war, die bewusste Hofratswitwe also nicht mit den hundert Augen eines Argus Panoptes hinter ihrer Tür lauerte und spähte: Das kam eher selten vor. (Als aufgeklärte Menschen gebrauchten sie übrigens Qualitätsprodukte der Firma »Fromms«, die sich seit Generationen in jüdischem Familienbesitz befand*; und nur in Fällen von höchst sporadischer Seltenheit, zu denen allerdings ihr vorletztes Mal zählte, ergab die nachträgliche Inspektion ein winziges Leck im Styrol-Butadien-Kautschuk. Barbara hatte das hoffentlich folgenlose Malheur mit dem erschreckt-belustigten Ausruf »Oha!« bedacht.) Den Luxus, eine ganze Nacht miteinander zu verbringen – also buchstäblich *miteinander zu schlafen*, wie der deutsche Euphemismus für den Liebesakt lautet, um am nächsten Morgen im selben Bett aufzuwachen, dann ausgiebig zu frühstücken, gestärkt wieder in den Federn zu versinken und gleich am Morgen den Tag zum Tanzen zu bringen –, diesen Luxus hatten sie nach jenem seligen und kurzen Wochenende im »Goldenen Hirsch« nie wieder genossen.

Der Herbst war grau, böse und neblig über Wien hinwegmarschiert, dann brachte der Winter seine Artillerie in Stellung. Unterdessen hatte der Kaiser mit Zustimmung sämtlicher Ministerpräsidenten das Kriegsrecht verhängt; es sollte, wie die Kabarettisten spotteten, »mindestens bis zum Weltuntergang gelten«. Hier und dort waren in der Monarchie ein paar Plünderer erschossen worden (»ohne Anruf«, wie es amtlich hieß, also ohne dass vorher ein Gendarm »Halt« bzw. »Lassen S' den Blödsinn« geschrien hätte). Der Kaiser hatte die Preise für Lebensmittel festgefroren: Kein Greisler und kein Kolonialwarenhändler sollte sich an der kommenden Apokalypse eine goldene Nase verdienen. Die jüdischen Feiertage waren gekommen und gegangen – Barbara Gottlieb hatte mit ihren Töchtern und Eltern die sefardische Synagoge, den sogenannten Türkischen Tempel in der Zirkusgasse*, besucht –, bald darauf brach auch schon die Vorweihnachtszeit an. Der Christkindlmarkt vor dem Rathaus lockte mit roten Lampions in den Bäumen und hellgelb erleuchteten Buden, als ob alles beim Alten wäre, aber die Kundschaft blieb aus: Die Wiener hatten so kurz vor dem Weltuntergang offenbar keine Zeit für Glühwein, Lebkuchen, heiße Maroni und gut sortierten Kitsch.

Der Komet stürzte durch die Nachtschwärze des Alls immer näher, aber auf der Erde geschah das eigentliche Unglück: Alexej verliebte sich immer heftiger nicht nur in Barbara – nein, auch ihre Kinder wuchsen ihm immer mehr ans Herz. Einmal, als Susanne (das war die kleinere Tochter, der blondlockige Engel) nicht einschlafen konnte, saß Alexej an ihrem Kinderbett und sang ihr etwas vor: »Guten Abend, gut Nacht«, sang er leise, das ganze Opus 49 Nr. 4 von Johannes Brahms. Alexej hatte eine schöne Stimme (vielleicht das einzige authentisch Russische an ihm), und es gelang ihm tatsächlich, die Kleine mit Tönen in den Schlaf zu wiegen. Aber seine Favoritin blieb doch Eva, ihre kratzbürstige und dunkelhaarige ältere Schwester mit dem griechischen Profil.

Dass sie gerade mit Lust ihre Trotzphase auskostete, störte ihn überhaupt nicht; eher schlugen ihm die ausgiebigen Scheltreden aufs Gemüt, mit denen ihre Mutter sie deswegen bedachte.

Einmal (das vergaß er hinterher nie mehr) hatten Barbara und er den beiden Kindern in ihrem dunklen Zimmer beim Schlafen zugesehen; plötzlich wachte Eva auf, und ohne nachzudenken, ohne das geringste Zögern stand das Kind auf, ging auf Alexej zu, legte die Arme um seine Beine, versteckte das Gesicht zwischen seinen Knien, strahlte ihn dann von unten her an und legte sich wortlos wieder schlafen. – Spätestens hier erhebt sich mit anklagendem Zeigefinger eine moralische Frage: Fühlte Alexej sich denn schuldig, weil er doch mit einer Mutter von zwei Kindern lustvoll ihre Ehe brach? Aber gewiss. Sehr sogar. Ganz grauenhaft. Nur ist das menschliche Gewissen ein eigentümlich Ding: Schuldgefühle machen die Liebe oft erst richtig scharf – so wie Paprika dem Gulasch erst den richtigen Pfiff verleiht. Wenn Alexej gelegentlich das Gewissen biss, so bewahrte ihn dies immerhin vor dem schlimmsten aller Übel: der behäbig das Leben verschnarchenden Langeweile.

Eine andere Frage: War Alexej bewusst, dass dieses schöne Abenteuer nicht ewig dauern würde, dass ihm im Kalender ein brutal-exakter Termin gesetzt war? Hier verhielt sich Alexej wie ein Lokomotivführer, der unter Volldampf auf eine Schlucht zufährt, während vor seinen Augen die Brücke zusammenbricht: Er trällerte sich eins und schaute nicht hin. Er lebte von einem Tag auf den anderen und dachte lieber nicht an das Unausweichliche. »Le cœur a ses raisons que la raison ne connaît point«, wie Blaise Pascal einst notierte – zu deutsch: Alexejs Herz wusste alles besser als sein Verstand und glaubte ihm die Wahrheit nicht. Aber der Augenblick der Trennung rückte natürlich trotzdem mit jeder Stunde näher, die den beiden Verliebten vom Stephansdom her schlug.

Es kam Weihnachten, die Bürger stellten sich Christbäume in ihre guten Stuben (Alexej selbstverständlich nicht, er hatte kein Geld und keine gute Stube). Es kamen die stillen kalten Tage zwischen Weihnachten und Neujahr, die anno 2000 noch stiller und kälter ausfielen als üblich. Es kamen salbungsvolle Reden, die Alexejs Seele nicht erreichten. Es kam die Silvesternacht und mit ihr das Ende. Denn Dudu Gottlieb, der seine Ankunft schon vor etlichen Wochen angekündigt, dann verzögert und abermals verzögert hatte – Dudu Gottlieb würde am ersten Tag des neuen Jahres in den Mondflieger steigen und nach Hause zurückkehren. Dudu wollte die letzten paar Monate, die der alten Erde noch blieben, zu Hause bei seiner Frau und seinen Kindern verbringen. Verständlich, lobenswert und all das, kein Zweifel.

»Wir werden uns nicht mehr sehen können«, sagte Barbara. »Nicht mehr so oft jedenfalls. Auf keinen Fall mehr auf diese Art. Du verstehst? Zu meinen Matineen bist du natürlich jederzeit herzlich eingeladen. Mein kleiner Tiger.« Und dann sagte sie den schrecklichen Satz: »Wir bleiben doch gute Freunde, oder?«

Alexej schwieg tapfer. Er wusste nicht, was er sagen sollte. Er war erledigt.

Barbara Gottlieb schenkte ihnen beiden etwas zum Abschied: Sie hatte Karten für die *Fledermaus* in der Hofoper besorgt. Und weil sie sich nicht hatte lumpen lassen, saßen Alexej und Barbara in der Silvesternacht also in einer Loge, zu der außer ihnen beiden niemand Zutritt hatte; Alexej trug seinen Maßgeschneiderten, sie hatte ein langes weinrotes Samtkleid an, das ihre dunklen Haare, ihre Olivenhaut, ihre Mittelmeeraugen königlich zur Geltung brachte – es gab keinen Mann, der nach ihr nicht den Kopf verdreht hätte. (Und wenn die Leute sich fragten, wer denn wohl der junge Galan an der Seite der Gottlieb sei – Sie wissen schon, die Dame mit dem literarischen Salon –, so lautete die diplomatisch-offizielle Formel nach wie vor: ein Freund der Familie.) Die Hofoper war an diesem Abend bis auf den hintersten Stehplatz ausverkauft; schließlich handelte es sich um die letzte Neujahrsnacht, die Wien je erleben würde, und dieses Publikum war wild entschlossen, sie nach Gebühr zu feiern.

Es war eine wunderbare Inszenierung: klar, bunt und stringent, schwungvoll, aber nicht gehetzt; man spielte in historischen Kostümen aus der Zeit, in der Johann Strauß seine Operette schrieb. Der Regisseur trat im dritten Akt selbst als Frosch auf, und er gab diesen dienstbaren Geist sozusagen als Ideal, als platonische Idee des österreichischen Beamten: versoffen, knechtselig und zutiefst gutmütig.

Die *Fledermaus* entfaltet sich bekanntlich im Dreivierteltakt – im ersten Akt wird kräftig geheuchelt, im zweiten Akt wird mächtig gelogen, am Schluss löst sich alles in Wohlgefallen auf. Im Zentrum des Geschehens steht (tänzelt, torkelt) Gabriel von Eisenstein: der gute Mann muss in den Arrest, weil er einen Polizisten geohrfeigt hat, gedenkt aber, die letzte Nacht in Freiheit mit einem großen Souper beim sagenhaften Prinzen Orlofsky zu verbringen, denn dort soll es Champagner und junge Balletttänzerinnen geben. Seine Gemahlin Rosalinde verfällt unterdessen um ein Haar einem Operntenor, und das Stubenmädchen Adele erfindet eine sterbenskranke Tante, weil auch sie zu jenem Souper will – ohje, wie rührt mich dies. Beim Grand Souper erscheinen dann eigentlich alle mit einer falschen Identität. Gabriel von

Eisenstein tut so, als sei er Franzose, obwohl er kein Wort Französisch kann. Seine Gemahlin spielt in Maske den Ehrengast: eine ungarische Gräfin, sie beschwört mit unsäglichen Koloraturen ihre ewige Heimat und legt einen tollen Csardas hin. Gabriel und Rosalinde brechen ein wenig ihre ehelichen Treueschwüre, aber zu guter Letzt stellt sich heraus: alles nur Inszenierung, alles nur Schein, alles ein Champagnertraum, alles die Rache der Fledermaus (denn Gabriel von Eisenstein hat seinem besten Freund im Vollrausch einmal übel mitgespielt, als der gerade ein Fledermauskostüm trug). Und das versteht sich: Die Rache der Fledermaus ist überhaupt nicht böse oder unheimlich, sie will niemandem wehtun, das Ganze war nur ein riesenbunter Mordsspaß – prost, Freunde, prost!

Wenn Alexej und Barbara in ihrer privaten Loge von dem Treiben zu ihren Füßen manchmal nur wenig mitbekamen, so lag dies daran, dass sie anderweitig beschäftigt waren. Ein letztes Mal sein Atem an ihrem Hals; ein letztes hingeseufztes Stöhnen; ein letztes Mal ihre schmale Hand in seinem Haar; ein letzter langer Kuss. Und wenn Alexej zwischendurch ein Textfragment aufschnappte, einen Musikfetzen hörte – dann lächelte er wider Willen, aber noch mitten im Lächeln traf jedes Wort aus dem albernen Libretto ihn wie ein Hammerschlag. Es war, als sei dort unten auf der Bühne alles bitterernst gemeint:

Wem soll mein Leid ich klagen,
Oh Gott, wie rührt mich dies!
Ich werde dein gedenken
Des Morgens beim Kaffee,
Wenn ich dir ein will schenken,
Die leere Tasse seh'…

Am schlimmsten hämmerten die folgenden albernen Verse auf ihn ein:

Sind die schönen Äuglein klar,
Siehst du alles hell und wahr.
Siehst, wie heiße Lieb' ein Traum,
Der uns äffet sehr …

Und der berühmte Refrain:

Glücklich ist, wer vergisst,
Was doch nicht zu ändern ist.

Was trug das Schicksal doch für eine höhnisch-graue Steinmaske! Seine Eltern hatten Alexej verraten: Er war ihnen egal gewesen, von Herzen gleichgültig, sie hatten ihn ausgesetzt, mutterseelenallein hatten sie ihn auf diesem Höllenplaneten zurückgelassen. Jedes dumme Tier kümmerte sich um seinen Nachwuchs, nicht aber sein Vater und jene, die ihn auf die Welt gesetzt hatte. Und jetzt ließ ihn auch noch seine geliebte Frau im Stich. Die Einzige, die sich jemals erotisch für ihn interessiert hatte; die Eine Eine Eine, mit der er in diesem Leben schlafen würde. Er war eben hässlich, ein Faktum, das man nur schönreden, nicht ändern konnte. Nie würde er Barbara Gottlieb wiedersehen – und wenn er ihr doch einmal durch Zufall begegnete, dann bestimmt in Begleitung ihres Göttergatten, darauf verzichtete er gern. Nach einem halben Jahr voller Seligkeit war er wieder am Ausgangspunkt angelangt: Die Liebe war eine Katastrophe, das hatte er nun gelernt. Das würde er sich merken. Noch einmal ihre Nacktheit unter den Fingerspitzen spüren: Schlaflose Nächte standen ihm bevor und zähneknirschendes Selbstmitleid.

Glücklich iiiist, wer vergiiiisst,
Was doch nicht zu ändern iiiist.

Wenn das stimmte, war er zum Unglück verdammt: denn er konnte ja nichts vergessen. Die Zukunft kam Alexej vor wie eine Wüste voller Luftspiegelungen, gefährlicher Schluchten und unermesslicher Einsamkeit. Nichts mehr. Nichts mehr. Von nun an würde nichts mehr kommen. Schwarz spannte die Melancholie ihre Fledermausflügel über ihm aus. Und der drohende Weltuntergang, jener schmutzige Schneeball im All? Ach, der Weltuntergang kümmerte Alexej von Repin nicht.

XII.
Es ist schade drum

Dudu Gottlieb kehrte heim. Es gab auf dem Mond nichts mehr für ihn zu tun. Dudu und seine Kollegen hatten auf den Tag und die Stunde genau berechnet, wann der Komet einschlagen würde (in genau 253 Tagen um 9.03 Uhr in der Frühe), sie kannten auch den Einschlagsort (wie es sich traf: ein bisschen westlich von Wien), und sie hatten mithilfe ihrer Elektronengehirne exakt berechnet, was hinterher geschehen würde: Erdbeben, Seebeben, gewaltige Waldbrände, Rauch- und Staubwolken in der Luft, die monatelang den Tag zur sternlosen Mitternacht verfinstern würden: Eine neue Eiszeit, sogar eine Verschiebung der eurasischen Kontinentalplatte erschien möglich. Es handelte sich um eine Katastrophe von unbegreiflichem Ausmaß – sie ließ sich nur noch mit jener vergleichen, die vor 65 Millionen Jahren die Dinosaurier von ihren Hinterbeinen gerissen und im Schutt der Epochen begraben hatte. Dieses Mal würde mehr als die Hälfte der Arten dahinsiechen, unter ihnen die höheren Säugetiere, also auch sämtliche Angehörigen der Gattung *homo sapiens sapiens* – Reiche und Arme, Kluge und Dumme, Kaiser und Untertanen, Verliebte und Gleichgültige. Und es gab nichts, was man dagegen tun konnte. Die Erde zog auf ihrer elliptischen Bahn dahin, wie es ihr von den unerbittlichen Gesetzen der Physik vorgeschrieben war. Dasselbe galt für jenen Unstern, der auf krummem Weg aus der Oortschen Wolke zu uns kam: Der schmutzige Klumpen aus Staub, Stein und Eis tat auf den Millimeter genau das, wofür er bestimmt war. Und weil die Bahnen der zwei

Himmelskörper über Kreuz lagen, war ihnen nun einmal bestimmt aufeinanderzuprallen.

Der Mondflieger hatte jene circa 385.000 Kilometer, die den Erdtrabanten von unserem Heimatplaneten trennen, schon beinahe zur Gänze hinter sich gebracht. Wenn man aus dem Bordfenster sah, dann erblickte man tiefes Blau, weiße Wirbel und zarte Lehmtöne; gemeinsam wölbten sich diese schönen Farben zu einem gewaltigen Halbrund. Dort, wo der Horizont auf die Schwärze traf, brach sich das Sonnenlicht grünlich in einem schmalen, durchsichtigen Streifen – der Atmosphäre, jenem Gasgemisch, das Leben spendend den Planeten umhüllt. Ein Teil der Erde lag im Schatten, aber dunkel war es dort trotzdem nicht; Dudu konnte Lichterketten ausmachen, die sich zu komplizierten geometrischen Mustern zusammenfügten – das waren Städte, menschliche Behausungen. Die Sterne funkelten kalt auf sie herunter, und die Städte leuchteten warm in den Himmel zurück. Zufällig war heute der erste Tag des neuen Jahres (nach der christlichen Zeitrechnung). Des letzten Jahres, dachte Dudu, das die Welt erleben würde.

Wäre es doch wenigstens kein Komet, sondern ein Meteor gewesen! Gegen einen solchen sausenden Felsbrocken im All hätte die Menschheit sich schon zu wehren gewusst. Allerdings nicht gerade so, wie es in populären Weltraumabenteuerfilmen gezeigt wurde, die in den Wiener Rosenhügelstudios im billigen Dutzend produziert wurden: Da flogen meistens kräftige Burschen und hübsche Mädchen – die bunt aus den Völkerschaften der Monarchie zusammengewürfelt waren – zu dem Meteor hinauf. Die österreich-ungarischen Helden brachten ein paar Dynamitstangen an und sprengten ihn in tausend winzige Splitter. In der etwas weniger dramatischen Wirklichkeit hätte man den stürzenden Felsbrocken mithilfe einer größeren Masse, einer Eisenkugel etwa, ganz langsam aus seiner Bahn gelockt, bis er gefahrlos an der Erde vorbeigeflogen wäre. Aber bei einem Kometen funktionierte das leider nicht – zu erratisch die Flugbahn, zu gefährlich der Kometenschweif, zu unberechenbar das Annäherungsmanöver. Gegen einen Kometen half eigentlich nichts, als dass man sich der Gnade Gottes empfahl. Der Steuermann der »Titanic«, dachte Dudu Gottlieb müßig, hatte im letzten Augenblick schnell das Ruder herumgedreht, als jener berühmte Eisberg auf spiegelglatter See grau und gezackt ins Sichtfeld schwamm: Was für ein Jammer, dass es auf der Erde kein gewaltiges Steuerrad gab, mit dem man – bloß für einen Moment, für einen kleinen formlosen Schlenker nur – ihren Kurs um die Sonne ändern konnte. Denn was war ein Komet im Prinzip anderes als ein kosmischer Eisberg?

Der Mondflieger bereitete sich auf seinen tollsten Trick vor: Er klappte seine Tragflächen nach oben, um in die Erdatmosphäre einzutauchen – mit dieser Technik verringerte das Raumschiff seine Reibungsfläche, damit seine Aluminiumhülle beim Landeanflug nicht wegschmolz wie ein Stück Butter, das man in eine zischend heiße Pfanne wirft. Dudu Gottlieb war im letzten Augenblick aus dem künstlichen Schlaf aufgewacht, in den die Flugassistentinnen ihn gleich nach dem Abheben von der Mondstadt versetzt hatten; man sah dem k. u. k. Hofastronomen nicht an, dass er seit Wochen – nein, seit Monaten – aus zwei Koffern gelebt hatte. Sein schwarz gestreifter Anzug war immer noch ohne Knitterfalten, seine rote Seidenkrawatte saß ihm fest unter dem Adamsapfel. Mochten andere Naturwissenschaftler schlampig herumlaufen, Dudu legte Wert auf sein Äußeres: In seinem Inneren, so fand er, sah es schlampig genug aus.

Er gehörte zu den Letzten, die vom Mond zur Erde

zurückkehrten. Selene Schneider – um ein Beispiel zu wählen, das Dudu besonders am Herzen lag – war lange vor ihm abgereist, sie wollte ein letztes Weihnachten mit ihrer Familie in Oldenburg verbringen. (Und hatte es zwischen ihm und ihr denn jemals mehr gegeben als sehnsuchtsvolle Blicke, wortlose Dialoge über das, was möglich gewesen wäre? Nein, mehr war da nicht gewesen. Schmachtende Nachtschweißträume, aber keine Taten. Denn Dudu Gottlieb war vielleicht kein guter, aber ein treuer Ehemann.) Auch Siegfried Katz hatte längst das Weite gesucht – freilich nicht wegen Weihnachten, sondern wegen der jüdischen Feiertage. (Der Atheismus von Herrn Katz aus Hamburg hatte sich immer weniger triumphal ausgenommen, je deutlicher der Unstern mit seinem glitzernden Schweif in ihrem optischen Teleskop zu erkennen gewesen war: je größer und bedrohlicher, mithin *wirklicher* der Komet wurde. Kurz vor seiner Abreise hatte der deutsche Astronom sich von Dudu sogar zeigen lassen, wie man Tefillin – die rituellen Gebetsriemen – anlegt.) Nur ein paar Dummköpfe versuchten, auf dem Mond auszuharren oder jetzt noch in die Mondstadt zu reisen, um die Katastrophe dort oben quasi auszusitzen. Denn auf dem Mond zögerte man das Unvermeidliche ja nur hinaus, man verlängerte die Agonie. Gleich nach dem Aufprall des Kometen würden die Raumschiffe ausbleiben, die Nahrungsmittel in die Mondkolonie brachten; die Überlebenden würden ganz allmählich krepieren, sie würden die Toten beneiden, die das Gröbste (das Sterben) schon hinter sich hatten. Übrigens ist der Mensch zumindest in dieser Hinsicht wie ein Tier – er verkriecht sich zum Sterben nach Hause. Und ein anderes Zuhause als die Erde (diese blau-weiß-braune Kugel voller wimmelnd-chaotischem Leben, die in der Himmelnachtschwärze langsam um sich selber rotiert) haben wir ja nicht.

Ich bin Ptolemäer, sagte sich der k. u. k. Hofastronom klammheimlich, während der Mondflieger in die äußersten, noch zart wabernden Ausläufer der Atmosphäre eintauchte. Ich glaube, dass unsere kleine Menschenwelt im Zentrum des Universums liegt. Was, bitte, gehen mich die anderen Sterne an? Die gute alte Erdenschwere zerrte an seinen Gliedern, die so viel Gravitation nicht mehr gewöhnt waren. Es war anstrengend.

Aus dem Bordfenster sah Dudu jetzt, da der Mondflieger um die eigene Achse gerollt war und seine Flügel hochgeklappt hatte, nur noch fade, finstere Endlosigkeit; aber der Bildschirm vor ihm zeigte, wo sie sich gerade befanden: direkt über Lemberg. Dort drunten rollten – wie seit hundert Jahren schon – die Straßenbahnen über das Kopfsteinpflaster. Die Namen der Straßen waren in vier Sprachen ausgeschildert: auf Deutsch, im Ukrainischen der Ruthenen, auf Polnisch und in hebräischer Quadratschrift, also im verachtet-geliebten »Jargon« – dem Jiddischen seiner Vorfahren. (Ein Drittel der Einwohner von Lemberg waren Juden.) Dudu Gottlieb sah die im habsburgischen Ockergelb gehaltenen Fassaden der Bürgerhäuser vor sich: hier der Ferdinandplatz, weiter hinten die St. Annenstraße und drüben der Krakauer Platz. Breite Boulevards, enge Gassen, verwunschene Höfe. Im Stadtpark von Lemberg stand groß und gewaltig das Monument zu Ehren von Erzherzog Wilhelm Franz – eine kubistische Bronzeskulptur, die Fritz Wotruba verbrochen hatte. In Lemberg war Erzherzog Wilhelm vor allem als »Wassyl Wyschiwanni« bekannt, oft wurde er aber auch liebevoll »der rote Prinz« genannt*, seiner sozialdemokratischen Sympathien wegen. Der rote Prinz hatte in Wien fleißig antichambriert, auch ein wenig am Hof intrigiert, bis den Ruthenen – mit denen der Erzherzog sich bis in die letzte Faser seines edlen Herzens identifizierte – endlich huldvoll eine Heimstatt und kulturelle Autonomie, kurz: ein eigenes Kronland gewährt wurde (nach dem »Anschluss« von 1938 und der »Heimholung« von 1941). Oft war Dudu mit seinen Eltern am Schabbes im Stadtpark spazieren gegangen; manchmal bestiegen sie aber auch den Franz-Josephs-Hügel und schauten auf die Kirchtürme und Paläste der schönen alten Stadt hinunter.

Dort! Der Kuppelbau des Reformtempels (in den seine Familie selbstverständlich nie gegangen war, die Gottliebs beteten in der orthodoxen Goldene-Rosen-Synagoge). Dort! Das deutsche Theater, in dem Dudu zum ersten Mal mit Don Carlos gefiebert hatte. Da! Das Ruthenische Nationalinstitut: Sein Schulweg führte ihn beinahe jeden Morgen und Nachmittag an dem eindrucksvollen Gebäude vorüber. (Dudu war kein guter, sondern ein mittelmäßiger Schüler gewesen – seine Lehrer am jüdischen Lyzeum hatten ihm attestiert, er sei »begabt, aber faul«.) Da! Das nicht minder eindrucksvolle Ossolineum, ein Kulturtempel im klassizistischen Stil, in dem die Polen sich selbst feierten. (Ganz war die Rivalität zwischen Ruthenen und Polen auch nach 1941 nicht verschwunden; sie schmorte im Untergrund weiter, wie sich die Hitze in einem guten Kochtopf auch dann noch hält, wenn die elektrische Herdplatte längst ausgeschaltet wurde. Glücklicherweise lebten in Lemberg aber nicht nur Ruthenen und Polen, sondern auch Ungarn, Deutschösterreicher, Italiener und Bosniaken, sogar ein kleiner Haufen von Franzosen. Und jede Menge Juden, wie gesagt.) Am Krakauer Platz wurden Wochenmärkte abgehalten: Die Bauern aus der Umgebung boten in Holzbuden ihre Kartoffeln, allerhand Grünzeug, Wurzelgemüse, Äpfel und Birnen, halb gerupfte Gänse und Hühner feil. Pyramiden von bauchigen Gläsern voller Essiggurken. Der Geruch von frischer Minze und Thymian lag in der Luft. Als Kind war er jeden Freitagmorgen an der

Hand seiner Mutter dort gewesen, wenn sie vor Schabbes hektisch ihre Vorräte aufstockte – gerade noch rechtzeitig, denn pünktlich zum Sonnenuntergang musste das Essen für die Familie fertig sein.

Dudu Gottlieb kannte diese Stadt bei Licht und im Regen, er hatte ihre gelben Bürgerhäuser im Sommer wie im eisig dunklen Winter gesehen. Seine Eltern lagen dort begraben. Er würde bis ans Ende aller Erinnerung ein Bürger von Lemberg in Ost-Galizien sein.

Während Dudu noch diesem Gedanken nachhing, war der Mondflieger längst über die Donaumonarchie hinweggebraust; unter ihnen lag nun das Deutsche Kaiserreich. Die Deutschen (vulgo: Preußen) waren allseits unbeliebt, man warf ihnen Großmannssucht vor, auch einen eklatanten Mangel an Charme. Der Fachterminus für diese Abneigung war »Antigermanismus«. Das kommt eben davon, dachte Dudu, wenn man die führende Industrienation ist! In den Wissenschaften wie in den Ingenieurskünsten lag dieses Volk auf der ganzen Welt weit vorn im Rennen: Am »Technion« in Haifa wie am »Technologischen Institut« in Boston wurden Vorlesungen selbstverständlich in deutscher Sprache abgehalten. Aber war dieses harsche Urteil über den Nationalcharakter der »Preußen« (zu denen der Einfachheit halber auch Schwaben, Bayern, Sachsen etc. pp. gezählt wurden) nicht ein bisschen voreilig, um nicht zu sagen: ungerecht? Gewiss, es handelte sich um eine Nation von Tüftlern und Technikern, von Kaufleuten und Kommerzialräten; kaum ein Adjektiv traf tiefer ins Dunkle der deutschen Seele als das Wort »tüchtig«. Ja, diese Leute konnten – leider – schrecklich tüchtig sein und wurden dann leicht ungemütlich. Wie oft hatte er mit Jankel und Tinla in Straßburg darüber geklagt! Ein hoffärtiges, kaltes und herzloses Volk.

Aber waren diese Deutschen denn nicht auch so, wie sie in Reiseberichten seit dem 18. Jahrhundert immer wieder geschildert wurden: ein Volk von Eigenbrötlern, hintersinnig, liebenswürdig und etwas weltfremd, mit einem kindlichen, manchmal geradewegs albernen Sinn für Humor begabt und gesegnet? (Als Beweis für diesen Humor konnte vielleicht der Umstand gelten, dass im vergangenen Jahrzehnt die Anarchisten in Berlin immer mehr Einfluss gewonnen hatten: Sie hielten jetzt fünfzehn Prozent der Sitze im Reichstag. Die deutsche Anarchistenpartei – offiziell »Anarchistische Parteiorganisation«, kurz »Apo« genannt – wollte den Staat abschaffen, die Kapitalisten enteignen, das Reichsheer auflösen, gleichzeitig war sie der Kaiserin in Nibelungentreue fest ergeben. So etwas brachte wohl nur dieses seltsame Volk zustande – kaisertreue Anarchisten!) Deutschland: Das waren nicht nur Fabriken, Soldaten, rauchende Schornsteine, sondern auch verfallene Burgen und Fachwerkhäuser. Deutschland: Das war nicht der »faustische Mensch«, es waren viel eher verschrobene Gestalten wie Palmström und Kunkel, die Christian Morgenstern sich ausgedacht hatte – in Versen voller Witz und Menschenfreundlichkeit. Deutschland: Das waren traditionsreiche Städte wie Wuppertal, Frankfurt und Bochum, die in ihrer Substanz seit einem Jahrhundert niemand angetastet hatte. Gewiss, wenn Dresden in jedem zweiten Reiseprospekt mit Florenz verglichen wurde, so war das ein dummes touristisches Klischee – aber dieses Klischee basierte auf einem Fundament aus Tatsachen: Die schönsten Stadtlandschaften in Europa waren (wenn man einen Moment lang von Italien den Blick abwandte) jene im Deutschen Kaiserreich. So viel barocke Pracht und gotische Spitzgiebeligkeit; so viele schattige Alleen aus der Gründerzeit. Enge, verwinkelte Straßen, die sich unvermutet zu stillen alten Plätzen hin öffneten.

Wenn es eine *France profonde* gab, überlegte Dudu Gottlieb, dann existierte auch eine *Allemagne profonde* – ein tiefes, das hieß: auf gute Art provinzielles Deutschland, das sich nicht vom Strom der Zeit hatte mitreißen lassen. Und war nicht just diese *Allemagne profonde* auf das Engste mit der jüdischen Geschichte verbunden? Hatte der Maharam – der große Meir ben Baruch – nicht in Rothenburg ob der Tauber (also mitten im tiefsten Franken) seine Jeschiwa unterhalten, eine der wichtigsten Talmudhochschulen des Mittelalters? War Eleasar ben Jehuda ben Kalymnos etwa kein Rabbiner in Worms gewesen? Stolperte man in Deutschland nicht heute noch auf Schritt und Tritt über verschlafen-idyllische Dörfer mit einer Synagoge, einem rituellen Tauchbad, einem koscheren Metzger, der die Tiere nach alter Väter Weise schächtete, und einer blühenden Judengemeinde, deren Mitglieder seit Jahrhunderten in der Provinz verwurzelt waren? Viehhändler, Landärzte, Hausierer, Hausfrauen, Hopfenhändler – ganz normale Durchschnittsleute und bei den Gojim in ihrer Umgebung hoch angesehen. In Franken und im Hessischen, in Württemberg, in Thüringen und am Niederrhein. Hatte der jüdische Dichter Ludwig Pfeuffer* als Kind nicht ausgerechnet den Kreuzberg in der Rhön für den Sinai gehalten? War seiner kindlichen Fantasie das biblische Tal Eilah (in dem der junge David den Riesen Goliath mit einer Steinschleuder niederstreckte) nicht eine bewaldete Talmulde in der Nähe von Würzburg gewesen?

Unterdessen hatte der Lärm im Mondflieger längst angefangen, Dudus Ohren zu betäuben. Das Riesenflugzeug mit den hochgeklappten Tragflächen tauchte in flachem Winkel in die Atmosphäre ein, wurde dann in den Weltraum zurückgeschleudert und ließ sich abermals flach in die Atmosphäre hinunterfallen – nicht anders als ein Kiesel, den ein Junge mit geschicktem Drehschwung mehrfach über das Wasser hüpfen lässt. Je mehr die Aluminiumhülle des Mondfliegers sich dabei an dem luftigen Element rieb, desto lauter schwoll auch das Sausen, Pfeifen und Schrillen: Die Mondflugassistentinnen empfahlen deshalb, dass man sich in dieser Phase des Landeanfluges schwarze Kopfhörer überstülpte und Musik hörte. (Die Klimaanlage lief auf hohen Touren, um die Kabinentemperatur auf ein erträgliches Maß herunterzukühlen; schließlich sollten die Passagiere nicht in einem Backofen reisen.) Dudu Gottlieb hörte Mahlers »Lied von der Erde«, während der todgeweihte Planet da drunten ihnen entgegenrollte und sie über ihn hinweg schneller als der Schall in Richtung Westen flogen.

Die Alte Welt verschwand hinter der Krümmung des Horizonts, schon beschrieb der Mondflieger eine Linie über die Vereinigten Staaten von Amerika: diese Schweiz von der Größe eines Kontinents, dieses Land der Kuhhirten und Indianer, das in weltpolitischen Fragen strikte Neutralität wahrte (nie würde Dudu es bereisen können). So flogen die Passagiere des Mondfliegers konsequent gen Westen um die Erdkugel herum; folgerichtig kamen sie im Fernen Osten an. Bald fanden sie sich über einem Zipfel des indischen Subkontinents wieder. Weit, weit unter ihnen trugen dort die Briten die Bürde des weißen Mannes.* Sie sorgten für demokratische Wahlen und achteten darauf, dass das indische Kastensystem keinen allzu schweren Schaden anrichtete: dass also auch der Tschandala – der Unberührbare – vor Gericht sein Recht bekam. Sie verhinderten, dass Frauen auf Scheiterhaufen verbrannt wurden. Die britischen Kolonialbehörden schufen Ausgleich zwischen Heiden und Rechtgläubigen; sie hielten ihre schützende Hand über Moscheen wie Hindutempel und die Heiligtümer der Sikhs. Wenn es doch einmal zu Gewaltausbrüchen kam – wenn etwa ein Mob von fanatischen Hindus einen Pogrom gegen Muslime verübte –, dann machten die britischen Sahibs kurzen Prozess und knüpften die Rädelsführer auf.

In letzter Zeit war in Europa allerdings eine Bewegung gewachsen, die ein Ende der Kolonialherrschaft forderte (aller Kolonialherrschaft, nicht nur der britischen). Das Argument zuungunsten des Kolonialismus lautete, kurz gesagt, dass er sich nicht rechnete; die Investition in die Infrastruktur der kolonisierten Länder warf leider keine Rendite ab. Volkswirtschaftlich hatten die Gegner des Kolonialismus ohne Zweifel auf Heller und Pfennig recht. Aber gab es denn nicht auch moralische Erwägungen?, dachte Dudu Gottlieb trotzig, während ihm Gustav Mahler mit seinen süßen Bitterkeiten in den Ohren lag. Hatten die Europäer nicht die Pflicht, den Menschen in den Entwicklungsländern zu helfen? Schuldeten sie den Negern, Indern und Chinesen nicht wenigstens, dass sie ihnen die Güter der Kultur nahebrachten?

Gegner des Kolonialismus antworteten darauf meistens mit einer scheinheiligen Aufzählung sämtlicher Verbrechen, die Europäer einst an den primitiven Völkern begangen hatten. Aber folgte denn nicht gerade aus den Sünden der Vergangenheit, dass man jetzt eine Verantwortung trug? Durfte man die Entwicklungsländer aus kalten wirtschaftlichen Gründen ab- und zurückstoßen: Durfte man diese armen Menschen sich selbst überlassen? Mit einem Ruck fiel Dudu Gottlieb ein, wie blödsinnig diese ganze Diskussion mittlerweile geworden war – Gegner wie Befürworter eines moralischen Kolonialismus würden in wenigen Monaten nicht mehr da sein, sie würden beide namenlos krepieren. Und auch das mächtige britische Weltreich würde in weniger als einem Jahr zu Staub zerfallen.

Die Donaumonarchie blieb von diesem Streit ohnehin unberührt: Sie unterhielt bekanntlich keine Kolonien.* Die Monarchie brauchte auch keine. Ihre geografische Ausdehnung – der die überwältigende Vielfalt ihrer Nationalitäten entsprach – war ohnehin gewaltig genug. In jedem Schullesebuch fand sich das Dichterwort über dieses große, vielgestaltige Reich, das die geografische Mitte des Erdteils bildete. Auch Dudu hatte es einst auswendig lernen müssen: »In seinem Westen berührt dies jahrhundertealte Staatsgebilde die Gewässer des Bodensees, gegen Nordosten und gegen den Aufgang zu grenzen seine Gebirge, seine Steppen und Ackerland an jene Gebiete Europas, welche die Vorlande Europas bilden, während der Süden des Reiches über Alpen und Karst hinabreicht, einerseits bis zu den Lorbeer und Ölbaum spiegelnden Buchten des Gardasees und andererseits bis an die blauen Fluten des Adriatischen Meeres.«

Dina in Raab, etwas mehr als eine Fahrstunde von Budapest entfernt. Mimi und ihr Mann und die drei Kinder in Klausenburg. Judith in Brünn, die sich gerade einen Verlobten angelacht hatte.

Vor dem inneren Auge von Dudu Gottlieb stiegen die Bahnhöfe in den kleinen Provinzorten auf, wie sie über ganz Österreich-Ungarn verstreut lagen, gelb, winzig, beschützt von dem kristallenen Glasdach des Perrons und überwacht von dem schmalen Doppeladler auf gelbem Hintergrund. Etwas Heimatliches ging von diesen Bahnstationen aus. Überall fand man die gleichen Elektromobile aus dem Hause Steyr-Daimler-Puch; überall die gleichen Almdudler-Reklamen; überall die gleichen Bahnhofsrestaurants, die gleichen Cafés mit den gleichen Palmen, Büffett, und zur Dicklichkeit neigenden Kassiererinnen. Wunderbar? Vielleicht war es übertrieben, wenn man dieses Reich geradezu »wunderbar« nannte, aber gut bewohnen konnte man es allemal: ein Land, das aus Regeln, Herkunft und ein bisschen Fortschritt gemacht war, ein Reich, dessen Wesen nicht das Zentrum war, sondern die Peripherie. Ein Imperium, das auf dem Weg in die Zukunft jene Lahmen, Mühseligen und Beladenen nicht zurückließ, die der modernen Entwicklung hinterherhinkten. Ein schlampiges Gebilde, das aus vielen Völkern zusammengestückelt war: keine Internationale, wie die Austromarxisten sie vergeblich herbeiträumten, sondern – viel praktischer – eine Hinternationale. Reaktionär, fortschrittlich und human.

Niemand würde übrig bleiben, um Kaddisch zu sagen.

Dudu rollte ein Gedanke im Schädel herum, über den er sich ob seiner Plumpheit beinahe schämte. Jener Gedanke entbehrte jeglicher Subtilität; ihm fehlten Schliff und Brillanz; von jedem gebildeten Publikum wäre man ausgelacht worden, hätte man sich getraut, eine solche Banalität laut auszusprechen. Nur ein einziges armseliges Argument sprach für Dudus Gedanken: dass er zufällig richtig war. Es ist schade drum, dachte Dudu Gottlieb. Es ist schade drum. Und er haderte mit seinem Gott.

Der Mondflieger war nun – nach vielen flachen Hüpfern und einer beinahe vollendeten Weltumrundung – so tief in jenen Ozean aus Luft eingetaucht, der unseren Planeten umhüllt, dass er sich in ein normales Flugzeug verwandeln konnte. Die Tragflächen wurden also heruntergeklappt, und sowie der Mondflieger in eine stabile Lage gebracht war, zündete der Flugkapitän die Düsen; man nahm nun energisch Kurs in Richtung Wien auf. Zwei Stunden würde es noch bis zur Landung dauern, meldete die Stimme einer Mondflugassistentin, dann knackte es im Kopfhörer; Dudu lauschte weiter dem »Lied von der Erde«.

Eva und Susi (nein, auf Wunsch einer einzelnen Dame musste er sie jetzt ganz erwachsen »Susanne« nennen) würden am Flughafen in Schwechat auf ihn warten. Beide waren gewachsen, er hatte in der Zwischenzeit gleich zwei Kindergeburtstage verpasst. Barbara würde ihm um den Hals fallen und ihn vor allen Leuten – sie kannte da keine Scham – mitten auf den Mund küssen. Barbara mit den Lächelfalten um ihre Augen (die hellen Augen von Selene waren gewiss nicht schöner gewesen); Barbara mit den Grübchen in den Wangen; Barbara mit den geschickten, klugen, zärtlichen Händen. Barbara, die ihn auch dann ertrug, wenn er unleidlich war. Barbara, die ihn manchmal aus- und manchmal anlachte. Barbara: seine Frau. Dudu Gottlieb dachte an den Traubaldachin, unter dem er vor Jahren mit ihr gestanden, an das Glas, das er einst unter der Ferse zermalmt hatte. Er erinnerte sich an die Hochzeitsnacht und an viele Nächte danach: »Siehe, mit diesem Ring hier bist du mir angetraut nach dem Gesetze Mosis und Israels.« Und mit einem Mal wusste Dudu Gottlieb, was er zu tun hatte, obwohl es offenkundig verrückt war. 253 Tage – es würde knapp werden, aber vielleicht war es gerade genug Zeit. Genug, um Gott – dem *riboine schel oilom* – diesen Fehdehandschuh, diese unverschämt-demütige Bitte um Rettung der Welt vor die Füße zu schleudern. Ja, 253 Tage reichten vielleicht aus. Wenn er ein bisschen Glück hatte. Wenn er noch nicht zu alt war. Dudu, sagte er zu sich selber, du bist nicht gescheit, du bist narrisch, spinnert, total meschugge. Aber er wusste sicher und klar, was er tun musste; so ein kleiner Weltuntergang konzentrierte den Geist doch ungemein. Ein jungenhaftes Grinsen ließ Dudus bleiches bärtiges Gesicht beinahe attraktiv aussehen.

Zur selben Zeit flanierte der Mann, den wir als André Malek kennengelernt haben, ein paar Hundert Kilometer weit entfernt durch den Wiener Stadtpark. Er war dick in einen Mantel vermummt und hatte seine Stirn in ein Wollband gehüllt, es war schneidend kalt. Idioten, dachte Malek, alles Idioten. Außer mir. Die alten Lateiner hatten eben recht: *mundus vult decipi.* Die Welt will, dass man ihr frech ins Gesicht lügt. Je frecher und größer die Lüge, desto eher wird sie geglaubt. Alle fielen sie jetzt auf den Schmäh mit dem Kometen herein. Und kein Mensch stellte die nächstliegende Frage: *cui bono,* wem nützt es? Dieses verrottete Habsburgerreich. Die Elite war sich doch für nichts zu schade. Sie setzte das Gerücht vom Untergang in die Welt und zementierte ihre Herrschaft damit für die nächsten tausend Jahre. Lächerlich. Im Grunde lächerlich.

War es eine Verschwörung? Nein, denn der Betrug fand ja in aller Offenheit statt. Malek dachte bitter: Alles Simulation. Die Lüge wird zur Weltordnung gemacht. Er kam an dem Bassin vorbei, in dem die Kinder im Sommer ihre ferngelenkten Segelschiffe zu Wasser ließen; jetzt war das Bassin zugefroren, der Steinrand von Pulverschnee überstäubt. Wie die Kinder, dachte Malek. Wie Kinder, die auf die Bescherung warten. Diese Idioten glauben wirklich alles, was man ihnen vorsetzt. *Mundus vult decipi.* Ich habe es ja selber erlebt. Wie lange ist das jetzt her: dreißig Jahre? Vielleicht dreißig oder auch vierzig Jahre. Unglaublich, vierzig Jahre renne ich jetzt schon als »André Malek« durch die Gegend. Ach, wie gut, dass niemand weiß. Das Reihenhaus in Wiesbaden. Rasensprenger und Glasziegel. Mutti (Mathematiklehrerin) kommt von der Schule nach Hause; Vati darf nicht gestört werden, denn er schreibt seine Doktorarbeit. Langweilig. Laaaangweilig! Die Axt. Die Kühltruhe. Die Heime.

Später die einzigen Jugendfreunde: Marx und Nietzsche. Natürlich hatte er die Zitate immer noch griffbereit im Gedächtnis. »Der kategorische Imperativ, alle Verhältnisse umzuwerfen, worin der Mensch ein erniedrigtes, ein geknechtetes, ein verlassenes, ein verächtliches Wesen ist.« Grandios! Andererseits aber auch: »Die Schwachen und Missratnen sollen zugrunde gehen: erster Satz *unserer* Menschenliebe. Und man soll ihnen noch dazu helfen.« Das Heil wird erst kommen, wenn Nietzsche seinen Marx und Marx den Nietzsche gelesen hat, dachte Malek. Bis dahin: alles langweilig.

Oh, dass ich große Laster säh,
Verbrechen, blutig, kolossal –
Nur diese satte Tugend nicht
Und zahlungsfähige Moral.

Der Philosoph schlenderte an dem Monument im Stadtpark vorbei, das Alice im Wunderland zeigte, wie sie auf einem Riesenpilz aus Bronze saß: ihr zu Füßen der Märzhase und der verrückte Hutmacher. Wer dachte sich denn so etwas aus? Charles Lutwidge Dodgson, das pädophile Schwein. Aber dieser junge russische Baron – Alexander? Alexej? – war doch ein süßer Fratz. Das Süßeste an ihm: dass er selber nichts davon ahnte. So erotisch, so unschuldig! Leider war aber auch jener Russe ein Idiot. Korrumpiert, dumm, affirmativ. So sind die jungen Leute eben heutzutage. Aber was für ein Hintern! Wie lautete das Wort noch einmal? Richtig, *derrière. Ravissant, lascif, salace.* Er musste an seinem Französisch arbeiten. Ach, wie gut, dass niemand weiß. Sprach Jakob Apfelböck im milden Licht. Wie gut, dass die Welt aus Idioten bestand; es war so leicht, sie hereinzulegen. Auf der anderen Seite: wie schlecht, dass die Welt aus Idioten bestand. Nietzsche: »Wer allein hat Gründe, sich *wegzulügen* aus der Wirklichkeit? Wer an ihr *leidet.* Aber an der Wirklichkeit leiden heißt eine *verunglückte* Wirklichkeit sein.« Malek stapfte durch den Schnee zwischen den Gehwegen. Vielleicht ist das hier alles ein Traum, dachte er. Das kann doch gar nicht wahr sein. Wir sind durch das Kaninchenloch aus der Realität herausgefallen, jetzt bilden wir uns ein, wir lebten noch in der Kaiserzeit. Die Wahrheit ist vermutlich: Ich träume diese Scheiße nur. Malek im Wunderland. Sonne, Mond und Sterne, alles von mir. Stadtpark, Eis und Schnee, alles von mir. Der Itzig mit den Schläfenlocken, der gerade hier vorbeimarschiert: von mir. Franz Joseph II. in seiner Hofburg: von mir.

Nur den Kometen, den habe ich nicht geträumt. Den habe ich mir nicht träumen lassen. Der Komet ist real – weil er nämlich den Köpfen der Herrschenden entsprungen ist. Es ist alles so langweilig!

Für den Nachmittag wurde von Malek erwartet, dass er – obwohl doch Neujahrstag war – ein Privatseminar für eine Gruppe handverlesener Studenten abhielt. Es sollte um sein Lieblingskapitel in Hegels »Phänomenologie des Geistes« gehen: das Kapitel über Herr und Knecht. Selbstverständlich beherrschte er den Stoff aus dem Effeff. Der Anfang der Geschichte nach Auskunft von G. W. F. Hegel: ein Zweikampf um Anerkennung – ein Kampf auf Leben und Tod. Einer gewinnt, einer bleibt als Leiche auf dem Duellplatz zurück. Ziel verfehlt. Denn jetzt ist leider keiner mehr da, der den anderen anerkennen könnte. Nächste Stufe des Zweikampfes darum: Einer von beiden unterwirft sich. Er wird zum Sklaven, zum Geherda, zum Knecht. Wer ist also der Herr? Derjenige, der den Tod weniger fürchtet. Der ihn verachtet. Der ihm lachend ins Gesicht blickt. Das ist die Qualifikation, das Fundament, die Voraussetzung. Und nach dieser Definition – Malek schnaufte wütend – waren die Habsburger eben gerade keine Herren, sondern das Gegenteil. Was für ein schlechter Witz: ein Kaisergeschlecht, das sich aus geborenen Knechten zusammensetzt. *Bella gerant alii, tu, felix Austria, nube!** Nicht Blut und Eisen. Kluge diplomatische Hochzeiten quer durch Europa. Feiger Schwachsinn. Erbärmliche Gartenzwerge. Und keiner von ihnen erbärmlicher als Franz II., dachte Malek, während er seine Schritte langsam zum Rand des Stadtparks lenkte. Jedes Schulkind kannte die Tatsachen: Frühsommer 1914, Truppeninspektion in Sarajevo. Die Wagenkolonne fuhr von der Westgrenze der Stadt ins Zentrum. Der Attentäter wartete schon. Eine Bombe kam geflogen. Franz II. hob den Arm, die Bombe prallte ab, rollte über das zurückgelegte Verdeck nach hinten und explodierte auf der Straße. Mehrere Verletzte. Und dann hatte Franz II. (damals noch Erzherzog Franz Ferdinand) die gesamte Wagenkolonne wenden lassen – mit dem längst historisch gewordenen Ausspruch: »I bin doch ned deppat, i fohr wieder z'haus.« (Für Reichsdeutsche: Ich bin doch nicht bescheuert, ich fahre wieder heim.) Zwei Jahre später: Thronbesteigung.*

Wirklich zum Kotzen, dachte André Malek. Keine Spur nobler Todesverachtung.

Mittlerweile war er in der Johannesgasse angekommen; außer ihm sah man keinen Menschen auf dem Trottoir. Die Meteorologen meldeten für Wien folgende Witterung: vier Grad minus, keine Niederschläge, geringe Luftfeuchtigkeit; vollkommene Windstille. Trotzdem fuhr mit einem Mal eine mörderische Bö durch die Häuserreihe. Just in diesem Moment spazierte André Malek (einen anderen Namen für diesen Menschen wissen wir ja nicht) unter einer Fensterbank vorbei. Auf ihr stand ein Blumentopf: rot gebrannter, leicht verfärbter Ton, an der Seite ein haarfein-gezackter Riss. Der Topf war mit Blumenerde bester Qualität gefüllt, in der wärmeren Jahreszeit wurden

Geranien darin gezogen. Die Fensterbank, auf der das Tongefäß stand, befand sich hoch oben im fünften Stock. Jene Bö, die so plötzlich durch die Johannesgasse gefegt war, ließ Malek vor Kälte schaudern: Er raffte den Mantel enger um seinen Leib und zog den empfindlichen Hals ein; diese Mühe hätte er sich sparen können. Denn der Windstoß führte genug kinetische Energie mit sich, dass er den Topf nun wie eine unsichtbare Hand über den Rand schob. Der Blumentopf kippte und fiel mit einer Beschleunigung von g = 9,807 Metern pro Quadratsekunde in die Tiefe, geradewegs dem Erdmittelpunkt entgegen; er konnte nicht anders, so war es ihm seit Anbeginn der Schöpfung bestimmt. Und der Hinterkopf von »André Malek« befand sich just in seiner Flugbahn; auch der Hinterkopf konnte nicht anders, denn Malek musste ja zu seinem Seminar. Das mit Erde gefüllte Gefäß zertrümmerte Malek den Schädel wie ein Eisenhammer.

Dem Fernsehphilosophen blieb nicht einmal mehr Zeit, sich gehörig zu wundern. Von dunklen Blutspritzern und heller Hirnmasse im schmutzigen Schnee wenden wir erschüttert den Blick. (Ja, auch um dieses Gehirn ist es schade.) Der Mann, den sie Malek nannten, stürzte mit weit ausgebreiteten Armen zu Boden – er war tot, noch ehe seine Stirn hart das Pflaster küsste.

Epilog

Austria Erit In Orbe Ultima

Am Morgen des Weltuntergangs lag Wien wie ausgestorben da. Kein einziges Elektromobil surrte über die Straßen, die öffentlichen Verkehrsmittel hatten schon am Vorabend den Betrieb eingestellt. Am Ringstraßenkorso, wo sonst die Massen von der Sirk-Ecke zum Schwarzenbergplatz und retour promenierten, wo alte Freunde sich trafen und die besseren Huren nach Freiern Ausschau hielten, war keine Menschenseele zu erblicken. Über die Bühne der Hofoper hatte sich zum letzten Mal der rote Samtvorhang herabgesenkt. An der Börse herrschte eine Baisse, die eine immerwährende war. Im Reichsrat, wo einst die Abgeordneten in allen Zungen Babels durcheinandergeredet hatten, hörte man nun kein Sterbenswort mehr. Die Redaktion der *Neuen Freien Presse* hatte sich in der Frühausgabe – eine Spätausgabe würde es leider nicht mehr geben – mit der gebührenden Ergriffenheit von ihrer Leserschaft verabschiedet. An der Hofburg wehte die Flagge mit dem Habsburgerwappen auf halbmast. Der Kaiser hielt eine ultimative Fernsehansprache (übrigens in Hemdsärmeln); seine letzten öffentlich genuschelten Sätze lauteten (wie nicht anders zu erwarten): »Gott sei unseren Seelen gnädig, Gott schütze Österreich-Ungarn.« Der Wind riss das Herbstlaub von den Bäumen.

Eine vergleichbare Totenstille wie über Wien hatte sich auch über die anderen Großstädte der Monarchie gebreitet: kein Ton also aus Budapest und Prag, Krakau und Lemberg, Laibach und Triest. Und kein Ton auch aus dem Rest der Welt: aus Paris, London und Berlin, kein Ton aus Delhi oder New York. Der Komet war mittlerweile dermaßen hell geworden, dass sein Schweif am Nachthimmel die Sterne überstrahlte. Tagsüber kam es bei bedecktem Himmel oft vor, dass er der Sonne die Schau stahl. Die meisten Wiener zogen es vor, den Weltuntergang in ihren eigenen Wänden zu erleben bzw. erdulden; ein paar, die es sich leisten und ein Visum ergattern konnten, waren allerdings geflohen – die meisten nach Amerika, einige sogar bis ins ferne Australien und nach Neuseeland. Dabei hatten die Fachleute ausdrücklich gewarnt: Kein Mensch würde verschont bleiben. Wer flüchtete, der verlängerte nur seine Pein.

Wenn wir gerade behauptet haben, Wien sei am Morgen des Weltuntergangs wie ausgestorben gewesen, so stimmt dies wohl für alle inneren, auch für die meisten äußeren Bezirke – indessen gab es eine bedeutende Ausnahme. Diese Ausnahme war Grinzing. In den Heurigenlokalen hätte der Flaneur keinen Sitzplatz mehr gefunden, die Menschentrauben wucherten unordentlich bis draußen auf die mit Kopfstein gepflasterten engen Straßen. Viele Tausend hatten beschlossen, ihre letzte Nacht auf Erden im Zustande des Vollrausches zu verbringen; und so kurz vor dem Ende bestand kein Schankwirt mehr darauf, dass die Gäste ihre Zechen bezahlten. Die Morituri schütteten darum ganze Teiche in sich hinein: Vergorenes von der Traube, vom Apfel und der Birne, auch Höherprozentiges wurde im Geiste der Brüderlichkeit herumgereicht. Wer sich den Heurigenlokalen schlendernd näherte, der hörte schon von Weitem einen wabernden Gesang aufsteigen: »Es werd a Wein sein und i werd nimmer sein.« Das entsprach zwar nicht den naturwissenschaftlichen Tatsachen (nach dem Einschlag des Kometen würde gar nichts mehr wachsen, auch kein Wein), aber es traf die Gemütslage der Singenden erstaunlich genau.

Wer nun im Frühtau – die Stimmen der Betrunkenen

wurden hinter ihm immer schwächer – eine jener gewundenen Straßen erklomm, die aus Grinzing hinausführen, der stand schon bald auf dem Cobenzl, einem grünen Hügel vor den Toren von Wien. Vor sich hatte ein solcher Spaziergänger die schönste Aussicht auf die Haupt- und Residenzstadt; hinter ihm begannen schon die sanften Buckel des Wienerwaldes.

Nahe dem Gipfel des Cobenzl stehen vierzig Bäume verschiedener Sorten in einem weiten Kreis – angeblich hat jener Baumkreis magische Eigenschaften, es soll sich um ein uralt-keltisches Horoskop handeln. In Wahrheit dürfte sich eher ein Witzbold die Sache ausgedacht haben, was für Leute, die daran glauben, selbstverständlich kein Argument ist. Von größerer aktueller Bedeutung war, dass der Komet unweit von hier einschlagen sollte. Kurz vor neun Uhr würde er die äußerste Luftschicht der Erde durchbrechen; dann, so prophezeiten die Experten, würde er mit Schallgeschwindigkeit quer über den Himmel sausen und drei Minuten nach neun Uhr das Ziel seiner schrecklichen Reise erreichen. Wer auf dem Gipfel des Cobenzl stand, würde nicht viel zu leiden haben – außerdem herrschten an diesem Dienstagmorgen zufällig gute Sichtverhältnisse. Es hatte sich darum eine große Menge dort oben eingefunden: In dem Baumkreis und auf der weiten Wiese daneben standen Wiener aller gesellschaftlichen Klassen, aller Konfessionen, aller ethnischen Zugehörigkeiten, die man sich nur denken kann.

Sie standen da und schickten sich in das Unvermeidliche.

Die Lage war hoffnungslos, aber nicht ernst. Verzweiflung ist bekanntlich ein Luxusgut, das sich nur jene leisten können, die sich nicht in einer verzweifelten Lage befinden;

wer dagegen bis zum Halse im Schlamassel steckt, wer keinen Ausweg mehr sieht, dem bleibt überhaupt keine Zeit zum Verzweifeltsein. Er hat Dringenderes zu tun (etwa: fluchen, beten, Witze reißen). Die Stimmung dort oben auf dem Cobenzl war darum beinahe ausgelassen. Eine kleine Kapelle – Tuba, Elektrogeige, Schlagzeug, Ziehharmonika, Bassgitarre – hatte ihre Lautsprecher aufgepflanzt; sie spielte jene Art von elektronisch verstärkter Zigeuner- und Balkanmusik, mit der das k. u. k. Reich künstlerisch längst die Weltherrschaft errungen hatte. Ein Dutzend Paare drehten sich auf der Wiese übermütig im Tanz. Eine kleine Tribüne war aufgebaut worden – denn hoher, ja allerhöchster Besuch hatte sich angekündigt. Doch das mochte ein Gerücht sein, niemand wusste Genaues. Um genau 8.20 Uhr aber hielten drei lange schwarz lackierte Staatskarossen an der Auffahrt zum Cobenzl (die Welt hatte jetzt noch weniger als sechzig Minuten zu leben). Aus dem mittleren der drei schwarzen Elektromobile stiegen – nicht zu glauben! – Seine Majestät höchstselbst und seine ernst dreinblickende Gemahlin, eine Matrone mit grauem, einst blondem Haar aus dem Geschlecht der Romanows; der Kaiser führte zwei kleine Erzherzöge an den Händen, seine vier erwachsenen Kinder und die sieben kaiserlichen Enkel hatten sich auf die anderen Karossen verteilt und folgten ihnen nun nach. An diesem letzten Tag war naturgemäß keine Leibwache mehr nötig. Die Menschenmasse auf dem Cobenzl bildete ehrfurchtsvoll Spalier für die Hohe Familie, gemessen schritt sie zwischen ihren Untertanen hindurch zur Tribüne. Die Kapelle brach ihre fröhliche Tanzmelodie in der Mitte eines Taktes ab; und wie auf Kommando ließ sie jene sanft-feierliche, zutiefst unschuldige Melodie von Joseph Haydn erklingen, die nie einem anderen Land als Österreich-Ungarn gehört hat. Sowie der Monarch und die Seinen die kaiserliche Tribüne erreicht hatten, erhob die Menge auf dem Cobenzl ihre tausendkehlige Stimme. Jeder kannte den Text seit seinen Schultagen auswendig:

Gott erhalte, Gott beschütze
Unsern Kaiser, unser Land!
Mächtig durch des Glaubens Stütze
Führt er uns mit weiser Hand!
Lasst uns seiner Väter Krone
Schirmen wider jeden Feind:
Innig bleibt mit Habsburgs Throne
Österreichs Geschick vereint.

Seltsamerweise hatten die Worte der Volkshymne nie wahrer geklungen als just in diesem Augenblick:

Lasst uns fest zusammenhalten,
In der Eintracht liegt die Macht;
Mit vereinter Kräfte Walten
Wird das Schwere leicht vollbracht,
Lasst uns, eins durch Brüderbande,
Gleichem Ziel entgegengehn!
Heil dem Kaiser, Heil dem Lande,
Österreich wird ewig stehn.

Unter den Singenden waren verschiedene Gesichter auszumachen, die uns womöglich bekannt vorkommen. Dort drüben etwa stand Thomas Biehlolawek, der herzensgute junge Mann mit den hellen Locken, der Alexej von Repin einst in den Salon von Barbara Gottlieb eingeführt hatte. Und wen hielt Thomas im Arm? War das nicht ein auffällig hübsches Mädchen? Wer erinnert sich noch an die blonde böhmische Bedienstete, die den Gästen von Barbara Gottlieb im charmanten Akzent der Prager

Kleinseite ein »Klaßerl Ssekt« angeboten hatte? Keine andere als jene; Jana hieß sie. Thomas hatte die blonde Böhmin schon vor Monaten nach allen Regeln der Kunst verführt, nun waren sie ein Paar.

Nicht weit von den beiden entfernt stand der rumänische Taxifahrer mit dem gewaltigen Schnurrbart, der Dudu Gottlieb einst so schlimm auf den Geist gegangen war. Innig umschlang er seinen Gefährten, einen langhaarigen jungen Mann mit Goldring im Ohr, den er gerade noch rechtzeitig vor einem kaiserlich-königlichen Standesbeamten geheiratet hatte. (In der österreichischen Reichshälfte gab es die Homosexuellenehe schon seit mehreren Jahren; in Transleithanien, wo die Moralvorstellungen altmodischer waren, würde sie nach Stand der Dinge nun nie eingeführt werden.) In der Mitte zwischen den Bäumen aber, die sich zum mystischen Kreis rundeten, war das Männlein zu erkennen, das Alexej aus dem Aufzug einst sein verschmitztes »Habe d' Ehre« nachgerufen hatte: der vertrocknete kleine alte Mann hielt seine Schirmmütze zwischen den Händen und sang die Volkshymne lauthals mit. Ihm gegenüber stand mit offenem Mund ein junger Chassid – ebenjener fromme Jude mit den Korkenzieherschläfenlocken, den wir am Anfang dieser Geschichte in den Aufzug haben steigen sehen. Eigentlich dürften wir nun erwarten, zwischen den Singenden auch Kevork Bagradian zu erblicken – den Gesandten des Osmanischen Reiches, den Armenier mit den eindringlich-dunklen Orientalenaugen. Bagradian weilte zu dieser Stunde freilich gerade nicht auf dem Cobenzl. Seine Exzellenz saß vielmehr Tausende Kilometer entfernt auf der Terrasse seiner Familienvilla in Anatolien und leerte dortselbst ein großes Glas Raki – sein letztes – auf das Wohl des Sultans.

Außer ihm fallen uns noch verschiedene alte Bekannte

ein, die wir eigentlich auf jener Wiese vor den Toren von Wien vermuten würden; aber wir finden sie nicht, auch wenn wir den dunklen Menschenwald noch so aufmerksam durchmustern. Unsere drei Hofräte zum Beispiel – wo sind sie geblieben?

Dr. Anton Wohlleben hielt im Café Central die Stellung, dem einzigen Café, das selbstverständlich auch am Weltuntergangstag geöffnet hatte (und das schon seit sieben Uhr früh!). Er hatte gerade eben einen Peter-Altenberg-Frühstücksteller für 12 Kronen und 50 Heller hinter sich gebracht: eine Melange, einen Orangensaft, ein kleines Rührei, Schinken, Käse, Wurst, Semmeln, Schwarzbrot, Butter, frischen Obstsalat. Nun überlegte Wohlleben, ob er sich von dem eilfertigen Ober mit dem Fliegenbärtchen zur Feier des Tages noch einen Piccolo bringen lassen sollte. Er war übrigens der einzige Gast weit und breit, an diesem Morgen wurde das Central ansonsten nur von Geistern, Unsichtbaren, Schatten frequentiert – aber das störte ihn nicht. Wohlleben verbarg seinen kahl-ovalen Intellektuellenschädel im *Pester Lloyd* von vorgestern und beschloss, dass er dem Ober auf alle Fälle ein ordentliches Trinkgeld dalassen würde.

Heinrich Grausenburger feierte im Stephansdom eine Messe in der Sprache des Heiligen Römischen Reiches. »In nomine Patris et Filii et Spiritus Sancti, amen«, sang er, während der Ministrant, ein blasser, sehr ernsthafter Junge mit Brille, neben ihm vorschriftsmäßig das Weihrauchfass schwang. Die meisten der knarzigen Holzbänke standen an diesem Morgen leer; eigentlich waren nur die alten Weiber gekommen, die sowieso immer in die Kirche gehen (ob draußen gerade die Welt untergeht oder nicht). »Introibo ad altare Dei«, sang der beleibte Kardinal, der sein traditionelles Purpurgewand trug. Zum Altare Gottes will ich treten. Und der Ministrant antwortete ihm im Wechselgesang: »Ad Deum qui laetificat juventutem meam.« Zu Gott, der mich erfreut von Jugend auf.

Prof. Dr. Adolf Brandeis hatte es sich zu Hause hinter seinem Schreibtisch bequem gemacht und »las ein Blatt Gemore« – das heißt, er studierte einen riesigen Talmudfolianten, der aufgeschlagen vor ihm lag. Nebenan in der Küche hören wir seine Frau rumoren (die Physikerin); sie kochte für beide eine kräftige Kanne Tee; kann es sein, dass sie dabei leise-vergnügt vor sich hin sang? Der Oberrabbiner von Wien an seinem Schreibtisch jedenfalls wiegte sich hin und her, er rückte seine kleine runde Goldbrille auf dem schmalen Nasenrücken zurecht, während er auf Aramäisch intonierte: »Die Baraisa hat festgestellt: Die *Mizwe* des Schofar und seine Voraussetzungen setzen die Verbote des Schabbes außer Kraft. Dies sind die Worte von Rabban Eliéser. Woher hat Rabban Eliéser dieses Gesetz? Wenn du sagst, er habe es vom Omer und dem Opfer der zwei Brote – das kann nicht sein: denn jedes ist notwendig für den Allerhöchsten, während das Schofar eine persönliche *Mizwe* ist.« Adolf Brandeisen war völlig ungerührt. Er glaubte bekanntlich nicht an den Weltuntergang.

Und Barbara Gottlieb? Wo war Barbara Gottlieb? Wir sehen sie nicht auf dem Cobenzl; wir sehen sie ganz gewiss nicht unter den Betrunkenen in Grinzing. (Mittlerweile grölten die Leute dort gemütlich: »Der Tod, das muss ein Wiener sein« bzw. »Da Dodd muaß a Weana sään …«) Weder in einer Synagoge noch auch – Gott bewahre! – in einer Kirche lässt Barbara sich blicken; und im Café Central sitzt sie ja auch nicht. Wo ist sie also? Wo finden wir an jenem Dienstagmorgen die Frau, um die sich in dieser Erzählung doch allerhand dreht? Schauen wir von oben auf sie herunter:

Barbaras Haar lag als unordentlich-dunkles Fadenknäuel auf dem weißen Kopfkissen neben ihr. Die Decke hatte sie im Schlaf bis zum Halsansatz hochgezogen. Wir könnten jetzt lügen und behaupten, sie habe gelächelt, die Wahrheit ist jedoch, dass ihre Lippen schlaff offen standen; auch schnarchte sie ziemlich laut. Der Schlaf war ihr von Herzen zu gönnen: Erst vor zwei Stunden war es der Armen endlich gelungen, ihren Pflichten zu entkommen und halb tot ins Bett zu sinken. Mag sein, dass sie träumte, aber ob es ein guter Traum war, der da über Barbara Gottliebs Seele strich, vermögen wir nicht zu sagen; wir können ihr ja nicht in den Kopf hineinschauen. Mit einem letzten Blick auf die Schlafende schleichen wir auf körperlosen Zehenspitzen hinaus, schließen leise die Tür und sehen nach, was nebenan im Salon passiert. Voilà:

Das weite Panoramafenster gab immer noch den Blick auf einen Turm des Stephansdomes frei. Das große Fernrohr war immer noch auf den erbarmungslosen Himmel gerichtet; niemand hatte die zehntausend Bände von Dudu Gottliebs Privatbibliothek durcheinandergebracht; das große Gemälde von Jizchak Levinsohn – der stürzende Engel mit dem verführerisch strahlenden Antlitz – hing an Ort und Stelle. In einer Ecke des Salons saßen Eva und Susanne auf dem Teppich und spielten. Sie waren ganz absorbiert von ihrem Spiel: einer Holzeisenbahn und einem herrlich schiefen Bau aus bunten Klötzen, der in einer Minute zusammenbrechen würde – nichts hätte sie in diesem Augenblick von ihrer wichtigen Beschäftigung abgelenkt. Ihr Vater tänzelte daneben kreuz und quer über den Parkettboden. Dudu Gottlieb war nicht ganz so ordentlich angezogen, wie wir das von ihm gewöhnt sind: An seinen Füßen trug er nur Socken, und außer den Schaufäden seines kleinen Gebetsmantels hing ihm auch noch das zerknitterte Hemd aus der Hose. Dudu lächelte.

Er summte eine Unsinnsmelodie vor sich hin. Er kreiste mit der Eleganz eines Tanzbären um die eigene Achse. Und wenn er zehn Jahre jünger aussah, als seine Jahre zählten, so hatte er sich den Grund dafür an die rechte Brust und über die Schulter gelegt: ein sanftes Wesen, das zahnlos-rosa vor sich hin greinte. Dudu barg den Hinterkopf des Winzlings in der rechten Hand, während er mit der Linken seinen Rücken hielt, den er zugleich sanft kreisend rieb, um die Verdauung des Wesens anzuregen. Der neue Erdenbürger – noch namenlos – war ein wenig zu früh auf die Welt gekommen und gerade einmal zwei Tage alt. Glücklicherweise hatte die Hebamme im Rothschild-Spital ihm attestiert, er sei »rundherum pumperlgesund«. Noch hatte kein *Mohel*, kein Beschneider, das heilig-blutige Ritual an ihm vollzogen, durch das er in den Abrahamsbund aufgenommen werden würde; doch daran wagte Dudu vorerst kaum zu denken. Er tänzelte mit seinem Winzling durch den Salon und hoffte, dass Gott – der *riboine schel oilom*, der Herr der Welt – ein Einsehen haben würde.

Wo aber steckte Alexej von Repin?

War er seinen Eltern etwa – uns stockt das Herz bei dem bloßen Gedanken – ins zwielichtige Reich der Toten nachgefolgt? Hatte er Gift geschluckt, baumelte er unter einem Ast im Wald: Streckte er den Lebenden als Gehenkter die Zunge heraus? (So viele begingen in jenen Tagen Selbstmord, weil sie den Weltuntergang nicht miterleben wollten – man könnte sagen: Sie begingen Selbstmord aus Angst vor dem Tod.) Oder anders: Saß Alexej in seiner Studentenbude, nagte er sein eigenes Herz vor Einsamkeit? War er unglücklich, ein Liebeskümmerling bis zuletzt? Keine Sorge, nichts von alledem. Alexej war ganz einfach verreist; er verbrachte diesen Morgen in der

Untersteiermark. Um zu erklären, wie es dazu kam, müssen wir allerdings ein bisschen weiter ausholen.

Alexej war zu dem Begräbnis von André Malek gegangen. Er hatte den Mann nicht gemocht, eher im Gegenteil, indessen gibt es ein Gesetz, das der abendländischen Zivilisation eingeschrieben ist, seit Sophokles seine »Antigone« zu Papier brachte. Dieses Gesetz lautet: Am Grab hört jede Feindschaft auf. Alexej hatte also einer stramm säkularen Begräbniszeremonie beigewohnt, bei der sich übrigens herausstellte, dass Malek auch im Tod ein Unbekannter geblieben war: Kein Mensch wusste, wo er herkam, wie seine Eltern hießen, ob er Geschwister hatte – aber das alles war nicht wichtig. Wichtig war, dass Alexej unter den Trauergästen eine Bekannte erspäht hatte: Ana Dalmatin, die slowenische Dichterin. Sie ging auf ihn zu und begrüßte ihn freundlich; hinterher beschlossen sie, einen Kaffee miteinander trinken zu gehen. Im Café Hawelka stellten sie dann fest, dass sie sich eigentlich aus demselben Grund bei jenem Begräbnis eingefunden hatten. (Auch der schlimmste Staatsverbrecher, der gegen Theben in den Krieg gezogen ist, hat in der »Antigone« des Sophokles ein Recht darauf, dass man ihn anständig unter die Erde bringt.) Bald bemerkten sie, dass sie auch sonst allerhand gemeinsam hatten. Zum Beispiel mochten beide Franz Marc – eher seine frühen Bilder als die abstrakten Werke aus den Fünfzigerjahren. (»Im sanften Geheimnis seiner Tiere ist jede menschliche Bestialität gerichtet«, sagte Ana Dalmatin.) Lange Spaziergänge am Wienfluss und entlang der Donau hatten sich angeschlossen. Noch mehr Caféhausbesuche, während das Jahr sich langsam ins Licht drehte. Bei einem dieser Spaziergänge hatte er dann plötzlich nach ihrer Hand gegriffen. – Jeder Mann weiß, dass es (sozusagen) Frauen auf den ersten und Frauen auf den zweiten Blick gibt. Diesen sind wir auf Anhieb verfallen, in jene dagegen verlieben wir uns nur allmählich. Aber sobald wir eine Frau auf den zweiten Blick erkannt und entdeckt haben, kennt unser Herz kein Zurück mehr. Der erste dumme Eindruck von Ana Dalmatin hatte sie als flachbrüstiges Mädchen mit schiefen Zähnen vor uns hingestellt; nun, auf den zweiten Blick, offenbarte sie sich als eigenwillige Schönheit: lebendig, erotisch, trotzig und zart. Helle Augen, in denen häufig unvermutet Witz aufblitzte. Hohe Wangenknochen. Weiches Haar. Dass Alexej nichts von Lyrik verstand, störte Ana überhaupt nicht, denn sie war ein enorm praktischer Mensch und verstand, Wichtiges von Unwichtigem zu unterscheiden.

Eine Woche vor jenem Dienstag waren sie gemeinsam in die Untersteiermark gefahren – auf den Einödbauernhof, wo Ana Dalmatin aufgewachsen war. Gemeinsam hatten sie die tiefdunklen slowenischen Wälder erforscht; danach hatten sie eingehend einander erforscht. Und so verbrachte der junge Baron von Repin den Weltuntergangstag am einzigen Ort, wo man sich an diesem Termin vernünftigerweise aufhalten sollte: im Bett.

Damit dies aber nicht eine von jenen Geschichten wird, in denen alles gut ausgeht, muss kurz vor Schluss leider noch gemeldet werden, dass es für Diplom-Ingenieur Anton Biehlolawek und seinen unbekannten Kummerbruder D. im fernen Grusinien eher ungünstig aussah. Die Psychoanalyse packte ihre ideologischen Gerätschaften ein; sie wusste achselzuckend auch keinen Rat mehr. Und so träumten die beiden, immer noch und jede Nacht träumten sie: dass das christliche Abendland in einem (oder zwei oder drei?) Weltkriegen untergegangen sei; dass die Deutschen und Österreicher die Juden irgendanderswohin verschleppt hätten; dass im Zarenreich eine revolutionäre Tyrannei das Land und die Seelen verwüstet habe. Die beiden Unglücklichen konnten nichts dafür, sie waren ohne Schuld: Aber sie träumten, träumten, träumten – und für diesen Traum gibt es keine Kur.

In der Sphäre der Wirklichkeit geschah zwischendurch das Folgende: Gerade als die Menschenmenge auf dem Cobenzl die vierte Strophe der Kaiserhymne ausgesungen hatte, zerplatzte der Komet; der schmutzige Schneeball aus dem All zerfiel in eine Myriade von Einzelteilen, die harmlos in der Atmosphäre verglühten. Was sich an diesem Dienstagmorgen ereignete, war also nicht der Weltuntergang, sondern ein kosmisches Feuerwerk. Beinahe banal; beinahe eine enttäuschende Ernüchterung. »*'s hot gornischt passiert*«, kommentierte der junge Chassid mit den Schläfenlocken erstaunt.

Selbstverständlich gingen die Interpretationen dessen, was man da im Himmel über Wien gesehen hatte, hinterher schroff auseinander. Die schlichteren Gemüter meinten, Gott habe zwischen seinem unsichtbaren Daumen und Zeigefinder den Unstern zerquetscht, also die Welt durch ein Wunder gerettet. Dies entsprach ja auch dem Versprechen, das Er einst gegenüber Noah abgegeben hatte, dem Urvater der heutigen (nachsintflutlichen) Menschheit: »Niemals mehr will ich alles Leben töten, wie ich es getan«, heißt es in der Bibel. »Solange die Erde steht, sollen nicht aufhören Saat und Ernte, Frost und Hitze, Sommer und Winter, Tag und Nacht.« (1. Mose 8,22) Die etwas weniger schlichten Gemüter wandten ein, dass Gott es in diesem Fall doch auch sehr viel einfacher hätte haben können: warum, bitte, überhaupt einen Kometen auf Kollisionskurs schicken? Wieso die wüste Drohung mit dem Weltuntergang – und dann die Rettung in der letzten halben Stunde? Und wenn Gott uns damit (wie die schlichten Gemüter nun wieder erklärten) ein Zeichen seiner Existenz geben wollte, so erhob sich doch sofort die Frage: Wozu die Theatralik? Schließlich habe vor dreitausend Jahren eine leise Stimme in einem brennenden Dornbusch vollkommen ausgereicht.

Die Astronomen und Physiker zückten nun ihre Bleistifte und rechneten die Sache noch einmal im Detail nach. Dabei stießen sie auf einen Umstand, der ihnen zuvor glatt entgangen war: Der Komet passierte auf seinem Weg zu unserem blauen Planeten – und zwar unausweichlich – einen bestimmten Punkt, wo das Schwerefeld der Erde und das Schwerefeld des Mondes ungefähr gleich stark waren. Das bedeutete: Von hier zog dieser, von der anderen Seite zog jener Himmelskörper mit seiner Gravitation an dem Kometen herum – und weil der Unstern ein ziemlicher Brocken war, im Kern aber nicht sehr stabil, hielt er den Kräften nicht stand, die auf ihn einwirkten. Es sah also nur so aus, als sei der Komet zerplatzt; in Wahrheit hatte es ihn buchstäblich zerrissen. Die gewitzteren Gläubigen (unter ihnen der Kardinal und der Oberrabbiner von Wien) wollten nun gerade hierin einen Beleg für die Güte Gottes erblicken. Der Ewige bewirke seine Wunder eben nicht gegen die Natur, sondern mit der Natur: Er habe es gar nicht nötig, beim Wunderwirken gegen die Naturgesetze zu verstoßen, sondern könne diese lässig für Seine erhabenen Zwecke einspannen. Der Kardinal meinte gar, der Zufall sei nichts als die Maske, hinter der sich das Gesicht Gottes verberge.

Wir dürfen diesen Streit um Gottes Maske (oder des Kaisers Bart) ohne jeden Skrupel auf sich beruhen lassen. Wir haben hier nur mit nüchternen Worten zu beschreiben, was an jenem Dienstagmorgen um 8.46 Uhr geschah: Der Komet löste sich vor aller Augen in Wohlgefallen auf. Hinterher regneten seine Einzelteile noch wochenlang in die oberen Schichten der Atmosphäre nieder, wo sie nichts weiter als Kondensspuren hinterließen – weiße Schlieren und Streifen im ansonsten ungetrübten Himmel.

Unter der Menschenmenge auf dem Cobenzl befand sich auch eine Abordnung aus der glanzvollen Stadt Sarajevo, die seit mehr als einem Jahrhundert nichts anderes gekannt hatte als goldenen Frieden – einer Stadt, in der man so viele Minarette, so viele Kirchtürme und Synagogendächer sah wie sonst nur noch in Jerusalem. Es handelte sich bei jener Delegation um eine Gruppe von jungen Koranschülern in bosnischer Nationaltracht (weiße, bunt bestickte Hemden, türkische Pluderhosen); sie waren gemeinsam mit ihrem verehrten Imam angereist, einem freundlich-vierschrötigen Mann mit weißgrauem Bart, der einen hohen Sarik auf dem Kopf trug. Die bosnischen Muslime gehörten – das wusste jeder in der Donaumonarchie – zu den treuesten Untertanen Seiner Majestät. Sie waren gebildet, offen, der Welt zugewandt und lebten die religiöse Toleranz aus dem Geiste des Propheten. Dass die frommen Männer sich an diesem Morgen ausgerechnet auf dem Cobenzl eingefunden hatten, muss beinahe logisch genannt werden; denn der Islam ist eine todesmutige Religion. Er lehrt die Rechtgläubigen, sich mit ihrer eigenen Sterblichkeit zu beschäftigen, über sie nachzudenken und ihr furchtlos das Herz zu öffnen (in dieser Hinsicht gleicht der Islam eher dem Buddhismus als den anderen monotheistischen Glaubensrichtungen). So hatten diese Muslime also beschlossen, dem Tod geradeaus ins Auge zu blicken; männlich, ohne Murren würden sie sich in das fügen, was Gott ihnen bescherte. »Allahu Akbar«, bemerkten sie nun ehrfürchtig wie aus einer Kehle, als der Komet am Firmament zerstob: Gott ist groß.

Weil »Akbar« aber eine Steigerungsform des Adjektivs

ist, die von den Grammatikern mit einem Fachwort *Elativ* genannt wird, sollte diese arabische Formel eher so übersetzt werden: Gott ist größer. Er ist immer größer. Größer als unsere Träume und Albträume, größer als unser Kummer; größer als alles Schlimme, das Menschen einander antun. Größer als jeder Weltuntergang. Größer als alle Geschichten, die wir uns je ausdenken könnten. »Allahu Akbar.« Nach dem islamischen Kalender schrieb man den 23. Dschumada al-Achira des Jahres 1422: es war ein schöner Tag im blauen Mond September.

Glossar,

nebst Verweisen auf die vom Romangeschehen abweichenden realhistorischen Hintergründe

Stern. (10) Als Stern werden sämtliche Himmelskörper außer dem Mond bezeichnet: das heißt sowohl die Fixsterne, die viele Lichtjahre von uns entfernt sind, als auch die uns näher liegenden Wandelsterne, die Planeten. Von den Sternen gewissenhaft zu unterscheiden sind die »Unsterne«. Da ihre Flugbahnen exzentrisch sind, durchkreuzen sie die wohlgeordneten Ellipsen der Planeten und überschneiden sich mit ihnen. Von den Alten wurden die Unsterne (auch: Kometen) für viele Kümmernisse verantwortlich gemacht – Kriege, Teuerungen, Seuchen, Revolutionen usw. Dass Unsterne auch böse Träume verursachen, ist allerdings ein Aberglauben.

… in Wahrheit stammte sie aus einem sefardischen Geschlecht. (16) Als »Sefarden«, also Spanier, bezeichneten sich alle Juden, die von der Iberischen Halbinsel stammten. Ihre östlichen Verwandten nannten sich »Aschkenasen«, das heißt: Deutsche. Nach der Vertreibung aus Spanien unter Ferdinand und Isabella anno 1492 – einer der größten Katastrophen in der jüdischen Geschichte – siedelten sich die Sefarden in Nordafrika und einigen italienischen Städten, vor allem aber im Osmanischen Reich an. Auch in Holland und Norddeutschland gab es nach jenem Katastrophenjahr bedeutende sefardische Gemeinden.

Die Sefarden von Wien wurden »türkische Juden« genannt, weil sie aus dem Osmanischen Reich stammten; erst nach dem Friedensschluss zwischen dem Sultan und dem Kaiser in Wien konnten sie sich frei im Habsburgerreich bewegen. Die Sefarden hatten eine wichtige Vermittlerrolle zwischen Orient und Okzident inne. Als Händler importierten sie Wolle und Baumwolle, Seide und Tabak, Zucker und Gewürze ins christliche Abendland. Sie arbeiteten für den Orientexpress, für die österreichische Post in Konstantinopel und der Levante und den

Österreichischen Lloyd, die größte Schifffahrtsgesellschaft der Habsburgermonarchie mit Sitz in Triest. Sefarden machten sich einen Namen als Rabbiner und Wissenschaftler, als Übersetzer der arabischen Philosophie, als Ärzte und Gelehrte. Ihre Sprache war Ladino, auch »Spaniolisch« genannt; sie basiert auf dem mittelalterlichen Spanisch (wie das Jiddische auf Mittelhochdeutsch basiert), wird aber in hebräischer Schrift geschrieben. In der Realhistorie endete die Geschichte der »türkischen Juden« von Wien 1938. Danach wurden sie, wie ihre aschkenasischen Brüder und Schwestern, vertrieben, deportiert, ermordet, verbrannt.

Transleithanien. (29) Der Grenzfluss war die Leitha, ein eher unbedeutendes Gerinnsel, das bei der Gemeinde Lanzenkirchen entspringt und 180 Kilometer weiter westlich bei der Insel Szigetköz in die Kleine Donau mündet. Aus österreichischer Sicht lag jenseits dieses Grenzflusses »Transleithanien« – das Gebiet jenseits der Leitha. Aus ungarischer Sicht befanden sich dort die »Länder der heiligen ungarischen Stephanskrone«. Diese waren: das heutige Ungarn, die heutige Slowakei, die Karpathenukraine, das Banat, die serbische Woiwodina, das heutige Burgenland, Siebenbürgen, ein sehr kleiner Teil des heutigen Polen, das Königreich Kroatien, ferner Slawonien (Ostkroatien) und Fiume (heute: das kroatische Rijeka). Die Bezeichnung »Cisleithanien« für die Kronländer, die sich diesseits des Grenzflusses befanden, war eher ungewöhnlich; die meisten k. u. k. Untertanen sagten einfach (wenn auch unzutreffend) »Österreich«. Zu Cisleithanien gehörten: im Norden und Nordosten Böhmen (heute Teil von Tschechien), ferner Mähren (ebenso) und Österreichisch Schlesien (gleichfalls); dann Galizien (heute: die Westukraine, Südpolen) und die Bukowina (teils Rumänien, teils Ukraine); im Süden lagen die Österreichischen Küstenlande (an der Adria), die Krain (heute: Slowenien) und Dalmatien (heute: Südkroatien). Außerdem gehörte zu Cisleithanien, beinahe hätten wir's vergessen, das heutige Österreich.

Bosnien und Herzegowina, das seit 1878 von k. u. k. Truppen besetzt war, gehörte erst nach der Annexion von 1908 auch offiziell zur Österreichisch-Ungarischen Monarchie; es wurde keiner der beiden Reichshälften zugeschlagen, sondern galt als »Kondominium«, das von Österreich und Ungarn gemeinsam verwaltet wurde.

Nach dem »Österreichisch-Ungarischen Ausgleich« von 1867 genoss Transleithanien eine sehr weitgehende Autonomie. Gemeinsam war beiden Reichshälften die Person des Kaisers: Das war bis 1916 Franz Joseph, nach ihm für zwei Jahre sein Großneffe Karl (der hinter den Kulissen so verzweifelt wie vergeblich versuchte, den Ersten Weltkrieg zu beenden). Außerdem gab es die sogenannte Realunion: Österreich und Ungarn unterhielten eine gemeinsame Armee, eine gemeinsame Kriegsmarine, eine gemeinsame Außenpolitik, eine gemeinsame Währung und Finanzpolitik.

Risches. (30) Dieses jiddische Wort umschreibt eine Mischung aus Ärger und Neid, die Juden zum Ziel hat, also gewöhnlichen Antisemitismus. Irrtümlich nehmen manche Juden an, Risches werde durch jüdische Handlungen hervorgerufen (vgl. die Redewendung: »Mach keine Risches«); in Wahrheit richtet Risches sich nicht gegen diese oder jene Handlungsweise, sondern gegen die Existenz von Juden an sich.

... k. k. Creditanstalt. (31) Warum »k. k.« und nicht »k. u. k.«? Der Unterschied scheint klein zu sein, hat aber großes historisches Gewicht. Im Kaisertum Österreich – also vor dem österreichisch-ungarischen Ausgleich von 1867 – stand »k. k.« (kaiserlich-königlich) für die Behörden und staatlichen Einrichtungen im gesamten Reich. Danach – also in der Österreichisch-Ungarischen Monarchie – meinte »k. k.« nur mehr die Einrichtungen in der westlichen Reichshälfte (in Altösterreich oder Cisleithanien). Das erste k. (kaiserlich) stand dabei für den Titel »Kaiser von Österreich«, das zweite k. (königlich) stand von 1867 an für den Titel »König von Böhmen«, den der Kaiser in Personalunion führte. Die Ungarn wollten sehr darum gebeten haben, dass die gemeinsamen Institutionen fortan mit dem Kürzel »k. u. k.« bezeichnet würden; das zweite k. (königlich) stand dabei für den Titel »König von

Ungarn« – auch ihn führte der habsburgische Monarch in Personalunion. (Siehe die ausführliche Auflistung von Titeln am Anfang des VIII. Kapitels.) Das gemeinsame Heer hat sich übrigens nicht an diese Nomenklatur gehalten; es nannte sich noch bis 1889 »k. k. Armee«.

Und wie verhält es sich mit der »k. k. Creditanstalt«? Dieses ehrwürdige Bankhaus wurde 1855 von Anselm Salomon Freiherr von Rothschild gegründet. Es handelte sich um die größte Bank in Österreich-Ungarn; ihr Hauptquartier, ein imposantes Haus im neoklassizistischen Stil, befand sich bis 1912 in der Wiener Schottengasse. Nach dem New Yorker Börsenkrach von 1929 zwang die österreichische Regierung die »Creditanstalt«, für andere insolvent gewordene Banken einzuspringen; dadurch wurde sie allerdings selbst zum Sanierungsfall. 1934 wurde die »Österreichische Creditanstalt« unter dem austrofaschistischen Diktator Engelbert Dollfuß mit dem »Wiener Bankverein« fusioniert. Nach dem »Anschluss« von 1938 verhaftete die SS den Bankdirektor: Louis Nathaniel Freiherr von Rothschild; Himmler persönlich gestattete ihm die Ausreise. Damit endete die Verbindung der Bank zur Familie Rothschild, die 118 Jahre gedauert hatte. Alle jüdischen Mitarbeiter wurden entlassen, viele von ihnen ermordet. Das Kreditinstitut wurde der »Deutschen Bank« unterstellt und in »Creditanstalt-Bankverein« umbenannt. Unter der Naziherrschaft unterhielt jener »Creditanstalt-Bankverein« nachweislich Beziehungen zu 13 Konzentrationslagern, auch zum KZ Auschwitz: Die Bank führte Todeslisten und berechnete Wucherzinsen für Angehörige, die Geld an KZ-Häftlinge überwiesen.

Mit diesen Worten. (33) »Guten Morgen, Herr Paszkiewicz«, sagte Dudu Gottlieb und legte seine Dokumente vor, »wie ist heute das werte Befinden?«

»Recht angenehm, aber Sie müssen auf Ihre Gesundheit achtgeben, Herr Geheimrat. Nach jüngsten Berichten soll es gestern auf dem Mond geschneit haben.«

»Ich habe mir vorsorglich einen Pelzmantel eingepackt«, versetzte Dudu, ohne die Miene zu verziehen.

»Ich hoffe, Ihre Koffer sind randvoll mit Slibowitz«, sagte

Stanisław Paszkiewcz. »Den werden Sie brauchen, um dort oben die Preußen zu bestechen.«

»Selbstverständlich, selbstverständlich. Möchten Sie eine Inspektion vornehmen?«

»Dieses Mal verzichte ich, Herr Geheimrat. Wohl bekomm's! Und treiben Sie mir auf dem Mond keinen Unsinn.«

... am 3. Oktober 1942 der erste bemannte Raumflug von Peenemünde aus, am 27. März 1945 endlich die erste Landung auf dem Erdtrabanten. (37)
Am 3. Oktober 1942 wurde in Peenemünde zum ersten Mal erfolgreich eine Rakete mit einem explodierenden Sprengkopf gestartet; der Nazi-Propagandaminister Joseph Goebbels gab ihr den Namen »Vergeltungswaffe 2«. Am 27. März 1945 wurde die letzte deutsche Rakete abgefeuert; sie traf die belgische Stadt Antwerpen. Die »V2« wurde im Konzentrationslager Mittelbau-Dora von Häftlingen unter entsetzlichen Arbeitsbedingungen zusammengebaut. 12.000 Zwangsarbeiter wurden den Akten der SS zufolge beim Bau der »V2« zu Tode geschunden. Beim Einsatz der Waffe sollen ungefähr 8000 Menschen ums Leben gekommen sein. Die »V2« ist damit die einzige Massenvernichtungswaffe, deren Produktion mehr Opfer gekostet hat als ihr Einsatz.

Die Produktion der »V2« auf Peenemünde leitete Wernher von Braun: Mitglied der Nazipartei seit 1938, Mitglied der SS seit 1940 (er stieg bis zum »Sturmbannführer« auf, hatte also den Rang eines Majors). Nach dem Krieg beteuerte er – sogar unter Eid! –, er habe vom Einsatz von Zwangsarbeitern in Dora-Mittelbau »nichts gewusst«. In Wirklichkeit hat er im KZ Buchenwald selbst Häftlinge für die Produktion der »V2« ausgesucht. Er wohnte nur 20 Kilometer vom KZ Dora-Mittelbau entfernt.

Nach dem Krieg wurde Wernher von Braun nicht zusammen mit anderen Naziverbrechern gehenkt, sondern fürstlich in einem bayerischen Sporthotel beherbergt und endlich nach Amerika ausgeflogen. Der Deckname dafür war »Operation Paperclip«: Die Amerikaner sammelten die nationalsozialistischen Raketenpioniere ein, ehe sie der Sowjetunion in die Hände fallen konnten. Wernher von Braun war dann führend am amerikanischen Raumfahrtprogramm beteiligt. Die »Saturn V«-Rakete, mit der im Jahr 1969 die ersten Astronauten auf den Mond transportiert wurden, war im Prinzip nichts als eine vergrößerte Version der alten »V2«.

Karl Farkas. (38) 1893 in Wien geboren, Kabarettist, Schauspieler. Erfand zusammen mit seinem Freund Fritz Grünbaum die Doppelconférence, bei der einer den Blöden, der andere den Gescheiten mimte. 1938 Emigration über Brünn und Paris nach New York, wo er vor allem vor Emigranten auftrat. Seine Schwestern und Eltern wurden deportiert und ermordet. 1946 Rückkehr nach Wien, wo er bis zu seinem Tod 1971 lebte.

Fritz Grünbaum. (38) 1880 in Brünn geboren, Kabarettist, Operettenautor, Kunstsammler, Schauspieler, Regisseur. Starb im Januar 1941 im KZ Dachau an Tuberkulose. Seine Frau Lilly Herzl wurde ein Jahr später ins Todeslager Maly Trostinec (in der Nähe von Minsk) deportiert und ermordet.

Die größte war die Trikolore der Dritten Französischen Republik gewesen. (39) Die Erste Französische Republik wurde am 21. September 1792 ausgerufen, einen Tag nach der Kanonade von Valmy, die Goethe zu dem Ausruf inspirierte: »Von hier und heute geht eine neue Epoche der Weltgeschichte aus, und ihr könnt sagen, ihr seid dabei gewesen.« Bei der Kanonade von Valmy hatten die französischen Revolutionsheere einer Koalition aus Preußen und Österreichern widerstanden; wenige Monate später wurde Louis XVI. in Paris mit der Guillotine geköpft. Das politische Experiment endete 1804 nach vielen blutigen Exzessen damit, dass Napoleon sich selbst zum Kaiser krönte.

Die Zweite Französische Republik war das Ergebnis der Februarrevolution von 1848, deren Zeuge Heinrich Heine wurde: »Ich hatte einen guten Platz, um der Vorstellung beizuwohnen, ich hatte gleichsam einen Sperrsitz, da die Straße, wo ich mich zufällig befand, von beiden Seiten durch Barrikaden gesperrt wurde …« Die Februarrevolution führte zum Sturz von König Louis Philippe, einem harmlosen, gutmütigen Mann, der aufgrund seiner etwas schwammigen Physiognomie allerdings oft ungünstig mit einer Birne verglichen wurde.

Zum Präsidenten der Zweiten Republik wurde Louis Napoleon Bonaparte gewählt, ein Neffe von Kaiser Napoleon. 1851 entledigte er sich der Opposition in einem Putsch, bei dem er dem Vorbild seines bedeutenden Onkels folgte; fortan nannte er sich Napoleon III. Der Privatgelehrte Dr. Karl Heinrich Marx hat diese Machtergreifung in seinem Essay »Der achtzehnte Brumaire des Louis Bonaparte« so sarkastisch wie kenntnisreich kommentiert; sie inspirierte ihn zu dem Aphorismus, in der Weltgeschichte ereigne sich alles sozusagen zweimal: »… das eine Mal als große Tragödie, das andre Mal als lumpige Farce.«

Die Dritte Französische Republik war ein Produkt des Zufalls. Nach der Niederlage von 1871 versank Napoleon III. im Orkus, eine konstitutionelle Monarchie sollte seine Tyrannei ersetzen; leider stand aber gerade kein Monarch zur Verfügung. An seiner Stelle installierte man, quasi als Kompromiss, einen starken Präsidenten, der jeweils auf sieben Jahre gewählt wurde. In der Realhistorie endete die Dritte Französische Republik mit dem Einmarsch der deutschen Wehrmacht im Jahre 1940.

Die Vierte Französische Republik begann am 21. Oktober 1946 und scheiterte am 4. Oktober 1958 in einem Militärputsch. Frankreich stand damals im Begriff, alle Kriege gegen seine Kolonialvölker zu verlieren; in Algerien etablierte sich ein »Wohlfahrtsausschuss« unter General Massu, und auch im Mutterland gehorchten die Streitkräfte der verfassungsmäßigen Regierung nicht mehr. Fallschirmjäger und Panzerkolonnen marschierten auf Paris zu; die Veteranen der Kolonialkriege drängten darauf, Charles de Gaulle zum Ministerpräsidenten zu ernennen. De Gaulle setzte sich an die Spitze der Bewegung, um ihr die Spitze abzubrechen. Er flog nach Algier, heftete den Putschgenerälen ein paar Orden an die Brust und ließ danach die Verfassung der Fünften Französischen Republik ausarbeiten; sie ist noch heute in Kraft.

Sascha-Filmindustrie. (43) Sie wurde 1910 in Pfraumberg in Böhmen von einem Mann mit einem unverwechselbar altösterreichischen Namen gegründet: Alexander Joseph Graf Kolowrat-Krakowsky. 1912 verlegte das Unternehmen seinen Sitz nach Wien. In der Stummfilmzeit avancierte es mit Monumentalschinken wie

»Sodom und Gomorra« und Historiendramen wie »Kaiser Joseph II.« zu einem der führenden europäischen Filmproduzenten. Den Übergang in die Ära des Tonfilms bewältigte die Sascha-Filmindustrie nur mühsam; Oskar Pilzer, der eigentlich von der Konkurrenz kam, übernahm die Firma. (»Sascha« Kolowrat-Krakowsky war mittlerweile gestorben.) Zu den bekanntesten Regisseuren der Sascha-Filmindustrie gehörte Mihály Kertész, der als Michael Curtiz später im Exil den Film »Casablanca« drehte; bekannte Schauspieler, die von Kolowrat-Krakowsky entdeckt wurden, waren (unter vielen anderen) Marlene Dietrich, Hans Moser und Paula Wessely.

Nach dem »Anschluss« wurde Oskar Pilzer, der Jude war, aus dem Unternehmen gedrängt und seiner Anteile beraubt; er starb 1939 in Paris. Die Sascha-Filmindustrie wurde der nationalsozialistischen Propagandawirtschaft einverleibt.

Jause. (45) Eine kleine Zwischenmahlzeit, die aber beeindruckende Proportionen annehmen kann. Das Wort stammt aus dem Slowenischen: »južina« bedeutet Mittagessen.

… die Elektromobile surrten auf der linken Straßenseite an ihm vorbei. (48) In Österreich wurde bis 1938 – wie in Großbritannien – auf der linken Straßenseite gefahren. Erst nach dem »Anschluss« durch Nazideutschland stellte man auf Rechtsverkehr um.

»Dort drüben hat es keine Reformen mehr gegeben, seit Nabokov zum Ministerpräsidenten gewählt wurde«. (52) Gemeint ist der liberale Journalist, Kriminologe und Politiker Vladimir Dmitriewitsch Nabokov, der 1880 etwas außerhalb von St. Petersburg geboren wurde. Sein Vater hatte unter Zar Alexander II. als Justizminister gedient. Er selbst studierte Jura und lehrte Kriminologie. Nabokov war ein prominentes Mitglied der »Konstitutionellen Demokraten«, einer Partei, die ihrer Anfangsbuchstaben wegen – K. D. – auch als »Kadettenpartei« bezeichnet wurde. Die »Konstitutionellen Demokraten« wurden auf dem Höhepunkt der Revolution von 1905 gegründet; sie forderten das allgemeine Wahlrecht (auch für Frauen) und Bürgerrechte. Es handelte sich also um eine klassische liberale Partei; schwankend war sie in

der Frage, ob sie sich für eine konstitutionelle Monarchie oder doch lieber für die republikanische Staatsform einsetzen sollte. In der »Duma«, dem ersten gewählten russischen Parlament nach der Revolution von 1905, stellten die »Konstitutionellen Demokraten« die Mehrheit (mehr als 30 Sitze), weil die Linken die Wahl boykottiert hatten. Vladimir Dmitriewitsch Nabokov – kein Jude – war ein erklärter Feind jeder Form des Antisemitismus; in Russland galt dies damals als geradezu exotische Haltung. Von 1904 bis 1917 war er Chefredakteur der Zeitung *Retsch* (Rede), die liberale Ideen verbreitete. 1917 wurden die »Konstitutionellen Demokraten« von den siegreichen Bolschewiki als »Volksfeinde« gebrandmarkt und verboten, Nabokov musste mit seiner Familie flüchten.

1922 wurde er in Berlin von einem faschistischen Attentäter erschossen. Er nahm an einer Exilkonferenz der »Konstitutionellen Demokraten« teil, als ein Mann plötzlich die zaristische Hymne anstimmte und auf Pawel Miljukow feuerte, den Anführer der Partei. Nabokov sprang vom Podium herunter und begann, mit dem Schützen zu ringen; da richtete ein zweiter Attentäter die Waffe auf ihn und schoss. Nabokov war tot, Miljukow entkam unverletzt. Das ist auch deshalb bemerkenswert, weil Miljukow, den Nabokov mit seinem Leben verteidigte, innerhalb der Partei eher sein Rivale gewesen war. Im selben Jahr – 1922 – wurde ein gewisser Josef Stalin zum Generalsekretär der Kommunistischen Partei der Sowjetunion erhoben.

… ein pädophiler Mädchenfreund aus Mähren. (54) Adolf Loos (geboren 1870 in Brünn, gestorben 1933 in Wien) wurde mehrfach angezeigt, weil er kleine Mädchen im Prater angesprochen, ihnen Geldgeschenke gemacht und versucht hatte, sie zum Mitkommen zu bewegen. Er wurde schließlich angeklagt, er habe drei kleine Mädchen sexuell missbraucht; belegen ließ sich, dass seine Opfer ihm nackt und in obszönen Posen als Modelle für Zeichnungen gedient hatten. Loos wurde zu vier Monaten schwerem Arrest verurteilt. Keiner der prominenten Freunde von Adolf Loos (Arnold Schönberg, Oskar Kokoschka, Karl Kraus, Peter Altenberg) hat sich je dazu geäußert.

Adolf Loos gilt heute als Wegbereiter der Moderne in der

Architektur. Er war für Schlichtheit, Nüchternheit, klare Formen; er war dagegen, Kunst und Alltagskultur miteinander zu vermischen. Berühmt wurde seine Schrift *Ornament und Verbrechen.* Allerdings hat er bei den Häusern, die er baute, ornamentale Verzierungen nicht einfach weggelassen, sondern durch etwas anderes ersetzt: Loos verwendete immer nur edelste Materialien. Bei der Inneneinrichtung seiner Häuser gab es für ihn nichts Wichtigeres als Behaglichkeit. Auch war Loos dagegen, historische Stadtensembles zu schleifen und sie durch Neubauten zu ersetzen: »Fürchte nicht, unmodern gescholten zu werden«, schrieb er. »Veränderungen der alten Bauweise sind nur dann erlaubt, wenn sie eine Verbesserung bedeuten, sonst aber bleibe beim Alten. Denn die Wahrheit, und sei sie hunderte von Jahren alt, hat mit uns mehr Zusammenhang als die Lüge, die neben uns schreitet.«

... die reichen Bestände der Nationalbibliothek von Bosnien und Herzegowina. (70) Die Nationalbibliothek von Bosnien und Herzegowina war ein Prachtbau im pseudomaurischen Stil, der Ende des 19. Jahrhunderts von einem österreichischen Architekten (Alexander Wittek) errichtet wurde. Er stand mitten in Sarajevo; Erzherzog Franz Ferdinand besuchte das Gebäude zwischen dem ersten (erfolglosen) und dem zweiten (tödlichen) Attentat, das am 28. Juni 1914 auf ihn verübt wurde. 1992 schossen die serbischen Faschisten diese Bibliothek mit gezielten Artilleriegranaten in Brand. Beinahe alle Bücher und Magazine, die dort gelagert wurden, gingen in Flammen auf und waren verloren.

... die Wohnung des Meisters war längst ein prachtvolles Museum. (71) Wie jeder bezeugen kann, der schon einmal dort war, ist das Sigmund-Freud-Museum in der Berggasse 19 in Wien im Wesentlichen leer. Das berühmte Sofa des Meisters, auf dem ein bunter Perserteppich und verschiedene bequeme Polster liegen, steht nicht in Wien, sondern in London; dort findet man auch Freuds private Sammlung von ägyptisch-heidnischen Gegenständen. Sigmund Freud wurde nach dem »Anschluss« aus Wien verjagt, er starb im Exil. Die Psychoanalyse galt unter den Nazis als »jüdische Wissenschaft« und wurde verboten. Als apokryph muss

die berühmte Anekdote eingestuft werden, Freud, der bei der Ausreise zu der schriftlichen Behauptung gezwungen wurde, er und die Seinen seien gut behandelt worden, habe dem Formular hinzugefügt: »Ich kann die Gestapo jedermann auf das Beste empfehlen.«

Vier der fünf Schwestern von Sigmund Freud gelang es nicht, den Mördern zu entfliehen. Marie und Paula wurden im Todeslager Maly Trostinec umgebracht, Adolfine starb in Theresienstadt an Unterernährung, Rosa wurde in Treblinka vergast.

... Auschwitz, ein Bahnknotenpunkt in Galizien. (82) In Wirklichkeit war Auschwitz kein Bahnknotenpunkt, dort geschah etwas anderes.

Stellen Sie sich ein Foto vor. Stellen Sie sich eine Gruppe von Uniformierten vor, die auf einer Wiese stehen, einem Hang vielmehr, der nach hinten sanft ansteigt. Manche der Uniformierten haben die Münder halb geöffnet, sie sind gerade am Singen. Jene, die nicht singen, lächeln entspannt. Im Bildvordergrund ist ein Steg zu sehen, den zwei Holzgeländer umsäumen. Auf diesem Steg steht ein Mann, den Rücken hat er der Kamera zugewandt; er spielt Ziehharmonika. Das Bild ist schwarzweiß, eine historische Aufnahme. Stellen Sie sich jetzt bitte eine ganze Serie von historischen Fotos vor. Sie sehen darauf zwölf junge Frauen in Wollröcken und Baumwollblusen, die auf einem Terrassenzaun sitzen; und wieder spielt ein Uniformierter Akkordeon. Ein anderer serviert den Frauen Schalen mit Früchten auf einem Tablett. Die Bildunterschrift lautet: »Hier gibt es Blaubeeren.« Auf den nächsten Bildern sehen wir, wie die Frauen und die Uniformierten die Blaubeeren essen; am Schluss halten sie die Schüsseln in die Kamera. Einige drehen die Schüsseln um, sodass jeder sehen kann: Sie sind leer. Eine der Frauen tut so, als würde sie bitterlich weinen.

Diese Aufnahmen wurden vor einigen Jahren von dem Magazin *New Yorker* veröffentlicht. Sie stammen aus einem Album, das ein amerikanischer Offizier 1945 in Frankfurt am Main fand. Er dachte sich nicht viel dabei und nahm das Fotoalbum mit, als er in die Heimat zurückkehrte – ein Kuriosum. Als alter Mann beschloss er dann aber, sich von vielen seiner weltlichen

Besitztümer zu trennen. Und so verfasste er im Jahre 2006 mithilfe eines Freundes, den er aus der Kirche kannte, einen Brief an das Holocaustmuseum in Washington. Er habe da eine Sammlung von Fotos, schrieb er, das offenbar »Tätigkeiten in und um Auschwitz, Polen, zeigt«. Im Holocaustmuseum reagierte man zunächst nicht sehr enthusiastisch. Fotos amerikanischer Soldaten, auf denen deutsche Konzentrationslager kurz nach der Befreiung abgebildet sind, gibt es schließlich zuhauf. Aber als dieses Album in Washington eintraf, setzten sich die Archivare mit einem Ruck aufrecht hin. So ist die Aufnahme, die den Chor gut gelaunter Uniformierter auf dem Rasen zeigt, in Wahrheit ein veritables Prominentenfoto: In der ersten Reihe erkennen wir Richard Baer, den Kommandanten des Lagers Auschwitz I, ferner Rudolf Höß, den Kommandanten des Gesamtlagers, und Dr. Josef Mengele, der im Lager Versuche an lebenden Menschen vornahm. Am Kragenspiegel tragen die fröhlichen Sänger das gezackte Zeichen der SS auf schwarzem Grund.

Das Blaubeeressen, das auf diesen Fotos so ausgiebig dokumentiert wird, fand am 12. Juli 1944 stand. Tags darauf befreiten sowjetische Truppen das KZ Majdanek. Tausend Gefangene von dort zwang die SS auf einen Todesmarsch nach Auschwitz; die Hälfte kam an. Insgesamt dokumentiert das Album genau jene Zeit im Frühling und Frühsommer 1944, in der die ungarischen Juden den Deutschen in die Hände fielen. 434.000 Menschen wurden damals in Viehwaggons gepackt und nach Auschwitz verschleppt. Die Krematorien, die 132.000 Leichen pro Monat bewältigen konnten, waren dieser Anforderung nicht gewachsen. Die Toten wurden in Gruben geworfen, die Häftlinge ausgehoben hatten, und an Ort und Stelle verbrannt. 1944 war das Jahr, in dem Auschwitz zu Auschwitz wurde. Davor war es nur ein schreckliches Lager unter vielen anderen im deutsch besetzten Polen gewesen.

Die Aufnahmen in dem Album wurden höchstwahrscheinlich von Karl-Friedrich Höcker gemacht, einem SS-Obersturmführer, der Richard Baer, dem Lagerkommandanten von Auschwitz, als Adjutant diente. Nach dem Krieg widmete Höcker sich der Gartenarbeit und arbeitete bei einer Bank in Lübbecke, einem Ort in Nordrhein-Westfalen. 1963 wurde er zu sieben

Jahren Zuchthaus verurteilt; als er aus der Haft wiederkam, stellte seine Bank ihn sofort wieder ein. 1989 wurde er zu weiteren vier Jahren Haft verurteilt. Er starb anno 2000 hochbetagt und ohne Reue.

Für die Forschung ist Höckers Fotoalbum wichtig, weil es Lücken in unserem Wissen über die Mörder schließt. So enthält es die einzigen acht Bilder, die Josef Mengele in Auschwitz zeigen. Interessant ist dieses Fotoalbum aber auch aus einem anderen Grund. Naturgemäß wusste man schon vorher, dass SS-Leute gelegentlich Urlaub machten. Dass sie zu diesem Zweck aber auch nach Auschwitz fuhren – das war neu.

… mit einer weißen Nelke im Knopfloch. (83) Die weiße Nelke war das Erkennungszeichen der Antisemiten; die rote Nelke das Symbol der Sozialdemokratie.

Bar-Mizwa. (88) Mit 13 Jahren wird ein jüdischer Knabe »Bar-Mizwa« (wörtlich: Sohn des Gebotes); das heißt, er gilt als erwachsener Mann, der alle Pflichten des mosaischen Gesetzes auf sich nimmt. Er wird in der Synagoge aufgerufen, um den Wochenabschnitt aus der Thora vorzutragen, anschließend gibt es einen Empfang mit Büfett, und seine Verwandten machen ihm Geschenke.

… Stefan Zweig hatte dort von 1919 bis zu seinem Tod anno 1963 gewohnt. (103) Am 12. März 1938 marschierten deutsche Soldaten in Salzburg ein. Von den Bewohnern des Ortes, der sich gern als Mozartstadt feiern lässt, wurden die Okkupanten mit begeistertem Jubel empfangen; einem treffenden Bonmot zufolge gab es in Salzburg »mehr Nazis als Einwohner«. Die Zeitungen druckten ehrlich gemeinte Jubelarien in herziger Mundart: »Ein Sieg Heil! dem liabn Führer / Z'tiafst vom Herzen, dass' goar gellt …« Am 30. April 1938 fand auf dem Residenzplatz eine Bücherverbrennung statt; in der Nacht vom 9. auf den 10. November verwüsteten SA-Männer die Synagoge in der Lasserstraße. 41 jüdische Salzburger wurden danach ins KZ Dachau verschleppt. Die »Salzburger Festspiele«, bei denen viele Juden mitgewirkt hatten – auch ihr Gründer Max Reinhardt war

Jude –, wurden als reinrassig-arisches Spektakel neu erfunden. Die Nazipresse meldete: »Fünf Jahre lang hatte eine volksverräterische Clique mit Unterstützung des gesamten internationalen Judentums versucht, Salzburg zu einem antideutschen Propagandazentrum auszubauen. Fünf Jahre lang waren die weltberühmten Festspiele dieser Stadt ... ein jüdischer Hexensabbat. Die Salzburger Festspiele des Jahres 1938 bedeuten den Sieg über diese Mächte der Unterwelt und das Auferstehen der alten urewigen deutschen Stadt Salzburg.« Gegeben wurden die »Meistersinger« von Richard Wagner.

Stefan Zweig wohnte zu dieser Zeit längst nicht mehr im Paschinger Schlössl auf dem Kapuzinerberg. 1934 hatte es frühmorgens bei ihm geklingelt: Vier Polizisten im Zivil wollten das Haus nach Waffen durchsuchen. Es war der Beginn des autoritären Ständestaates in Österreich, dessen treuer Diener der Polizeipräsident von Salzburg war; nun ließ er ausgerechnet im Paschinger Schlössl nachschauen, ob der bekannte und bekennende Pazifist Zweig dort Gewehre des Republikanischen Schutzbundes, also der sozialdemokratischen Miliz, versteckte – eine absurde, zugleich lächerliche und deprimierende Posse. Stefan Zweig hatte nun genug. Er emigrierte nach London. Von dort flüchtete er 1940 nach New York; von dort über Argentinien und Paraguay nach Brasilien, ein Land, für das er eine unbefristete Aufenthaltserlaubnis in der Tasche hatte. 1942 verübte er in der Stadt Petrópolis (bei Rio de Janeiro) mit seiner zweiten Frau Selbstmord.

Über die Gründe für diesen Doppelselbstmord kann man lange nachdenken. Anders als viele andere Emigranten war Zweig auch im Ausland bekannt, seine Bücher verkauften sich gut, er litt also keine materielle Not; die brasilianische Regierung plante nicht, ihn zu internieren; es bestand nicht die geringste Gefahr, dass er an Hitlerdeutschland ausgeliefert würde. Er sah sich nicht – wie Walter Benjamin in Portbou – von Häschern an eine Grenze verfolgt, hinter der es kein Entkommen mehr gab. Außerdem war 1942 schon deutlich zu erkennen (wenigstens auf lange Sicht), dass die Nazis den Krieg verlieren würden. Trotzdem schluckten Stefan Zweig und seine Frau Gift. Warum? Wahrscheinlich, weil sie beide begriffen, dass Hitler ihn besiegt hatte.

Gewiss, das Dritte Reich würde in Scherben fallen – aber von seiner Welt, der »Welt von gestern«, in der alles Radikale und Gewaltsame unmöglich schien, würde ebenfalls nichts mehr übrig bleiben. Ein neues und unbarmherziges Zeitalter war angebrochen, und Stefan Zweig sah nicht, wie er da hineinpassen sollte. Er war davongekommen, aber wozu?

Wahrscheinlich hatte er die Schriften von Alexander Herzen gelesen. (112) Alexander Herzen (1812 bis 1870) wird oft als Urvater des russischen Sozialismus bezeichnet, aber er war ein merkwürdiger und ziemlich eigensinniger Sozialist. Herzen glaubte, dass die Geschichte keinem Plan folge; dass es keine allgemeingültige Formel gebe, durch die sich alle Übel der Welt auf einmal heilen ließen; dass jedes Zeitalter sich seine eigenen Fragen stelle; dass intellektuelle Abkürzungen Erfahrungen nicht ersetzen könnten und dass Freiheit – nicht irgendein abstrakter Schatten davon, sondern die wirkliche Freiheit von Individuen – ein absoluter Wert sei. Seit 1852 lebte Herzen in London (wie so viele verhinderte oder wirkliche Revolutionäre): Der viktorianische Liberalismus war die Luft, die er atmete, und in dieser Luft brachte er seine Romane, Zeitungsartikel und Essays hervor. Seine Autobiografie gehört zum Besten, was die russische Prosa des 19. Jahrhunderts zu bieten hat. Alexander Herzen wies den Weg, den Russland dann nicht gegangen ist.

… im Hotel »Goldener Hirsch«, in dem sie sich für dieses Wochenende verabredet hatten. (119) Nicht im »Goldenen Hirsch«, aber im »Österreichischen Hof« in Salzburg (heute: »Hotel Sacher«) verübte 1978 der Schriftsteller Jean Améry Selbstmord. Eigentlich hieß er Hans Chaim Mayer; sein Vater war Jude, seine Mutter hatte teilweise jüdische Vorfahren, war aber katholisch; er selbst wurde als Katholik erzogen. 1938 emigrierte er (im Alter von 26 Jahren) aus Österreich nach Belgien, 1940 wurde er im berüchtigten Lager Gurs in Südfrankreich interniert. 1941 gelang ihm die Flucht: er beteiligte sich in Belgien am Widerstand gegen die Deutschen, wurde 1943 beim Verteilen von Flugblättern geschnappt, verhaftet, schwer gefoltert und nach Auschwitz deportiert, von dort in Todesmärschen nach Buchenwald und

Bergen-Belsen verschleppt. »Alle ›arischen‹ Häftlinge«, schrieb er im Rückblick, »befanden sich im Abgrund noch auf einer nur nach Lichtjahren zu messenden Höhe *über* uns, den Juden. Sie prügelten uns, wenn es ihnen gefiel – besonders die Polen taten sich hierin auf unvergessliche, unverschweigbare Weise hervor … Sie waren vielleicht bestimmt, Sklaven des Herrenvolkes zu sein; wir waren dem Tode zugesprochen.«

Was war der Grund, dass er dieses Todesurteil verspätet an sich selbst vollstreckte? Améry gehörte zu den Linken; ihn verstörte und erzürnte der unterschwellige Judenhass seiner Genossen, der seit 1967 mit moralischem Zeigefinger als Antizionismus daherkam. War es das? Oder war es einfach so, dass die Erinnerungen ihn nicht weiterleben ließen? Plagten ihn Schuldgefühle, weil er überlebt hatte? Quälte ihn das Wissen, dass die Mörder munter und ungestraft (und ohne Schuldgefühle) ihren Lebensabend genossen? So viele, die das Lager überstanden hatten – Paul Celan, Tadeusz Borowski, Piotr Rawicz, Primo Levi –, starben später von eigener Hand. Jean Améry hat den Selbstmord, er selbst sprach freilich lieber von »Freitod«, einmal als »Privileg des Humanen« bezeichnet. Das ist er ganz gewiss; ein Skandal bleibt er trotzdem. Auf seinem Grab, einem verwitterten Feldstein auf dem Wiener Zentralfriedhof, stehen sein Name, ferner Geburts- und Sterbejahr sowie: »Auschwitz Nr. 172364«.

Lew Bronstein. (129) Ein berühmter Witz: »Wer glauben Sie denn, dass die russische Revolution machen wird – vielleicht der Herr Trotzki aus dem Café Central?« Lew Davidowitsch Bronstein (geboren 1879, ermordet 1940), der sich nach einem seiner zaristischen Gefängniswärter den Kampfnamen »Trotzki« gab, gilt manchen Leuten immer noch als Vertreter eines humanen Sozialismus. Sie glauben also fest daran, dass die Sowjetunion weniger unmenschlich geworden wäre, wenn nicht Stalin, sondern Trotzki in den Zwanzigerjahren das Ruder aus der Hand Lenins übernommen hätte. Dafür gibt es wenig Anhaltspunkte.

Trotzkis Wahlspruch lautete: »Nichts Großes in der Geschichte ist je ohne Fanatismus vollbracht worden.« Wie Lenin hielt er es für seine revolutionäre Pflicht, die Bevölkerung zu terrorisieren.

Es war Trotzki, nicht Stalin, der Konzentrationslager in der Sowjetunion errichten ließ. (Erst unter Stalin wurden diese Lager freilich zu einem flächendeckenden System ausgeweitet, dem »Archipel Gulag«.) Trotzki ließ 1921 die aufständischen Matrosen in Kronstadt gnadenlos zusammenschießen, ein Verbrechen, für das er nie auch nur ein Gran Reue gezeigt hat. Für »bürgerlichen Humanismus« hatte er zeitlebens nichts als Verachtung übrig. Seine einzige Kritik an der »Entkulakisierung«, die Stalin von 1929 an betrieb – also dem Aushungern von Millionen Menschen in der Ukraine –, war, dass sie nicht mit militärischen Mitteln durchgeführt worden sei (was übrigens nicht stimmte). Dass ein sowjetischer Agent ihm im mexikanischen Exil einen Eispickel in den Hinterkopf rammte, macht ihn zu einem weiteren Opfer des Stalinismus (einem von Abermillionen); es macht ihn nicht sympathischer.

Der Abstammung nach war Trotzki ein Jude. In den Augen der Antisemiten war er deshalb ein Abgesandter des Teufels, ein Dämon. In Wirklichkeit reagierte Trotzki verschnupft, wenn man ihn auf seine Abstammung ansprach. Einer jüdischen Delegation, die ihn bat, in Not geratenen Glaubensgenossen zu helfen, schleuderte er zornesfunkelnd entgegen: »Ich bin kein Jude, ich bin Internationalist!« Als Rabbi Eisenstadt aus Petrograd ihn ersuchte, die Einfuhr von Mazzenmehl für das Passahfest zu erlauben, reagierte Trotzki ebenfalls mit einem Wutanfall: er kenne keine Juden und wünsche auch keine zu kennen. Bei anderer Gelegenheit äußerte er, Juden interessierten ihn nicht mehr als Bulgaren.

Unbestritten an Lew Bronstein allerdings ist sein literarisches Talent. Wer seine Autobiografie gelesen hat, kommt nicht darum herum, ihn – wenn auch mit widerwillig zusammengekniffenen Lippen – als Schriftsteller zu bewundern.

Nominell unterstand der Jischuw immer noch dem alten Sultan in Stambul. (132) Der moderne Staat Israel ist 1948 aus der Zerfallsmasse des Osmanischen Reiches hervorgegangen. Das verbindet diese Nation mit so unterschiedlichen Ländern wie Albanien, Syrien, Serbien und dem Libanon. Ein Unterschied zu diesen Staaten (es gibt noch andere) ist allerdings, dass Israel zugleich das Erbe der Habsburgermonarchie angetreten hat. Es handelt sich hier um einen Kleinstaat, der Bevölkerungsgruppen aus allen fünf Kontinenten und 70 Ländern in seinen Grenzen beherbergt; einen Staat, der eine Mehrheitsreligion (das Judentum) hat, aber den anderen Glaubensrichtungen (Islam, verschiedenen Spielarten des Christentums, Baha'i-Religion, den Drusen usw.) selbstverständlich Religionsfreiheit gewährt. Ziemlich habsburgisch müssen auch die barocken Dauerpalaver und Redeschlachten in der Knesset, dem israelischen Parlament, genannt werden.

Vielleicht hat niemand das habsburgische Erbe des Judenstaates besser verkörpert als Teddy Kollek. 28 Jahre lang war er der Bürgermeister von Jerusalem (die Bürger der Stadt bestätigten ihn fünfmal in seinem Amt). Kollek wurde 1911 in Nagyvázsony geboren, wuchs in Wien auf und wanderte 1935 ins britische Mandatsgebiet Palästina aus. Nach der Wiedervereinigung im Sechstagekrieg von 1967 regierte er die Hauptstadt mit schlau-beharrlicher Behutsamkeit. Kollek lavierte geschickt zwischen den verschiedenen Bevölkerungsgruppen, stellte sicher, dass die Muslime auf dem Tempelberg in Ruhe gelassen wurden, ließ Parks anlegen, damit Juden, Araber, Armenier, säkulare und religiöse Israeli einander in der Öffentlichkeit begegnen konnten. Nebenbei sorgte er für Wasserversorgung, Müllabfuhr, ein modernes Kanalsystem, ließ Schulen bauen etc. Kaiser Franz Joseph wäre stolz auf ihn gewesen.

Dr. Wohlleben bestellte eine Schale Gold. (135) Unter einer Schale Gold haben wir einen Mokka (starken Filterkaffee oder Espresso) zu verstehen, der mit Kaffeeobers (flüssiger Schlagsahne) so weit gestreckt wird, dass er eine goldbraune Färbung annimmt; serviert wird er in einer weiten Teeschale.

... der Rabbiner nahm einen Piccolo. (135) Ein »Kaffee Piccolo« ist ein kleiner Schwarzer, also ein einfacher Espresso oder starker Filterkaffee in einer kleinen Tasse, der mit einem Schuss Sahne angereichert wird.

Heinrich Grausenburger ließ sich zum großen Schwarzen. (135) ... Ein großer Schwarzer, auch (siehe weiter oben) »Mokka« genannt, bezeichnet im Wiener Kaffeehausjargon einen doppelten Espresso, schwarz und pur in einer großen Tasse gereicht.

Anne Frank tot! (144) »Ich sah Anne Frank und ihre Schwester Margot wieder in den Baracken (von Bergen-Belsen) … Die Frank-Schwestern waren beinahe nicht wiederzuerkennen, weil ihr Haar geschoren worden war. Sie waren noch glatzköpfiger als wir … Und ihnen war kalt, so wie uns allen. Es war Winter, und wir hatten keine Kleider. Also waren alle Bedingungen für eine Krankheit versammelt. Sie waren in schlechter Verfassung. Tag für Tag wurden sie schwächer … Es war sichtbar, dass sie sehr krank waren. Die Frank-Mädchen waren so ausgemergelt. Sie sahen entsetzlich aus. Es gab immer wieder Kabbeleien, bedingt durch die Krankheit, denn es war klar, dass sie Typhus hatten … Sie hatten diese ausgehöhlten Gesichter: Haut über Knochen. Ihnen war schrecklich kalt. Sie hatten den am wenigsten beliebten Platz in den Baracken: unten, gleich neben der Tür, die sich ständig öffnete und schloss. Immerzu hörte man sie schreien: ›Tür zu, Tür zu.‹ Und die Stimmen wurden mit jedem Tag schwächer.

Man konnte wirklich sehen, dass die beiden starben, so wie auch andere. Was natürlich traurig war: diese Kinder waren noch so jung. Ich fand immer furchtbar, dass sie nie als Kinder gelebt hatten. Sie waren tatsächlich die Jüngsten unter uns … Sie zeigten die erkennbaren Symptome des Typhus – das graduelle Dahinsiechen, eine Art Apathie mit gelegentlichen Vitalitätszeichen, bis sie so krank wurden, dass es keine Hoffnung mehr gab. Und ihr Ende kam. Ich weiß nicht mehr, welche als Erste hinausgetragen wurde, Anne oder Margot …

Die Toten wurden immer nach draußen getragen und vor den Baracken niedergelegt, und wenn man am Morgen nach draußen gelassen wurde, um zur Latrine zu gehen, musste man an ihnen vorbeigehen. Das war genauso schrecklich wie das Zur-Latrine-Gehen selbst, denn mit der Zeit bekam jeder Typhus … Vermutlich ging ich auf einem meiner Wege zur Latrine an den Leichen der Frank-Schwestern vorbei … Der Haufen (von Leichen) wurde gewöhnlich beseitigt. Dabei wurde ein großes Loch gegraben, und sie wurden hineingeworfen. Dessen bin ich mir sicher. Das muss ihr Schicksal gewesen sein, denn das geschah mit anderen Leuten. Ich habe keinen einzigen Grund anzunehmen, dass es für sie anders war als für die anderen Frauen bei uns, die zur selben Zeit starben.«

Zeugnis von Rachel van Ameroongen-Frankfoorder. Anne Frank starb früh im März des Jahres 1945 im KZ Bergen-Belsen. Am 15. April wurde das Lager von britischen Soldaten befreit. Von den sechs Millionen Opfern des deutschen Genozids an den Juden waren mindestens eine Million Kinder.

William Wilberforce sei Dank. (145) William Wilberforce war ein protestantischer Frömmler, ein Konservativer und eine Nervensäge. Er hat außerdem dem britischen Parlament so lange den Arm auf den Rücken gedreht, bis es am 24. Februar 1807 um vier Uhr morgens ein Gesetz beschloss, das den Sklavenhandel im Herrschaftsbereich des britischen Weltreiches für illegal erklärte; danach wurden Sklavenhändler von der britischen Kriegsmarine wie Piraten behandelt. Während der 18 Jahre, in denen er für dieses Gesetz warb, hat William Wilberforce eigentlich alle modernen Protestformen erfunden: so den Boykott moralisch fragwürdiger Waren (wer ein Gewissen hatte, kaufte keinen Zucker, der von Sklaven in der Karibik produziert worden war) oder das Verfertigen von Unterschriftenlisten (eine Petition rollte er mit dramatischer Geste vor dem Unterhaus aus). Nachdem der Sklavenhandel verboten worden war, setzte Wilberforce sich dafür ein, dass dieser Rechtsstandard in der gesamten zivilisierten Welt durchgesetzt wurde. Dies geschah 1815 auf dem Wiener Kongress: Auch Frankreich, Spanien und Portugal verpflichteten sich dort, den Sklavenhandel zu ächten. Endlich sorgte William Wilberforce dafür, dass nicht nur der Handel mit Sklaven, sondern die Sklaverei überhaupt im Empire abgeschafft wurde. Dies gelang mit dem »Slavery Abolition Act« von 1833.

Drei Tage, nachdem das Gesetz verabschiedet worden war, segnete Wilberforce das Zeitliche.

Würgegalgen. (145) In Großbritannien wurden Delinquenten gehenkt, indem sie durch eine Falltür stürzten: Der Strick brach ihnen dabei mit einem Ruck das Genick. In Österreich-Ungarn mussten Delinquenten sich mit dem Rücken an einen Pfahl stellen; dann wurden sie mit einem kurzen, weichen, gut eingeseiften Strick in die Höhe gezogen, wobei zwei Gehilfen sich an ihren Körper hängten. Das Genick brach den Todeskandidaten dabei nicht, sie wurden langsam erstickt. Es war eine gefürchtete Methode der Hinrichtung. – Die Todesstrafe wurde in Österreich mehrfach abgeschafft und wieder eingeführt. Es gab sie nicht zwischen 1787 und 1795; es gab sie nicht nach Gründung der Ersten Republik im Jahre 1919. Als Engelbert Dollfuß sich 1933 anschickte, seinen »autoritären Ständestaat« zu errichten – eine katholische Diktatur nach dem Vorbild des faschistischen Italien –, führte er die Todesstrafe wieder ein. Besonders viele Menschen wurden hingerichtet, nachdem im Februar 1934 ein verzweifelter Aufstand der Sozialdemokraten gegen die Dollfuß-Diktatur niedergekämpft worden war. Berühmtheit erlangte der Fall von Karl Münichreiter: Dieser Mann war bei den Kämpfen schwer verwundet worden. Er wurde auf seiner Krankenbahre zum Würgegalgen getragen und ohne christliches Erbarmen exekutiert.

Smyrna. (153) Diese Stadt existiert nicht mehr; an der Stelle, wo sie einst stand, erhebt sich heute das türkische Izmir. Smyrna war eine alte Stadt, eine griechische Kolonie in Kleinasien seit 3000 Jahren. In der osmanischen Zeit war es eine multikulturelle, multiethnische und multireligiöse Metropole: In Smyrna tummelten sich Türken, Griechen, Armenier und Juden (und viele andere Einwanderer aus dem gesamten Mittelmeerraum). Am Ende des griechisch-türkischen Krieges wurde Smyrna anno 1922 schutzlos zurückgelassen, türkische Soldaten überrannten die Stadt. Sie machten Jagd auf Christen, vor allem Armenier; die Stadt wurde niedergebrannt. Es gibt Augenzeugenberichte, dass türkische Soldaten das Feuer gelegt hätten, dabei sollen sie Befehlen gefolgt sein. Türkische Historiker dagegen behaupten, die Armenier hätten das große Feuer von Smyrna selbst begonnen.

Während hinter ihnen die Stadt lichterloh brannte und schwarzer Rauch durch die Straßen trieb, standen die Überlebenden – Zehntausende, vielleicht Hunderttausende Griechen, die alles verloren hatten – am Pier und warteten. Sie warteten zwei Wochen lang. Endlich wurden sie von griechischen Schiffen aufgelesen und ans andere Ufer in Sicherheit gebracht. Dies war das Ende der griechischen Besiedlung von Kleinasien; der ethnisch reine Nationalstaat hatte gesiegt. Befehlshaber der Truppen in Smyrna war ein gewisser Kemal Atatürk. Nach diesem glänzenden Sieg avancierte er zum Gründer der modernen Türkei.

Maximilian III. hatte zwar schon gebrechlich gewirkt. (156) Maximilian Hohenberg, der niemals hätte Kaiser werden können, weil sein Vater für ihn auf die Thronfolge verzichtet hatte, war ein österreichischer Patriot. 1938 wurden er und sein jüngerer Bruder Ernst verhaftet, weil sie sich gegen den »Anschluss« an Nazideutschland ausgesprochen hatten. Sie wurden ins KZ Dachau verschleppt. Die Wachmannschaften machten sich einen Spaß daraus, Maximilian und Ernst vor allem für das Reinigen der Latrinen einzusetzen. Mithäftlinge – unter ihnen der spätere österreichische Bundeskanzler Leopold Figl – berichten, die adeligen Brüder hätten die Erniedrigungen mit Würde, sogar mit Heiterkeit getragen. Maximilian wurde 1940 aus Dachau entlassen; sein Bruder Ernst wurde ins KZ Buchenwald verlegt und durfte erst 1943 heimkehren. Maximilian Hohenberg starb an den Spätfolgen der in Dachau erlittenen Misshandlungen im Januar 1962 in Wien; er war noch keine 60 Jahre alt.

… zum Glück der Monarchie war es anders gekommen. (159) Ein Adeliger kann standesgemäß nur eine Frau heiraten, die ihm ebenbürtig ist. Sophie Gräfin Chotek von Chotkow stammte zwar aus einem uralten böhmischen Adelsgeschlecht, aber sie gehörte keinem der anderen europäischen Herrscherhäuser an; damit rangierte sie gesellschaftlich unter einem Erzherzog aus dem Hause Habsburg-Lothringen. Und Kaiser Franz Joseph weigerte sich strikt, Sophies Familie in einen höheren Stand zu erheben. So blieb dem Erzherzog nichts anderes übrig, als eine »morganatische« Ehe zu schließen: eine sogenannte Ehe linker Hand. Sophie Gräfin Chotek durfte danach nur als »Gemahlin des künftigen Kaisers« bezeichnet werden – keinesfalls aber als »künftige Kaiser-Gemahlin« (wohl zu unterscheiden!). Ihre

Kinder wurden in einem Dokument, das der Erzherzog am 28. Juni 1900 unterzeichnete, von der Thronfolge ausgeschlossen. – Die jüngeren Brüder des Erzherzogs blieben der Hochzeit fern, ebenso wie seine Schwester. Auch hinterher wurden die Eheleute mit höfischer Missachtung gestraft; so durften sie zu offiziellen Anlässen nicht in derselben Kutsche oder mit demselben Wagen fahren. Ausnahme: eine Truppenbesichtigung in einer Stadt, die als weniger wichtig galt – in Sarajevo.

Pallawatsch. (163) Bedeutet so viel wie »balagán« im Hebräischen, also: Durcheinander, Wirrwarr. Angeblich handelt es sich bei diesem wienerischen Dialektausdruck um eine Verballhornung des italienischen Wortes »balordaggine«, das »Tölpelei« bedeutet.

Hinterher hatten seine Vorfahren den Ungarn, statt sie mit Skorpionen zu züchtigen, eine Hälfte des Reiches abgetreten. (164) Die Ungarn waren im 19. Jahrhundert eine junge Nation, das heißt: Sie waren vollauf damit beschäftigt, sich selbst zu erfinden. Noch die Mutter von Sándor Petőfi, dem ungarischen Nationaldichter, sprach kein Wort Ungarisch; und Graf István Szécheny, der heute als der »größte Ungar« bezeichnet wird, weil er der Vater des kulturellen Selbstbewusstseins dieser Nation war, lernte die Sprache erst mit 34 Jahren. Die Anhänger von Lajos Kossuth, die 1848 für ein unabhängiges Ungarn und gegen das Haus Habsburg kämpften, trugen eine Tulpe im Knopfloch: Dies geht (ausgerechnet) auf die osmanische Herrschaft zurück – in der türkischen Poesie gilt die Tulpe als Symbol der osmanischen Kultur. Ungarn war also ein ebenso bunter ethnischer Flickenteppich wie jedes andere Stück Mitteleuropa, nur verschlossen die Gründer der Nation fest ihre Augen davor.

Die habsburgische Kur für diesen überschießenden (und verständlichen) Nationalismus war paradox. Man könnte sagen, dass sie dem homöopathischen Prinzip *similia similibus curantur* folgte: Der ungarische Separatismus sollte besiegt oder mindestens gedämpft werden, indem man ihm so weit wie möglich nachgab. Den Ungarn wurde also ihr eigener Platz unter der habsburgischen Krone eingeräumt, sie durften ihre nationalen

Besonderheiten pflegen, ihre Lieder singen und verbreiten, dass sie im Grunde allesamt reinrassige Hunnen seien. Das Problem dabei war, dass die ungarische Reichshälfte – siehe oben: »Transleithanien« – eben nicht nur aus Ungarn bestand. Es lebten dort zum Beispiel auch Rumänen und Slowaken. Diese Völker hatten keine eigenen Vertretungen; sie wurden einer manchmal unbarmherzigen Magyarisierungspolitik unterworfen.

Anders als der österreichische Teil der Doppelmonarchie begriff sich der ungarische Herrschaftsbereich nicht eigentlich als Vielvölkerstaat.

… eine eher lockere Konföderation von Kronländern unter habsburgischer Aufsicht. (164) Detaillierte Pläne dazu legte 1906 der rumänische Jurist Aurel Popovic vor. Das Habsburgerreich sollte künftig aus 15 nahezu einsprachigen Ländern mit jeweils eigenem Parlament bestehen:

Deutsch-Österreich (ungefähr das heutige Staatsgebiet von Österreich inklusive Südtirol und des südlichen Sudetenlandes; zum heutigen Burgenland hätten noch Ödenburg – Sopron – und Pressburg – Bratislava – gehört);

Deutsch-Böhmen (der nördliche Teil des heutigen Tschechien);

Deutsch-Mähren (der nördliche Teil Mährens sowie Österreichisch-Schlesien);

Böhmen (der tschechisch besiedelte Teil von Böhmen und Mähren);

West-Galizien (der polnisch besiedelte Teil von Galizien – heute eine Landschaft im westliche Teil der Ukraine und in Südpolen);

Ost-Galizien (der ukrainisch besiedelte Teil von Galizien und der Bukowina; die nördliche Hälfte der Bukowina gehört heute zur Ukraine, die südliche Hälfte gehört zu Rumänien);

Siebenbürgen (der rumänisch besiedelte Teil Ungarns mit angrenzenden rumänischen Gebieten);

Kroatien (entspricht dem heutigen Kroatien);

Krain (entspricht ungefähr dem heutigen Slowenien);

Slowakenland (entspricht ungefähr der heutigen Slowakei);

Woiwodina (das serbische Gebiet im Süden Ungarns; auf der

anderen Seite lag das Königreich Serbien, das nicht zur k. u. k. Monarchie gehörte, die Donau war hier der Grenzfluss);

Ungarn (das geschlossen von den Ungarn besiedelte Gebiet);

Seklerland (die ungarisch besiedelten Teile im Osten von Siebenbürgen);

Trento (heute: Trentino – der vor allem von Italienern besiedelte Teil Südtirols);

und Triest (die Stadt mitsamt dem italienischsprachigen Umland).

Dazu wäre dann noch Bosnien und Herzegowina gekommen. Das gesamte amorphe Gebilde sollte »Vereinigte Staaten von Groß-Österreich« heißen.

Aurel Popovic gehörte zum engsten Kreis um den Thronfolger. Die Leute vom historischen Fach, zu denen der Schreiber dieser Zeilen nicht gehört, meinen: Wären seine Vorschläge aus dem Reich der Träume in die Wirklichkeit umgesetzt worden, so könnte die Habsburgermonarchie heute noch existieren.

Prokrastinierererei. (167) Dieses Wort, das sich von dem lateinischen *procrastinare* (vertagen, aufschieben) herleitet (vgl. das amerikanische Verb »to procrastinate«), ist zwar kein Austriazismus, sollte aber einer sein und wird darum hiermit in den Rang eines solchen erhoben.

Bekanntlich war Henryk Goldszmit in Wahrheit steinalt geworden. (182) Henryk Goldszmit, der 1878 in Warschau geboren wurde, hatte ein Pseudonym: Er veröffentlichte seine Bücher unter dem Namen »Janusz Korczak«. Goldszmit schrieb Kinderbücher (»König Hänschen«, »König Hänschen auf der einsamen Insel«), aber auch Bücher über Pädagogik für Erwachsene (»Die Regeln des Lebens«, »Das Recht des Kindes auf Achtung«). Als die Deutschen 1940 das Warschauer Ghetto kreierten, mussten Janusz Korczak und seine Waisenkinder dorthin übersiedeln. Es gab das Angebot des »Żegota«, des polnischen »Rates für die Unterstützung der Juden«, ihn aus dem Ghetto herauszuholen; Korczak lehnte ab. Am 5. oder 6. August 1942 wurden er und 196 Waisenkinder auf dem berüchtigten Umschlagplatz in Viehwaggons gepfercht und ins

Todeslager Treblinka deportiert. Noch auf dem Umschlagplatz soll ein SS-Mann ihm angeboten haben, ihn zu retten (schließlich war er berühmt); wieder lehnte Janusz Korczak ab. Er blieb bei seinen Kindern bis ganz zuletzt, bis zum Schluss, bis über den Schluss hinaus.

… im Pazmanitentempel in der Leopoldstadt. (184) Er wurde auch »Synagoge in der Leopoldstadt« genannt und stand in der Pazmanitengasse 6. Die Synagoge in der Leopoldstadt wurde von dem Architekten Ignaz Reiser erbaut, bot Platz für Hunderte Beter und soll wunderschön gewesen sein. Heute wird dort keine Hochzeit mehr gefeiert, keine Thora mehr erhoben, auch kein Kaddisch mehr gesagt. Der Pazmanitentempel wurde in der Nacht vom 9. auf den 10. November 1938 verbrannt.

Als aufgeklärte Menschen gebrauchten sie übrigens Qualitätsprodukte der Firma »Fromms«, die sich seit Generationen in jüdischem Familienbesitz befand. (197) Julius Fromm wurde 1883 in der polnischen Kleinstadt Konin geboren, die damals zum Zarenreich gehörte; seine Eltern gaben ihm den Vornamen »Israel«. Er wuchs arm und religiös im Jiddisch sprechenden »schtetl« auf und emigrierte mit seiner Familie nach Berlin. 1916 erfand er das Kondom aus nahtlos-dünnem Feingummi. Im November 1938 musste Julius Fromm seine Firma, die rund acht Millionen Reichsmark wert war, für den Spottpreis von 200.000 Schweizer Franken an die Baronin Elisabeth von Epenstein aus Mauterndorf verkaufen – eine österreichische Adelige, die Hermann Görings Patentante war. Julius Fromm wurde ins Exil gezwungen, seine Villa in Berlin-Schlachtensee von den Nazis geraubt. Er starb am 12. Mai 1945 in London, also wenige Tage nach der Befreiung. (Er erlitt einen Herzschlag, angeblich aus Freude, weil er nun in sein geliebtes Deutschland zurückkehren durfte.) So musste Julius Fromm nicht miterleben, wie er zum zweiten Mal enteignet wurde: Kommunistische Funktionäre erklärten ihn zum reaktionären Ausbeuter, seine Firma wurde in der DDR ein »Volkseigener Betrieb«, also Staatseigentum.

… den sogenannten Türkischen Tempel in der Zirkusgasse. (198) Er

wurde von dem Architekten Hugo von Weidenfeld im maurischen Stil errichtet, sah also ziemlich islamisch aus und hatte eine Kuppel; das Vorbild war die Alhambra. Auch der Türkische Tempel wurde – wie der Pazmanitentempel – in der Nacht vom 9. auf den 10. November 1938 vollkommen zerstört.

... oft wurde er aber auch liebevoll »der rote Prinz« genannt. (209) Wilhelm Franz von Habsburg-Lothringen (geboren 1895 in Pola, heute Kroatien, gestorben 1948 in Kiew) identifizierte sich mit den Ukrainern, die er als unerlöstes Volk betrachtete. Er träumte vom Kosakenaufstand gegen die polnischen Adeligen im 17. Jahrhundert und wollte ihn gern siegreich zu Ende führen. Außerdem hatte er Sympathien für die Sozialdemokratie und verstand sich gut mit den sogenannten einfachen Menschen (Ukrainisch sprach er selbstverständlich fließend). Da er unter seiner habsburgischen Uniform ein besticktes Hemd trug, wurde er »Wassyl Wyschiwanni«, genannt: Wilhelm, der Bestickte – ein Spitzname, den er seinem wirklichen Namen (und allen Adelstiteln) vorzog. Hätte der Erste Weltkrieg mit einem Triumph der Habsburgermonarchie geendet, wäre das Reich neu geordnet worden – es hätte sich dann aus einem österreichischen, einem böhmischen, einem ungarischen und einem polnischen Königreich zusammengesetzt. In diesem Fall wäre Wassyl Wyschiwanni der Fürst einer semiunabhängigen Ukraine geworden. Wie es kam, wurde er nach der Niederlage Außenminister der kurzlebigen (auch diktatorischen und antisemitischen) Ukrainischen Volksrepublik. Nachdem die Soldaten der Roten Armee die Ukraine gestürmt und der Sowjetunion einverleibt hatten, ging Wassyl Wyschiwanni 1920 nach München ins Exil. Von dort verschlug es ihn nach Spanien, wo er eine Zeit lang im Immobiliengeschäft tätig war; von dort emigrierte er nach Paris, wo er sich in Nachtclubs herumtrieb und schwule Männerfreundschaften pflegte; am Ende wurde er in einen Skandal verwickelt und ging 1935 nach Wien.

Nach dem »Anschluss« von 1938 wurde der ehemalige Erzherzog von der Gestapo überwacht. Gleichzeitig näherte er sich den Nazis ideologisch an: Er hatte die Hoffnung, die Deutschen würden die Ukrainer vom sowjetischen Joch befreien.

In Wahrheit hatten die Nazis nichts dergleichen im Sinn – die Ukraine sollte dem Herrenvolk als Kornkammer dienen, ihre Bewohner sollten planmäßig ausgehungert werden. Als Wassyl Wyschiwanni dies erkannte, stellte er sich sofort gegen die Nazis; von 1941 an unterhielt er Kontakte zum britischen und französischen Geheimdienst. Nach Kriegsende spionierte er dann für den Westen gegen die Sowjetunion – alles im Interesse der ukrainischen Sache. 1948 wurde er am Wiener Südbahnhof von den Sowjets aufgegriffen, vier Monate lang verhört und endlich nach Kiew verschleppt; er starb 1947 im Gefängnis an Lungentuberkulose. Beigesetzt wurde er in einem anonymen Grab. Kein Denkmal steht für ihn in Lviv.

... der jüdische Dichter Ludwig Pfeuffer. (213) Er wurde 1926 in Würzburg geboren, wuchs fromm auf, emigrierte 1936 (also im Alter von zehn Jahren) ins britische Mandatsgebiet Palästina, änderte seinen Vornamen in »Jehuda« und nahm nach der Staatsgründung Israels einen neuen Nachnamen an: »Amichai« – zu Deutsch: Mein Volk lebt. Jehuda Amichai gehörte zu den bedeutendsten neuhebräischen Lyrikern. Er starb im Jahr 2000. Von ihm gibt es das Gedicht »Gott voll Erbarmen«, dessen Titel auf das jüdische Totengebet *El Male Rachamim* anspielt (aus dem Neuhebräischen wurde es von Efrat Gal-Ed und Christoph Meckel übersetzt):

Gott voll Erbarmen,
Wäre Gott nicht voll Erbarmen,
Gäbe es Erbarmen in der Welt, nicht nur in ihm.
Ich, der Blumen pflückte auf dem Berg
Und in alle Täler schaute,
Ich, der Leichen von den Hügeln trug,
Kann sagen, dass die Welt von Erbarmen leer ist.

Ich, der König des Salzes am Meer war,
Der unentschlossen am Fenster stand,
Der die Schritte der Engel zählte,
Ich, dessen Herz Gewichte von Schmerz stemmt
In den furchtbaren Wettkämpfen.

Ich, der nur einen kleinen Teil
Der Wörter des Lexikons verwendet.

Ich, der Rätsel lösen muss gegen seinen Willen,
Weiß: wenn Gott nicht voll Erbarmen wäre,
Gäbe es Erbarmen in der Welt,
Nicht nur in ihm.

Weit, weit unter ihm trugen dort die Briten die Bürde des weißen Mannes. (214) Die Schüsse auf Franz Ferdinand und Sophie Chotek von Chotkow haben die Kolonialvölker vom Joch des europäischen Imperialismus befreit. Eine Billardkugel stößt klickend an die nächste: die Schüsse von Sarajevo >> der Erste Weltkrieg >> der Zweite Weltkrieg >> das Ende der Kolonialreiche, weil der Imperialismus für die Kolonialmächte zu teuer geworden war. Schon aus diesem Grund hat es in der Geschichte kein Attentat mit weiterreichenden Folgen gegeben.

Allerdings sollte man ehrlicherweise hinzufügen, dass die Befreiung vom Joch des Kolonialismus nicht gratis war. Es gab immense Kosten, nicht nur finanzielle, auch menschliche. Bleiben wir beim indischen Subkontinent: Die Teilung des britischen Raj im August 1947 führte dazu, dass 20 Millionen Menschen deportiert, vertrieben, umgesiedelt wurden (Hindus und Sikhs aus Pakistan, Muslime aus Indien); Hunderttausende kamen dabei um, manche sprechen sogar von einer Million Menschen, die im Getümmel ermordet wurden. 1971 führte dann Ostpakistan – das heutige Bangladesch – seinen Befreiungskrieg gegen Westpakistan; die Truppen von Westpakistan reagierten mit einem genozidalen Gemetzel. Auch heute findet man noch Massengräber aus jener Zeit; die Opferzahlen schwanken stark, manche Quellen sprechen von drei Millionen.

Rudyard Kipling hat sein berühmtes (oder berüchtigtes) Gedicht »Die Bürde des weißen Mannes« 1899 anlässlich des amerikanischen Krieges auf den Philippinen geschrieben. Manche betrachten es als Hymne auf den europäischen Rassismus, andere weisen darauf hin, dass Kiplings Versen eine tragische Weltsicht zugrunde liegt. Der Dichter sagt, es sei die historische Mission der »Weißen« (er meint damit vor allem die Briten und Amerikaner), ihre Kolonialvölker auf eine höhere Stufe der Zivilisation zu heben – aber sie sollten nicht den Fehler begehen, dafür Dankbarkeit zu erwarten: es sei das Schicksal des überlegenen Wohltäters, dass ihm Hass entgegenschlägt. Und am Ende, schreibt Kipling, würden die Anstrengungen der Kolonialherren sich ohnehin als vergeblich erweisen: »Take up the White Man's Burden – / The savage wars of peace – / Fill full the mouth of Famine / And bid the sickness cease; / And when your goal is nearest / The end for others sought / Watch Sloth and heathen Folly / Bring all your hopes to nought.« Wie auch immer man dieses Gedicht bewerten mag, es feiert jedenfalls nicht das Recht des Stärkeren. Aus der Überlegenheit der »Weißen« leitet Rudyard Kipling eine moralische Verantwortung ab, nicht die Pflicht zur Mitleidlosigkeit.

… die Monarchie unterhielt bekanntlich keine Kolonien. (216) Hier irrt Dudu Gottlieb. Vom 7. September 1901 an gehörten der Donaumonarchie 0,61 Quadratkilometer in der nordchinesischen Stadt Tientsin. Es gab dort ein österreichisch-ungarisches Konsulat, eine Schule, ein Spital und eine kleine Militärgarnison, auch ein Gefängnis. Bis heute kann man in Tientsin viele Bauten bewundern, die eindeutig österreichischen Ursprungs sind.

Bella gerant alii, tu, felix Austria, nube! (222) Mögen andere Kriege führen, du, glückliches Österreich, heirate.

Zwei Jahre später: Thronbesteigung. (222) Das Attentat von Sarajevo sollte die Österreichisch-Ungarische Monarchie zu einer Überreaktion provozieren. Dies gelang; es gelang sogar über die Maßen gut. Der Attentäter gehörte einem Geheimbund an, der »Schwarzen Hand«. Jener Geheimbund trat für ein Großserbien ein, also für die Vereinigung des unabhängigen Königreichs Serbien mit Bosnien und Herzegowina, das unter österreichisch-ungarischer Herrschaft stand. Nach dem Attentat stellte Österreich-Ungarn den Serben ein (unerfüllbares) Ultimatum, dann erklärte es ihm den Krieg. Dies war eher eine diplomatische Formalität; daraus hätte noch nicht unbedingt ein Schießkrieg werden müssen. Aber Russland stellte sich hinter Serbien, und im August 1914 erklärte das Deutsche Kaiserreich wiederum Russland den Krieg. Auch daraus hätte noch keine Katastrophe erwachsen müssen. Aber dann mobilisierten die Deutschen ihre Truppen, dann mobilisierten Frankreich und Großbritannien, die mit Russland verbündet waren, und mit einem Mal wurde ganz ernsthaft und undiplomatisch geschossen. Es war, als hätte jemand einen Stein aus einem weit verwinkelten Gebäude gezogen; im Grunde ging es ihm nur um diesen einen Stein, doch plötzlich krachte vor seinen Augen das ganze schöne Gebäude zusammen – erst der Ostflügel, dann der Westflügel, am Schluss war da nichts mehr als eine graue Staubwolke.

Gavrilo Princip, der dumme nationalistische Student, der den Abzug durchdrückte und damit versehentlich ein Jahrhundert ins Unglück stürzte, war zu jung, als dass man ihn hätte zum Tode verurteilen können. Er wurde an einem Ort inhaftiert, der danach sehr berühmt werden sollte. Sein Name: Theresienstadt. Die Kleine Festung diente der Donaumonarchie als Gefängnis für prominente Fälle; just auf diesem Gelände errichteten die Nazis später ihr Konzentrationslager, das für viele der Vorhof zur Hölle wurde. – Die Zellen waren kalt und feucht. Gavrilo Princip durfte nicht lesen und mit niemandem reden. Er verfiel körperlich immer mehr und starb am 28. April 1918 an Knochentuberkulose. (Der Krieg endete offiziell am 11. November.) Er war keine 24 Jahre alt geworden. Seine letzten Worte, in die Wand seiner Zelle geritzt, waren: »Unsere Geister werden durch Wien wandern / Am Hofe umherirren, die sogenannten Herrschaften erschrecken.«

Franz Ferdinand ließ den Wagenkorso nicht einmal wenden, nachdem er mit einer Bombe attackiert worden war. Er fuhr weiter, obwohl Sophie Schrapnellsplitter abbekommen hatte und leicht blutete. Er hielt eine kurze Rede im Rathaus; anschließend wollte er die Offiziere im Spital besuchen, die von der Bombe verwundet worden waren. Die Wagenkolonne fuhr denselben Weg wieder zurück, den sie gekommen war – an einem Kai entlang. Gavrilo Princip, der dort neben einem Café stand und wartete (eigentlich hatte er schon aufgegeben), löste sich aus der Menge, stellte sich mit seiner Pistole direkt vor das Auto und schoss aus nächster Nähe. Der Thronfolger und seine Frau waren tödlich verwundet: eine Kugel hatte ihr Korsett und ihren Unterleib durchschlagen, eine zweite seine Drosselvene. Beide dachten im Sterben nur aneinander. Sophie fragte Franz Ferdinand, was mit ihm geschehen sei; er flehte sie an, um ihrer Kinder willen durchzuhalten und zu leben. Er sank langsam nach vorn, wobei er heftig blutete. Sein Hut fiel ihm vom Kopf. Die grünen Federn, mit denen der Hut geschmückt war, versanken in einer Blutlache, die sich auf dem Boden des Autos ausbreitete. Seine letzten Worte waren: »Es ist nichts.«